大宋小卒

大家小书

舒芜说诗

舒芜 著

北京出版集团公司
北京出版社

图书在版编目（CIP）数据

舒芜说诗 / 舒芜著 . — 北京 ：北京出版社，2016. 7
（大家小书）
ISBN 978-7-200-11974-9

Ⅰ. ①舒… Ⅱ. ①舒… Ⅲ. ①唐诗—诗歌研究②宋诗—诗歌研究 Ⅳ. ①I207. 22

中国版本图书馆CIP数据核字（2016）第064824号

总策划：安 东 高立志 责任编辑：陶宇辰

· 大家小书 ·

舒芜说诗

SHUWU SHUO SHI

舒芜 著

*

北京出版集团公司
北京出版社 出版

（北京北三环中路6号 邮政编码：100120）

网 址：www.bph.com.cn

北京出版集团公司总发行

新华书店经销

北京华联印刷有限公司印刷

*

880毫米×1230毫米 32开本 10.875印张 170千字

2016年7月第1版 2023年2月第4次印刷

ISBN 978-7-200-11974-9

定价：38.00元

质量监督电话：010-58572393

序　　言

袁行霈

“大家小书”，是一个很俏皮的名称。此所谓“大家”，包括两方面的含义：一、书的作者是大家；二、书是写给大家看的，是大家的读物。所谓“小书”者，只是就其篇幅而言，篇幅显得小一些罢了。若论学术性则不但不轻，有些倒是相当重。其实，篇幅大小也是相对的，一部书十万字，在今天的印刷条件下，似乎算小书，若在老子、孔子的时代，又何尝就小呢？

编辑这套丛书，有一个用意就是节省读者的时间，让读者在较短的时间内获得较多的知识。在信息爆炸的时代，人们要学的东西太多了。补习，遂成为经常的需要。如果不善于补习，东抓一把，西抓一把，今天补这，明天补那，效果未必很好。如果把读书当成吃补药，还会失去读书时应有的那份从容和快乐。这套丛书每本的篇幅都小，读者即使细细地阅读慢慢地体味，也花不了多少时间，可以充分享受读书的乐趣。如果把它们当成补药来吃也行，剂量小，吃起来方便，消化起来也容易。

我们还有一个用意，就是想做一点文化积累的工作。把那些经过时间考验的、读者认同的著作，搜集到一起印刷出版，使之不至于泯没。有些书曾经畅销一时，但现在已经不容易得到；有些书当时或许没有引起很多人注意，但时间证明它们价值不菲。这两类书都需要挖掘出来，让它们重现光芒。科技类的图书偏重实用，一过时就不会有太多读者了，除了研究科技史的人还要用到之外。人文科学则不然，有许多书是常读常新的。然而，这套丛书也不都是旧书的重版，我们也想请一些著名的学者新写一些学术性和普及性兼备的小书，以满足读者日益增长的需求。

“大家小书”的开本不大，读者可以揣进衣兜里，随时随地掏出来读上几页。在路边等人的时候，在排队买戏票的时候，在车上、在公园里，都可以读。这样的读者多了，会为社会增添一些文化的色彩和学习的气氛，岂不是一件好事吗?

“大家小书”出版在即，出版社同志命我撰序说明原委。既然这套丛书标示书之小，序言当然也应以短小为宜。该说的都说了，就此搁笔吧。

素心人可共晨夕之乐

——舒芜说诗的魅力

蒙　木

舒芜（1922—2009），本名方管，出生于安徽桐城的知识分子世家。他的曾祖父方宗诚是古文宗师姚鼐的再传弟子。祖父方守敦是较有声望的诗人、教育家，曾力助吴汝纶创办桐城学堂，支持陈独秀在安徽兴办公学。外祖父马其昶，出身翰墨世家，曾师事方宗诚、吴汝纶，有桐城派“殿军”之称。父亲方孝岳（1897—1973）曾游学日本，归国后曾任教于北京大学、中山大学等多所高校，学术成就包括经学、佛学、文学，在文学和汉语音韵学方面尤其突出，代表作包括《中国文学批评史》等。李洁非在《旧学中的舒芜》中说：“作为桐城后人，舒芜还来得及领受清代学术的泽被，而清代学术非常重实证，字斟句酌。这种自幼的训练，成为他操弄古典文学研究时有别于当代学人的天然优长。”

根底深厚的舒芜，上世纪50年代以来长期任职于人民文学出版社古典文学编辑室。他回忆自己在出版社接受的第一个编辑任务就是选注李白诗。他在《〈舒芜文学评论选〉自序》中说：

> 鲁迅极推唐诗，说过一切好诗唐人早已做尽。他自己作的旧体诗，也是唐音，具二李的风神而又有新的发展。我读唐诗，最动心的也是二李。但是，我没有专谈过二李，我谈论唐诗几大家，倒不是直接根据鲁迅的什么意见，而是力图跳出中国传统的“词章”之学的范围，从“文学就是人学”的基本观点出发，探讨诗人的社会文化环境，浸染诗人的社会心态，诗中的情感世界，诗人的主体心态，以及为这些所充实的活的诗歌史，等等。这是有了“五四”新文学之后才逐渐形成的新的研究方法。我这样来谈论唐诗几大家，仍然是“我论文章尊五四”的表现。

舒芜认为中国古典诗歌体式基本上沿着四言诗—五言古诗—五律—七律的脉络发展。律诗定型于初唐，李白五律冠绝古今；初唐七律主要是歌功颂德的应制诗歌，到杜甫手里才无施而不可，掩盖百代。关于唐诗总体的格局，舒芜沿袭历史观点，分为初、盛、中、晚四期。初唐承六朝余绪，是唐诗的序幕，其中四杰和沈宋对五律形式的完成功不可没；盛唐气象无论如何是唐诗最高的境界；中唐以后除元白外，诗人多专供近体，韩愈的功绩主要在诗的散文化，李贺远宗李白而更瑰丽，近绍韩愈而更雅丽，但中晚唐成就总体赶不上盛唐，但绝句却有独到之处；晚唐李商隐以近体擅名，上继杜甫，下开西昆，旁启西江。宋诗以散文化别启途径，但强弩之末难以为继，元明清诗人完全在近体，只有吴梅村进一步把长庆体加以近体化，创造梅村体。

本书上半部分是关于唐诗的，作者对陈子昂、孟浩然、王维、李白、高适、杜甫、岑参、韩愈、元稹、李贺、李商隐、郑嵎等12位唐代重要诗人做了散点式的批评，其中盛唐诗人占6位。闻一多《唐诗杂论》强调，初唐到盛唐转变的关键性诗人是陈子昂（参阅《闻一多说唐诗》）；舒芜承之，论陈子昂则主要抓住“迎向阔大和永恒”这个气质，从具体的《感遇诗》五首谈起，特别注意到陈子昂喜欢将“大化”“大运”“无始”“元化”之类抽象的哲学范畴作为诗歌意象，赋予可感可观的性质。

意象分析，是舒芜理解唐诗的一把钥匙。写陈子昂如此，写王维、孟浩然、高适、岑参、李白、杜甫也都是根据意象排比分析来得出最后结论的。舒芜谈王维，秉承陆侃如、冯沅君的《中国诗史》，主要谈王维的静，谈王维如何能静，他的生活和人生观，以及他的艺术表现。他最后的结论说："王维在中国文学史上，恐怕要算最完全最高妙地实现了'温柔敦厚'的诗教的惟一的诗人，他的诗作乃是中庸主义的最美好的花朵。"作为作家舒芜的文字不仅恰切，且非常优美。王培元在《舒芜："碧空楼"中有"天问"》高度评价这篇文章："简直就是打开中国士大夫的思想和美学之谜的一把钥匙。"

在所有唐代诗人中，舒芜最为动心的是李白、李商隐，他认为李白完成了陈子昂的未竟事业。这里有三篇文章关于李白：《日光下的诗人》《李白诗中的白日光辉》《瀑布·银河·画幅》。第一篇文章是舒芜为自己选注的《李白诗选》（1954年8月出版）写的前言，文章说："在盛唐诗人当中，具有全面的代表性的，表现出最典型的'盛唐气象'的，就是李白。"关于"盛唐气象"论引发巨大影响的是林庚先生发表于《北京大学学报》1958年第2期上的《盛唐气象》一文。林庚先生说："陈子昂是呼唤着盛唐时代的，李白是歌唱了盛唐时代的。……盛唐气象最突出的特点就是朝气蓬勃，如旦晚才脱笔砚的新鲜，这也就是盛唐时代的性格。……它也是中国古典诗歌造诣的理想，因为它鲜明、开朗、深入浅出；那形象的飞动，想象的丰富，情绪的饱满，使得思想性与艺术性在这里统一为丰富无尽的言说。”《盛唐气象》还特别指出：“李白是盛唐时代最典型的诗人。”比较《盛唐气象》和《日光下的诗人》两篇文章，林庚和舒芜的确是英雄所见略同。

《日光下的诗人》附记“一点宿愿”是作者读丹纳《艺术哲学》分析歌特式建筑启发而写的，主要谈的是李贺，李贺诗歌色彩的繁富强烈和阴暗惨淡的风格是如何统一的。通过对比李贺，所以“李白诗歌中的境界，就完全是盛唐景象了”。《瀑布·银河·画幅》将李白关于庐山瀑布的几首诗歌放在一起，最后用长卷、中堂和立轴来比拟，以画论诗，令人耳目一新，豁然有解。可见舒芜论诗，是注意中外比较、不同艺术门类之间的比较的，这是他宗“五四”的一个具体表现。

与李白双峰并峙的杜甫，当然也是舒芜的重点考察对象，兹有《谈〈秋兴八首〉》《猛禽鸷鸟——杜诗中常见形象》两篇。《谈〈秋兴八首〉》立意极高，将《秋兴八首》作为杜甫的平生志事的总结来看，作为整体上连贯的组诗来看，作者是通过《秋兴八首》来辐射杜诗总体风貌的。《猛禽鸷鸟——杜诗中常见形象》则有理有据地颠覆了杜甫被作为“穷老寒儒”的文化想象，杜甫和李白都有侠气豪情的一面，这是盛唐之音的表征。

舒芜论述李商隐主要是通过《从秋水蒹葭到春蚕蜡炬》一文以及《读诗小记》第三则，他认为李商隐在爱情诗的书写和七律的形式完成方面有大贡献。他把李商隐的爱情诗放在久已绝坠的《关雎》《蒹葭》传统中，他认为“身无彩凤双飞翼，心有灵犀一点通”“春心莫共花争发，一寸相思一寸灰”“相见时难别亦难，东风无力百花残”是响辍千年的地位平等的男求女的声音了。李商隐的爱情诗带有相当程度的近代色彩，奇迹一般地出现在那个时代，必然昙花一现，直到《红楼梦》才复振了这个传统。对妇女问题的关注，是舒芜继承“五四”传统的一个再思考。《从秋水蒹葭到春蚕蜡炬》一文应该和本书下半部分《李清照的“扮演”》《何用嫁英雄》《花下一低头》三篇小文合读。这会让我们更清晰地看到舒芜从旧学寻找近代思想资源的努力。

本书下半部分是舒芜先生谈古典诗歌的一些散篇。《帝里皇都和山川郊野》《由动物装饰到植物装饰》主要谈的是赋。诗赋一体，所以本书一并收入。这两篇是作者从社会生活和社会心理角度进行有血有肉的诗歌研究的一个尝试。《彻底悲观的〈人间词〉》写的是词，词乃诗之余，所以也一并收入。这篇不足500字，把读者阅读经验和当下思考直接写出，因为如此精简而意味十足。其实下半部分最有分量的当属最后三篇读诗札记，不空谈，不枝蔓，最见作者学养。今天因为Ctrl+C和Ctrl+V的便利，以及所谓的规范化，论文越写越长，越写越虚。我想，这种札记写作是应该被重新提倡的。李洁非在《旧学中的舒芜》中说："当代以来的学术，包括古典文学研究在内，好臧否而轻考析，好虚论而轻实据，各种轻率出唇、似是而非的浮说妄议充斥其间。而舒芜一系列有关古代诗文的笔记体论析，却出离上述流风之外，以文本为据，析疑参异、核真指实，一言一句尽有来历，宁愿简啬，也不乱作发挥。这种格调与路数，当是他幼时在旧学的浸淫中养成。"文章还进一步称赞这种"笔记体的研摩文字"："比较出脱于工作或社会的匡束之外，而贴近个人的精神，也沉潜于单纯的学术心境。……可能是最适合其学识与才情、使之发挥自如的地方。"

李洁非所重点立论的《读郑嵎〈津阳门诗〉》就是一篇读诗札记，但并非正面立论，而是对比《长恨歌》，说明郑诗刻画务尽，炫博矜详，实无主意，最后提出"诗贵虚灵，不贵滞实；诗通于史，不混于史"，对"诗史"一说提出了辩证。后来写作的《细读元稹〈行宫〉》一文则完全从正面立论，和白居易长篇乐府《上阳白发人》互证，结论是谈说归谈说，历史归历史，不可混淆；陈寅恪先生倡导的“以诗证史”之法应该慎用。

喜欢唐诗的舒芜谈论古典诗歌的文字大致就这么多，之所以在作者生前没有单独结集，也许在他眼中，唐诗仅仅是一个私爱，一个客串，否则像他《谈〈唐诗三百首〉》这样卓识独具的早年文字不可能失收于《舒芜集》。但诗，实在是人人心中所有，是我们生活或者人生的一部分。我们庆幸舒芜论诗的文字还是足以成集，目前的文章也清晰地呈现了他的诗歌趣味以及对古典诗歌发展史的脉络把握。舒芜先生论诗的文字值得重视，还因为他自己也是一个诗人，他的《天问楼诗》和聂绀弩的《咄堂诗》等九个人的诗被冠名《倾盖集》于1984年6月出版，以旧体诗写新事物出版，颇得当时文化界的称誉。总之，舒芜是深谙作诗、品诗之道的。舒芜在他去世前写的一篇博客《素心人语》中称赞黄裳的文字说：“谈的只是我们这帮人寻常过从间的话题，彼此所见本来略近，交谈交谈，遂有素心人可共晨夕之乐。”这“素心人语”也正是舒芜说诗文字的最大魅力。

目　录

迎向阔大和永恒

——谈陈子昂《感遇诗》

《感遇诗》三十八首（录五首）

吾观龙变化，乃知至阳精。石林何冥密，幽洞无留行。古之得仙道，信与元化并。玄感非象识，谁能测沉冥？世人拘目见，酣酒笑丹经。昆仑有瑶树，安得采其英？（第六首）

白日每不归，青阳时暮矣。茫茫吾何思，林卧观无始。众芳委时晦，鶗鴂鸣悲耳。鸿荒古已颓，谁识巢居子。（第七首）

林居病时久，水木澹孤清。闲卧观物化，悠悠念无生。青春始萌达，朱火已满盈。徂落方自此，感叹何时

平。（第十三首）

微霜知岁晏，斧柯始青青。况乃金天夕，浩露沾群英。登山望宇宙，白日已西冥。云海方荡潏，孤鳞安得宁。（第二十二首）

玄蝉号白露，兹岁已蹉跎。群物从大化，孤英将奈何。瑶台有青鸟，远食玉山禾。昆仑见玄凤，岂复虞云罗。（第二十五首）

你有过这样的经验么？不必登高山，临大海，驭骏马，乘长风，就是你每天必经的路上的车尘马足之间，或者就在你每晚必归的家中的米盐釜甑之侧，忽然由于某种偶然的微妙的机缘触发，你从眼前的环境一下子想开了去。于是，你想到长河、大野、碧海、青天，你想到春夏秋冬、千年万代，你想到地球，想到太阳系，想到银河系，想到河外星系，想到总星系，想到无边无际因而当然也是无始无终的大宇宙。于是你感到人类的心灵才智的伟大。在大宇宙之中，不管人的一身相形之下多么渺小，人的一生相形之下多么短促，但正是这渺小短促的人，认识着思考着探索着那无边无际无始无终的大宇宙，而不是对此大宇宙永远无知无觉，不是永远自囿于渺小短促的百年七尺之身。于是你的心灵超越于一切日常琐屑的利害计较烦恼苦闷之上，迎向伟大，迎向无穷，感到永恒，感到不朽。这并不是神秘，不是宗教，这是知识的力量，思维的力量。人的胸襟性格，正是由知识和思维来开拓来铸造的。人类知识宝库的积累过程，同时也就是人类不断超越动物式的生存局限，而日进于永恒不朽的过程。

如果你有过这样的经验，那么，上面引录的陈子昂五首《感遇诗》，你读起来就会感到特殊的兴趣。你看，“无始”，“无生”，“物化”，“大化”，“元化”……这些都是多么抽象的东西啊！然而，陈子昂却是“观无始”，“念无生”，“观物化”。这样的诗句，在《感遇诗》其他三十三首中，还常常可以读到：

> 吾观昆仑化。（第八首）
> 深居观元化。（第十首）
> 幽居观天运，悠悠念群生。（第十七首）
> 探元观群化。（第三十六首）

原来这位诗人所念所探所观的，偏偏总是这些最高最大因而似乎是最抽象的东西。此外，为他所歌咏，经常出现在他这一组代表作中的，如——

太极生天地，三元更废兴。（第一首）

窅然遗天地，乘化入无穷。（第五首）

仲尼推太极，老聃贵窈冥。西方金仙子，崇义乃无明。（第八首）

圣人秘元命。（第九首）

大运自古来。（第十七首）

玄天幽且默。（第二十首）

仲尼探元化，幽鸿顺阳和。大运自盈缩，春秋递来过。（第三十八首）

对这类最高最大因而似乎是最抽象的东西的爱好，正是这一组诗的随处可见的特色。

“怎么？难道这能算是好诗吗？诗，必需用形象思维，必须形成‘境界’，必须诉诸感情。而这些极端抽象、玄之又玄的哲学范畴，难道能算是诗吗？”

我曾经听到过这样的非难。我想你也许不会有同样的非难，假定你是有过前文所说的那样的经验的话。那么，你会看到，在陈子昂这一组名篇里面，“大化”，“大运”，“无始”，“无生”，这些原来的确都是抽象的哲学范畴，可这里又已经不仅仅是抽象的哲学范畴，诗人已经赋予它们以可感可观的性质。

你听吧！

西沉的白日，每天一去不回。冉冉的光阴，已是暮春时节了。你问我万感苍茫，想些什么？我高卧山林，正在静观着无始以来时间的长流。而众芳又已芜秽，鶗鴂又已悲鸣了。更何况鸿荒上古之世，早已倾颓；巢居的隐士高人，今天的世界上又有谁能认识呢？（第七首）

你再听吧：

山林卧病之中，对着水木孤清之景，我闲观万物的生生化化，想念着生命的本元（无生）。春光方好，夏意已浓，这正是万物凋零的开始了。叫我的感叹何时能平呢？（第十三首）

这两首，似乎不过是一般的时光不驻、生命无常的感叹，然而读起来又总觉得与一般忧生叹逝之作有什么不同。细究起来，不同就在诗中有无始以来时间的长流，有生命的本元所表现的万物生生化化的全景，不同就在诗人是在如此高远广阔的背景上抒发他的忧生叹逝之情。所谓忧生叹逝之情，其实就是人类悲叹自己的渺小短促之情，人同此心，所以成为文学上所谓“永恒的主题”之一。诗人陈子昂也同此心，然而，他却能超越自己的渺小短促，注目游心于伟大永恒之中，以此迎向伟大通往永恒的诗心，来作忧生叹逝之唱，这是他对这个主题的独特的贡献。

“用几个抽象的词，说几句大话，就算是达到了高大的诗境么？”

会有人这样质问，而且你也可能这样质问。那么，请看：“登山望宇宙，白日已西冥。云海方荡潏，孤鳞安得宁。”这是什么样的境界！诗人登上高山之巅，去眺望宇宙。只见白日已在西天熄灭，云海正在动荡翻腾。孤零零的一条小鱼，又怎能得到安宁之处呢？诗人眼中的境界就是这样阔大，他把一个人比作“孤鳞”，密切联系着像云海一样动荡翻腾的大宇宙，来观察他的命运。“群物从大化，孤英将奈何。”也是同样的意思。此可见诗人不是凭空说大话，实在他是所见者既广且远，自然而然地对着“孤鳞”“孤英”的命运，就能向广远的大变化中去追寻原因。这是假不来的。

“以云海波涛来比喻大宇宙的变化，这还是有形象可见。至于那些‘元化’‘无生’之类，无论如何总是抽象的概念吧？”

这又是可能提出来的一个疑问。诗人好像预见到这个疑问，第六首正好作了答复。他说：“玄感非象识，谁能测沉冥。世人拘目见，酣酒笑丹经。”这就是说，如果拘于通常视觉可见的那种形象，“元化”之类的确不是形象；但在这里，它们并不是视觉的对象，而是“玄感”的对象。“玄感”就是经过高级理智改进而成的高级感受的对象，在这个意义上它们乃是高级的形象。原来，人类的感觉不同于动物的感觉，文明人类的感觉更加不同于野蛮人的感觉，理智是会对感觉起作用的。而文学中的形象，也与雕塑绘画中的形象不同。文学形象有任何绘画雕塑所造不出的，也有可夺绘画雕塑之美的。文学的特殊作用，应该还是前者，而不是后者。陈子昂这样的大诗人，他对伟大和永恒的追求，已经使他把儒家、道家哲学中概括性最大的本体论方面的一些范畴，变成他可以感觉到的高级的形象。他这样写出来的诗，决不是哲学，而是诗，而且是好诗，道理就在这里。

齐梁宫体把诗歌引向纤柔靡丽的绝境，唐初诗坛也还是沿袭前代的余风。直到陈子昂出现，才以刚健高明的诗风，扫除旧污，启唐诗极盛的新局。这是历来的公论。若问陈子昂的新，主要新在哪里？那么，《感遇诗》中所体现的这种迎向伟大通向永恒的东西，应该就是首要的一点。

1980 年 10 月

（本文原刊《唐诗鉴赏集》，1981；后收入《舒芜集》）

行旅诗人孟浩然

王、孟并称，都算是山水田园诗人，细看实有不同。王维是林下巨公，在自己的别墅中颐养天年。孟浩然则是一生都困于道途行旅，所写的山水都是道途行旅中所见。

试看他的诗题：

1.《宿天台桐柏观》

2.《宿终南翠微寺》

3.《彭蠡湖中望庐山》

4.《襄阳旅泊》

5.《游云门寺》

6.《岁暮海上作》

7.《越中逢天台太一子》

8.《自浔阳泛舟经明海作》

9.《早发渔浦潭》

10.《经七里滩》

11.《南阳北阻雪》

12.《将适天台留别》

13.《适越留别》

14.《江上别流人》

15.《晚泊浔阳望香炉峰》

16.《入峡寄弟》

17.《宿扬子津》

18.《题长安主人壁》

19.《夜泊宣城界》

20.《下赣石》

21.《行至汉川作》

22.《临洞庭》

23.《武陵泛舟》

24.《同曹三御史行泛湖归越》

25.《舟中晚望》

26.《寻天台山作》

27.《九日龙沙寄刘大》

28.《洞庭寄阎九》

29.《宿永嘉江》

30.《江上寄山阴崔国辅少府》

31.《夜泊庐江》

32.《宿桐庐江》

33.《南还舟中》

34.《行至汝坟》

35.《自洛之越》

36.《归至郢中》

37.《途中遇晴》

38.《蔡阳馆》

39.《夜泊牛渚》

40.《夜渡湘水》

41.《赴命途中逢雪》

42.《宿武陵即事》

43.《落日望乡》

44.《永嘉上浦馆》

45.《溯至武昌》

46.《唐城馆中早发》

47.《永嘉别张子容》

48.《浙江西上》

49.《京还留别》

50.《广陵别薛八》

51.《途中九日怀襄阳》

52.《初出关旅亭夜坐》

53.《早寒江上有怀》

54.《宿建德县》

55.《初下浙江》

56.《洛阳道中作》

57.《问舟子》

58.《扬子津望京口》

59.《济江问同舟人》

今存全部诗62题中，如上道途行旅之题便有59题，约占95%。诗人自己多次说过生涯的漂泊：

1. 余奉垂堂戒，千金非所轻。为多山水乐，频作泛舟行。（《经七里滩》）

2. 我来限于役，未暇息微躬。淮海途将半，星霜岁欲穷。（《彭蠡湖中望庐山》）

3. 少年弄文墨，属意在章句。十上耻还家，徘徊守归

路。（《南阳北阻雪》）

4. 幼闻无生理，常欲观此身。心迹罕兼遂，崎岖多在尘。（《还山贻湛法师》）

5. 因之泛五湖，流浪经三湘。……魏阙心恒在，金门诏不忘。（《自浔阳泛舟经明海》）

对于这种漂泊生涯，诗人的牢骚很多：

1. 世途皆自媚，流俗寡相知。贾谊才空逸，安仁鬓欲丝。遥情每东注，奔晷复西驰。常恐填沟壑，无由振羽仪。穷通若有命，欲向论中推。（《晚春卧疾寄张八子容》）

2. 三十既成立，嗟吁命不通。……感激遂弹冠，安能守固穷。（《书怀贻京邑同好》）

3. 文章推后辈，风雅激颓波。高岸迷陵谷，新声满棹歌。犹怜不才子，白首未登科。（《陪卢明府泛舟回岘山作》）

4. 谁知书剑者，年岁犹蹉跎。（《宴张记室宅》）

5. 北阙休上书，南山归敝庐。不才明主弃，多病故人疏。白发催年老，青阳逼岁除。永怀愁不寐，松

月夜窗虚。（《岁暮归南山》）

6. 寂寂竟何待，朝朝空自归。欲寻芳草去，惜与故人违。当路谁相假，知音世所稀。只应守寂寞，还掩故园扉。（《留别王维》）

回家以后，又怎样呢？他说：

尝读高士传，最嘉陶征君。日耽田园趣，自谓羲皇人。予复何为者，栖栖徒问津。中年废丘壑，上国旅风尘。忠欲事明主，孝思侍老亲。归来当炎夏，耕稼不及春。扇枕北窗下，采芝南涧滨。因声谢同列，吾慕颍阳真。（《仲夏归南园，寄京邑耆旧》）

似乎从此绝意京邑了。可是不然：

伏枕旧游旷，笙歌劳梦思。平生重交结，迨此令人疑。冰室无暖气，炎云空赫曦。（《家园卧疾毕太祝曜见寻》）

原来还是这么恋恋不忘，寂寞贫病之中，有京洛旧游相寻，还是这么感激。陶渊明可以“晨兴理荒秽，带月荷锄归”，与田父野老“相见无杂言，但道桑麻长”。孟浩然则是：

春余草木繁，耕种满田园。酌酒聊自劝，农夫安与言。（《山中逢道士云公》）

农夫们在耕种，都不足与言，诗人只有坐在家里酌酒自劝而已。

所以，孟浩然写不出陶渊明那样的真正田园诗。他的山水名篇如：

中流见匡阜，势压九江雄。黤黮凝黛色，峥嵘当曙空。香炉初上日，瀑水喷成虹。（《彭蠡湖中望庐山》）

西山多奇状，秀出傍前楹。停午收彩翠，夕阳照分明。（《游明禅师西山兰若》）

叠嶂数百里，沿洄非一趣。彩翠相氛氲，别流乱奔注。钓矶平可坐，苔磴滑难步。猿饮石下潭，鸟还日边树。（《经七里滩》）

这些模山范水、刻翠雕红之作，是大谢一路。至如最有名者：

> 挂席几千里，名山都未逢。泊舟浔阳郭，始见香炉峰。（《晚泊浔阳望庐山》）

虽如吕居仁所云“但详看此等语，自然高远”（《童蒙训》），非大谢所能范围，但实在是比较的特例。

［本文和《高适与岑参》一起，以《唐诗论札》（续）为名发表于《文学遗产》2001 年第 5 期，后收入《牺牲的享与供》］

王维散论

一

关于王维诗的风格的特征，陆侃如、冯沅君合著《中国诗史》中有云："我们的诗人最爱用'静'字。"又说这个"静"字就是"开发王维的诗的钥匙"。他们列举王诗二十多个名句，确乎都离不了这一个字，且以这一个字为精彩之所在。我相信陆冯二氏的话是对的。但是，还可以更进一步，以诗人的生活过程、生活方式来说明这"静"的风格之所以产生的原因。

王维一生，少负盛名，壮登廊庙，中间虽曾陷安史之乱，有从贼之嫌，但因凝碧池头一诗，反大蒙肃宗奖拔，位列清班，晚年又得宋之问的蓝田别墅，悠游林下，整个生活过程是非常顺利的。他的成熟的作品，大抵都是蓝田别墅中所作。而他这时期的完成了的生活方式，又正如胡仔所说：“‘桃红复含宿雨，柳绿更带朝烟。花落家童未扫，莺啼山客犹眠。’每哦此句，令人坐想辋川春日之胜，此老傲睨闲适于其间也。”（《苕溪渔隐丛话》后集卷九）在这样“傲睨闲适”的生活方式的基础上，写出诗来当然就会是“静”的了。

他这时是功成名就身退，于现实社会已毫无不满，对现实社会已毫无要求。本来，人心的骚乱都由于现实社会的干扰，和自己的未满足的欲望的激荡；而如晚年的王维者，已获得了心灵的平安，自然要保护这个平安。所谓“静”的风格，便是这平安的心灵的产物，也是保卫这平安的手段。他的《酬张少府》一诗中有句云：“晚年惟好静，万事不关心。”这两句道破了他的全部秘密。盖正因万事已可以不必关心，故晚年惟好一个静；既已获得这一个静，对万事更不会去关心，也更不愿去关心了。

可是，心总是要有所关注，静也总要有一个具体的寄托。于是就转到了自然，于是歌颂安闲幽静的自然景色就成了诗人王维的主要工作。他歌颂自然，是“用了”功成名就身退的和谐的心去歌颂的，又是“为了”功成名就身退的和谐的心而歌颂的。他从和谐的社会看出和谐的自然，用和谐的自然证明和谐的社会。他在社会中得到满足以后又还要在自然中得到满足，用易得的自然的满足来保卫已得的社会的满足。他把社会的和谐感受带到自然中来，又把自然的和谐影像投向社会上去。总之就是，万事不关心，只关心和谐安静的自然，晚年惟好静，而自然又正是他之所好。这就是诗人王维的精神状态的构造图式。

二

人是社会的动物，诗人同样是社会的动物。诗篇中的自然，从来都不是从社会孤立开来的，它或是社会的投影，或是社会的反拨。诗人歌颂自然的时候，真正要说的话，或者是："连自然都同样美好呀！……"或者是："只有自然才这么美好！……"

王维好静，何尝不想把这静放到社会中来呢？可惜社会毕竟太动了，放不下，只好找上了比较不动的山和水。他静静地欣赏着静静的山和水的时候，表面上并不回头看一看红尘社会。可是，这欣赏姿态就向人证明了社会是同样安静，欣赏者才无后顾之忧；倘背后扰攘不宁，又怎么可能安然欣赏？

但自然也并不是永远静的。静到极端，往往便是动的预兆。所以，王诗中自然景色虽是安静，可也并不极端，并不至于寂寞。试看：

“人闲桂花落，夜静春山空。月出惊山鸟，时鸣春涧中。”（《鸟鸣涧》）夜静而且山空，本来近似荒凉寂寞了，可是，这山乃是春天的温和的山，并非秋山冬山那样萧条死灭；何况到底还有月出，并非浓重的暗，到底还有月光下春涧中的山鸟的时鸣，也并非沉重的静呢？

“独坐幽篁里，弹琴复长啸。深林人不知，明月来相照。”（《竹里馆》）这是无声而又有声，孤独而又并不孤独。“木末芙蓉花，山中发红萼。涧户寂无人，纷纷开且落。”（《辛夷坞》）这是无色而又有色，冷落而又并不冷落。这一切，正可借用鲁迅的话来说明：“徘徊于有无生灭之间的文人，对于人生，既惮扰攘，又怕离去，懒于求生，又不乐死，实有太板，寂绝又太空，疲倦得要休息，而休息又太凄凉，所以又必须有一种抚慰。”（《且介亭杂文二集·“题未定”草》）

接着鲁迅又说：“于是‘曲终人不见，江上数峰青’之外，如‘只在此山中，云深不知处’或‘笙歌归院落，灯火下楼台’之类，就往往为人所称道。因为，眼前不见，而远处却在，如果不在，便悲哀了，这就是道士之所以说‘至心归命礼，玉皇大天尊也’也。”王维另一些名句，例如“空山不见人，但闻人语响”（《鹿柴》）。“古木无人径，深山何处钟。”（《过香积寺》）正是这所谓“眼前不见，而远处却在”的一类。

总之，寂绝之中稍缀以实有，眼前不见而远处却在，这就是两个妙法，为王维所经常运用，直接地以镇静那其实也并不永远安静的自然，间接地以调和自然与社会，真正目的则在于抚慰人们的感情，使之安静而又不至于极端，不至于引起反动而忽然索性找热闹去，永远就这么静下去，静下去。

三

说到感情的抚慰，诗人王维还有一个高明手段，例如“返景入深林，复照青苔上”（《鹿柴》）。这一类，这是使人把美感和眷恋之情寄托在种种衰亡下去的东西上面，正所谓“天意怜幽草，人间重晚晴”。因为一切新生的、成长中的东西总是火辣辣的，所以对于衰亡的东西的歌颂也帮助形成了“静”的风格。

还有在自然与人的关系上，即所谓“物我之间”下功夫的，最好的一例，就是前面已引过的“人闲桂花落”一句。这一句里面，有人，也有物，诗人仿佛是要告诉我们，这两者之间有一种微妙的关系。可是，到底是什么关系呢？是因“人闲”而桂花才落，还是因“桂花落”而人才闲呢？是人闲了才看得见本就在落的桂花，还是桂花落了才看得见本就闲着的人呢？是人之闲与桂花之落相济相成，还是二者相反相斥呢？……如果这么穷追到底，诗人一定会向你超然一笑，或者仍然指一指桂花。“君问穷通理，渔歌入浦深。”（《酬张少府》）正如穷通之理本来未必就在极浦渔歌中，可是诗人偏要说是就在那中间一样，“人闲”本也不必就有“桂花落”，可是诗人偏要说是“人闲桂花落”。你何必穷追，何必深求呢？诗人的原意，正是要你不用苦心思索。反正人是悠悠然地闲游，桂花也是悠悠然地落下，遇不到一起来也无妨，遇到一起，就不妨说是存在一种微妙关系。你不可用科学来证明，不可用哲学来分析，不可用常识来判断；一有证明、分析、判断之类，就不免劳心；心一劳，也就难于“静”了。反正志得意满中的悠闲，什么都可以包容，正如志得意满的人，对什么都可以微笑。桂花也好，桃花也好，落也好，开也好，既遇到这么一个悠闲满足的人，就做一个好朋友吧！又何须判断谁因谁果，是此是彼，有关无关呢？正如人事上面的恩仇爱憎的分明便显得剑拔弩张，只有淡然温然对一切人都和和气气才是炉火纯青一样，凡对于自然界作严肃深入的追求，仿佛非找出宇宙的根本秘密不可似的，正反映了人生的饥渴。必须“人闲桂花落”这样，轻轻地掠过去，浅浅地飘过去，似断似续，有关无关，这才是自然诗人所应有的“静”态。——就是这么短短的一句诗，看，诗人已给我们多么丰富的感情教育！

四

诗人并且现身说法，把他自己那种炉火纯青的感情状态写出来为我们示范。

“红豆生南国，春来发几枝。愿君多采撷，此物最相思。”（《相思》）红豆，这是多么凄艳动人的东西，要歌颂它，说是相思者的血泪，说是相思者的赤心，都不过分吧！可是我们的诗人毫不写这些话，只是淡淡地提起。“春来发几枝”，稀稀疏疏的几枝，又是这么淡雅。我们曾听过另一个诗人唱道：“水国不生红豆子，赠卿何物寄相思？”那是自己正为相思所苦的诗人的声音。可是，诗人王维呢？他只是向别人说：“愿君多采撷，此物最相思。”我们仿佛看到一个和蔼的老人，他自己当然早已过了相思的年龄，向一个苦于相思的青年人开着善意的玩笑：你去多采几个吧！这是最能表示相思的东西呢！这么说着，一面还浮出优越的同情的微笑。他表示，我也懂得你们的心头的骚乱，我也是过来人，可是现在，看着你们闹去吧，我是不会再为这些而烦乱了。这首名诗的魅力就在这里。

“渭城朝雨浥轻尘，客舍青青柳色新。劝君更尽一杯酒，西出阳关无故人。”（《送元二使安西》）这也是有名的诗篇。好处在哪里呢？沈德潜评云：“阳关在中国外，安西更在阳关外。言阳关外已无故人矣，况安西乎？此意须微参。”（《唐诗别裁》）饯送友人，远使绝域，而情之所见，乃须“微参”，只此二字便可说明此诗的秘密了。

“君自故乡来，应知故乡事。来日绮窗前，寒梅著花未？”（《杂诗》之一）这首的蓝本，乃是王绩的《在京思故园见乡人问》。两诗内容略近，而后出者名独高。我们试比较其不同处，可见王维诗的优点何在。王绩诗云：“旅泊多年岁，老去不知回。忽逢门前客，道发故乡来。敛眉俱握手，破涕共衔杯。殷勤访朋旧，屈曲问童孩。衰宗多弟侄，若个赏池台。旧园今在否，新树也应栽。柳行疏密布，茅斋宽窄裁。经移何处竹，别种几株梅。渠当无绝水，石计总成苔。院果谁先熟，林花那后开。羁心只欲问，为报不须猜。行当驱下泽，去剪故园菜。”这和王维诗比较起来，相异处甚明：第一，绩诗二十四句一百二十字，维诗缩成四句二十字，字句既少，情感的色调当然也就淡；第二，绩诗中颇有“敛眉”“握手”“破涕”“殷勤访”“屈曲问”“衰宗”“羁心”这一类强烈的字样，维诗中却都没有，情感的分量因此又显得轻；最重要的是，第三，绩诗中真在那里殷勤屈曲地问，由老友问到儿孙，问到弟侄，问到树木，问到园庐，一层一层问过去，爱人及物，更见爱人之深。维诗却百事不问，只问树木，他树不问，只问清高绝俗的寒梅，可见他的情感之炉火纯青了。

诗人不但不以强烈的情感予人，也并不期待别人以强烈的情感予己。“独在异乡为异客，每逢佳节倍思亲。遥知兄弟登高处，遍插茱萸少一人。”（《九月九忆山东兄弟》）顺着一二两句的调子发展下去，本可以发展到较强的伤感。可是，马上，登高插茱萸的乐事出现了，一下子冲淡了许多。而且，也不过是大家顿然沉默一下，“少一人”的念头在大家心上一阵掠过，引起几丝轻微的怅惘，随即便又会说笑起来吧！诗人所期望于兄弟者，也就这样够了。作用与反作用成正比，过此更强，便会搅扰自己心灵的平安。沈德潜评云：“即《陟岵》诗意。谁谓唐人不近‘三百篇’耶？”案，《诗经·魏风·陟岵》云：

陟彼岵兮，瞻望父兮。父曰：“嗟！予子行役，夙夜无已。上慎旃哉，犹来！无止！”

陟彼屺兮，瞻望母兮。母曰：“嗟！予季行役，夙夜无寐。上慎旃哉，犹来！无弃！”

陟彼冈兮，瞻望兄兮。兄曰：“嗟！予弟行役，夙夜必偕。上慎旃哉，犹来！无死！”

这首诗可是缠绵往复，一唱三叹，写家人念己的殷勤屈曲之心，正足见自己也是这样的情感，与王维诗适成相反。仅仅格局上的一点相同，并不能据以强行牵合，沈说实未尽然。

五

诗人的这样的感情状态，产生于相应的生活原则。

什么原则呢？就是“静”的原则；或者再说清楚些，就是反劳动的原则。试看，诗人在自然景色中所展开的生活节目，仅仅是下面这些：

松风吹解带，山月照弹琴。（《酬张少府》）

倚杖柴门外，临风听暮蝉。（《辋川闲居赠裴秀才迪》）

言入黄花川，每逐青溪水。随山将万转，趣途无百里。

声喧乱石中，色静深松里。漾漾泛菱荇，澄澄映葭苇。我心素已闲，清川澹如此。请留盘石上，垂钓将已矣。(《青溪》)

独坐幽篁里，弹琴复长啸。(《竹里馆》)

薄暮空潭曲，安禅制毒龙。(《过香积寺》)

总之无非就是胡仔所谓“傲睨闲适”。人们往往以田园诗人陶潜与王维相提并论，其实陶诗中还常有“种豆”“荷锄”“耕种”“负耒”“理荒秽”“话桑麻”这些生活节目，可见他还相当限度地参加了田园劳动，和“傲睨闲适”的王维不同。王维诗中偶也有“荷锄”之类，大概即所谓学陶吧，可是细看一下，例如“田夫荷锄至，相见语依依。即此羡闲逸，怅然吟式微”（《渭川田家》）之类，原来是别人荷锄，他只站在旁边当风景看而已。

肉体上反劳动，精神上当然也就反劳动。“自顾无长策，空知返旧林。”（《酬张少府》）这似乎有些牢骚了，其实不是，只是精神上反劳动原则的具体运用。原来，先是轻视肉体劳动，推而广之，一切劳碌都在被轻视之列，连同治国平天下的劳碌都在内。正好像资本家先是瞧不起劳碌的工人，后来就连劳碌的厂长经理之类都瞧不起，觉得惟自己之掌有股权，坐分红利最为高尚。可是这样下去，活气日消，终于就会接近破落户感情。所谓破落户感情，乃是“一叹天时不良，二叹地理可恶，三叹自己无能。但这无能又并非真无能，乃是自己不屑有能，所以这无能的高尚，倒远在有能之上。你们剑拔弩张，汗流浃背，到底做成了什么呢？惟我的颓唐相，是‘十年一觉扬州梦’，惟我的破衣上，是‘襟上杭州旧酒痕’，连懒态和汗渍，也都有历史的甚深的意义的”（鲁迅《且介亭杂文二集·文坛三户》）。这种感情，在精神的反劳动的原则上，当然也是非常有用的。所以破落户文学，常是中国文学史上地位最高的文学，就连王维这样的林下巨公，有时居然也这么学两句破落户口吻。

伍蠡甫先生说得好：“中国诗是穷而后工的，中国画也是如此：不得意的文人，画几笔‘离世绝俗’的或自命‘不吃人间烟火食’的画，满纸是一股没落的滋味，而内心深处仍如望幸的妃嫔，颇近王维的‘那堪闻凤吹，门外度金舆’，是忠于主人的，所以仍是一种御用品。”（伍蠡甫《谈艺录·中国绘画的意境》）真正破落户固如望幸的妃嫔，林下巨公而假作破落户者亦不过承恩方罢，学写几首《宫怨》来自己装点装点。这样，就不能真正彻底反对治国平天下的劳碌。如果彻底，则于自己先前之热烈的奔劳如何自解，万一一旦居然又得召幸又如何自明，而且或有碍于御用之意又如何预为辩护呢？在这个矛盾中，我们乃又得见王维的一篇名诗：“中岁颇好道，晚家南山陲。兴来每独往，胜事空自知。行到水穷处，坐看云起时。偶然值林叟，谈笑无还期。”（《终南别业》）《苕溪渔隐丛话》前集卷十五引《后瑚集》云：“此诗造意之妙，至与造物相表里，岂直诗中有画哉？观其诗，知其蝉蜕尘埃之中，浮游万物之表者也。”为什么这一首小小的诗竟会使人如此拜服？我们再看沈德潜对此诗的批评：“行所无事，一片化机。”这两句话透露了消息，原来妙处就在那“行所无事”“行云流水”的调子。这调子暗示出一种理论，足以解淡上述的矛盾，大致是：一切都任其偶然，顺其自用，安其适然，一切都不一定要做，但也不一定不做，总之一切都可以做，而又一切都不存心如何如何。这样，成功时的劳碌就可以用“出污泥而不染”，“以出世精神作入世事业”，“朝市大隐”之类的话来自解，失败后的凄凉又可以用“胜不足喜，败不足忧”之类的话来自慰了。龚定庵有一首诗：“偶赋凌云偶倦飞，偶然闲服遂初衣。偶逢锦瑟佳人问，便说寻春为汝归。”恰恰就是王维那首诗在实际生活领域内鲜明的运用。这样的“行所无事”，就是形劳而实仍不劳，仍然合于反劳动的原则。

六

以上的分析，大概绘出王维诗在情境两面同为一“静”的轮廓。现在，再说明几点。

情感的静，可以借用鲁迅的话来说明：“盖诗人者，撄人心者也。凡人之心，无不有诗，如诗人作诗，诗不为诗人独有，凡一读其诗，心即会解者，即无不自有诗人之诗。无之何以能解？惟有而未能言，诗人为之语，则握拨一弹，心弦立应，其声彻于灵府，令有情皆举其首，如睹晓日，益为之美伟强力高尚发扬，而污浊之平和，以之将破。平和之破，人道蒸也。虽然，上极天帝下至舆台，则不能不因此变其前时之生活；协力而夭阏之，思永保其故态，殆亦人情矣。故态永存，是曰古国。惟诗究不可灭尽，则又设范以囚之。如中国之诗，舜云言志；而后贤立说，乃云持人性情，三百之旨，无邪所蔽。夫既言志矣，何持之云？强以无邪，即非人志。许自繇于鞭策羁縻之下，殆此事乎？然厥后文章，乃果辗转不逾此界。”（鲁迅《坟·摩罗诗力说》）王维诗的情感方面的静，就是习惯于情感的拘囚，毫不“撄人心”的歌声。

钱锺书论南宗画的特点云：“讲雅淡，不讲鲜；讲写意，不讲形似；讲蕴蓄，不讲实描；讲神韵超迈，不讲气象煊赫。”（《谈艺录·中国诗与中国画》，见《开明书店二十周年纪念文集》）这也可以移用于王维，说明他的诗的静的境界，本来王维正是南宗画的初祖，要知道这境界有什么作用，我们先须记取伍蠡甫的一句话：“山水画的种种意境，都是象征治道之下的某一种标准人品。”（伍蠡甫《谈艺录·中国绘画的意境》）这是极简明扼要的话，同样可以适用于山水诗。王维在诗中专门布置一些雅淡而不鲜，蕴蓄而不实描，写意而不形似，神韵超迈而不气象煊赫的境界，其效果就是美化了那些有利于治道的温文尔雅、模棱两可、超脱现实的人品罢了。

总而言之，王维在中国文学史上，恐怕要算最完全最高妙地实现了“温柔敦厚”的诗教的惟一的诗人，他的诗作乃是中庸主义的最美好的花朵。中庸主义本来是极难开花的，传统诗教也极难教出好的诗作，所以王维这样的诗人，能占有独特的地位。

1948 年

（本文曾收入文学评论集《从秋水蒹葭到春蚕蜡炬》，

本文据《舒芜集》）

日光下的诗人

——《李白诗选》前言[①]

一

李白，字太白，生于唐武后长安元年（701），卒于唐代宗宝应元年（762）。

关于李白的先世和籍贯，历来有几种不同的说法，现在还是一个需待研究的问题。但这里不妨说，蜀中（今四川省）乃是李白的实际上的故乡。

李白五岁左右的时候，他的父亲携同全家从别处移居到绵州彰明县青莲乡。他从此就在蜀中生长，直到二十五岁左

① 本文曾以《关于李白》为题，发表于《光明日报》1954年3月29日第三版。舒芜选注的《李白诗选》，人民文学出版社1954年8月版。

右。后来他在四方浪游当中，始终是用着怀念故乡的感情，来怀念蜀中的山水风物，写了不少动人的诗篇。

李白的一生，绝大部分是在浪游四方当中度过的。他少年时候，广泛地游览过蜀中的许多地方。出蜀以后，大约二十五岁到三十七八岁的十多年间，他主要是往来在安陆、江陵、襄阳（今均属湖北省）一带；中间也曾游过洞庭湖，到过金陵（今江苏南京）、广陵（今江苏扬州）等处。三十七八岁以后，他到过太原；又在任城（今山东济宁县）住过几年，并在那里安了家。四十二岁的时候，他在会稽（今浙江绍兴）、剡县（今浙江嵊县）一带，因吴筠的推荐，被召至京城长安（今西安）。他在长安，一度颇得当时的皇帝唐玄宗的赏识，供奉翰林，掌管机密诏命的起草。但是，他的浪漫的性格和正直的主张，终于使他遭受到权臣贵族们的排挤；他在长安仅仅三年，四十四岁的时候，就被变相地放逐出京。他在那以后大约十年当中，所到的地方很多，东南西北，往来不定；除了常回任城家中看看而外，比较经常逗留的，是梁、宋一带地方（今河南省）。大约五十四岁到五十五岁的两年间，他经常往来于广陵、金陵、宣城（今属安徽省）等处。五十六岁的时候，他在庐山，被当时镇守南方的永王李璘召为王府幕僚。就在那一年，永王李璘起兵与他的哥哥李亨即唐肃宗争夺帝位；次年，永王兵败，李白因此被逮捕，囚在浔阳（今江西九江）。后来虽经别人营救出狱，但仍被判罪，永远流放到夜郎（今贵州桐梓县）。他五十八岁的时候，开始走向流放的长途；次年，在途中遇着大赦，才得回来。此后，他仍然往来于金陵、宣城等处。六十二岁的时候，他去依靠当涂县令李阳冰，死在那里。

李白的性格，是浪漫和豪放的。他的感情是炽烈的。他热爱祖国，热心于政治。他按照我国古代士大夫的老一套的方式从事政治活动：设法在当时的各级的封建统治者面前，表现自己的才能，宣传自己的主张，希望得到他们的赏识和信任，给自己以政治地位，给自己以实现政治理想的机会。但是他的豪放的性格，炽烈的感情，是和当时统治集团的政治有矛盾的。就是说，在当时只有用牺牲自己的正义和自由作为代价，政治活动才能够成功；而李白不肯付出这样的代价。他在长安供奉翰林的时候，本来和当时权势炙手可热的杨贵妃、高力士之流很有机会接近，但他对他们不但没有奉承拉拢，反而毫不掩饰地予以鄙视，终于遭受他们的排挤。这就是一个例子。所以，他对于政治尽管热心，一生中真正的从政生活，却只有短短的两次，时间共总不过五年，并且都以失败告终。他在当时，已经享有极大的诗名，但仍然是在四方浪游当中过了一生，终于在飘泊依人的情况中死去。

李白也有庸俗的一面：他在诗文中往往坦白地表示了对“功名富贵”的羡慕；对于长安三年中“章台走马”“眠花醉柳”的生活，当时也颇有些得意忘形，后来提起来也还是恋恋不忘。但是，事实证明，他终于没有牺牲自己的正义和自由，去换取他那样羡慕着的“功名富贵”。

李白也有消极的一面：他热心于学道求仙；他的一部分作品中往往散播着一些“浮生若梦”“人世无常”之类的思想。但是，在他的学道求仙的动机当中，实在有相当大的成分是借此反抗当时权贵们的威势的压抑，幻想借此得到自由和解脱。他所歌咏的神仙世界，有不少就是对于自由、幸福的生活的幻想的结晶。至于他的诗文中那些“浮生若梦”之类的思想，从全体来看，毕竟是比较次要的东西；而构成他整个作风的基调的，毕竟是那种光明开阔的心情，“绿水长天”“花光百里”似的境界，是对于生活的健康积极的态度。

李白的性格和思想，和一切古代的伟大的作家和诗人一样，非常复杂，充满了矛盾。这些复杂的矛盾，正是他们所生活的时代以及他们在当时的社会地位的复杂的矛盾的反映。但是，进步的、人民性的东西，无论如何占着主要的地位。对于这一点，过去的人民曾给以正确的、公正的评价。我国古代通俗小说和民间传说当中，流传着不少李白的故事和逸事。在那些故事和逸事当中，李白被描写成一个非常可爱的、多才多艺的、为国争光的、从生到死都富于诗意的，并且虚心向普通人民学习的人。例如说李白要杨贵妃捧砚，高力士脱靴之类，这些虽然都不是真实可靠的史料，但乃是人民对诗人的热爱和正确评价的最鲜明的表现。

二

李白是我们民族历史上伟大的古典诗人之一。我们民族的古典诗歌史上被称为黄金时代的是唐代（618—907）。唐代诗坛上，李白和杜甫，成为同时并峙的两个最高峰，在世界文学史上，他们也是达到了诗歌艺术的成就的最高峰的诗人。

诗人李白，通常被现代人称为浪漫主义者。他的浪漫主义的主要部分，是健康的、积极的。他运用了高度夸张放大的方法，鲜明地反映了当时人民的情感和意志。这种浪漫主义，本质上是和现实主义相通的，它在任何民族的文学史上，都是被概括到整个的现实主义传统中去的。

现存的李白的诗篇当中，直接反映人民生活、反映社会政治情况的，并不很多。如果和号称“诗史”的杜甫比较起来，尤其显得少。但是，人民的崇高优美的心灵，人民对于光明和自由、爱情和幸福的热望，人民为争取美好生活而斗争的决心，却通过诗人李白的同样性质的感情的抒写，而得到鲜明无比的反映。它们原是人民群众的现实生活中广泛存在着的东西，被诗人用自己的心灵吸收和集中起来，予以艺术的提高，于是随着诗篇的广泛流传和深切感染，重又灌注进人们的心灵，成为一种力量，鼓舞人们去争取美好的生活。这就是诗人李白的巨大的进步意义之所在。

李白之所以能够这样成功地反映出人民的力量，是和他所生活的那个时代正是我国封建社会中生产力巨大高涨的时代这一事实分不开的。

大唐帝国的建立，是隋末农民战争胜利的结果。隋末全国性的农民大起义，虽然和我国历史上的一切农民战争一样，没有也不可能使农民从封建制度之下得到根本解放，但是，就具体情况来看，这一次的农民起义，在其推翻隋朝的封建政权的斗争中，是曾经给封建力量中最腐朽的部分以严重的打击的。虽然农民战争的胜利的果实依然被地主阶级夺去了，封建的经济关系基本上没有改变，但靠农民战争兴起的唐朝的统治者，不能不在一定程度上照顾到农民的要求。唐帝国结束了汉末以来大约四百年中差不多一贯下来的分裂割据、异族侵入的长期混乱局面，在建国之初，就规定了一系列比较有进步性的经济和财政制度，其中最主要的是“均田制”：它限制了土地的过分集中，在一定程度上和一定范围内保障了农民免于失去土地。此外，还有关于减轻赋税的，救济灾荒的，组织农村劳动力复员的等等制度。这些制度，在当时具体的历史条件下，都是显然有利于生产力的发展的。它们从唐代开国，直到唐玄宗天宝十四年（755）安禄山之变发生，大体上一贯地被执行着。因此，这一百三十多年当中，全国生产力大体上是一贯地上升，引起全国政治、经济和文化的巨大的高涨，达到中国历史上空前未有的程度。当时的大唐帝国，成为世界上头等强大、文明和富庶的国家之一，完全不是偶然的。

那个时代的后期，约为八世纪的前半，我国文学史上称为“盛唐”，产生了许多优秀的诗人。他们的作品，尽管各有其独特的风格，但总的来看，都是那个时代的精神面貌即我国文学史上所谓“盛唐气象”的反映。过去的文学史家和批评家，对于所谓“盛唐气象”都非常推崇，用了许多话，例如“雄浑高华”“堂皇典丽”之类来形容它；归根到底，它无非是当时高涨着的生产力的表现。而在盛唐诗人当中，具有全面的代表性的，表现出最典型的“盛唐气象”的，就是李白。

李白的诗篇介绍给我们这样的一些境界：在那里面，景物的形象，有惊奇绝险的名山大川，有和平淡远的田园村舍，有穷边绝塞的苍茫，有曲涧清溪的幽静，有风雷怒吼，有花月争辉，有碧海仙山上高与天齐的“扶桑”“若木”，有沉香亭畔富艳风流的牡丹，有大地极北阴冥冷冽中的身长千里的“烛龙”，有江南山明水秀之乡的白鹭鸶和锦鸵鸟……活动的形象，有战争，有诗酒，有侠客的剑光，有美人的舞袖，有章台走马的五陵少年，有山林高卧的幽人隐士，有百战沙场的老将，有方巾缓步的迂儒，有“为君谈笑静胡沙”的“东山谢安石”，有“笑隔荷花共人语”的“若耶溪旁采莲女”，有杀人报仇的勇妇，有秋作夜舂的农女，有“虚步蹑太清”的神仙，有“炉火动天地”的矿工……境界是那样丰富多彩，可是无论哪一个角落里，甚至已经说是“日月之照”所不到的角落里，都照临着白日或皓月的光辉，都通到一个广阔无边的背景，都流荡着一股长江大河似的奔腾浩荡的气势，更重要的是，都在读者心中引起一种生气勃勃、遏止不住的青春奋发的情感。很显然，诗歌中的这些境界，就是当时现实世界在诗人的天才的心灵中的投影。诗人李白的伟大意义，正在于此。

至于直接反映当时人民生活和社会政治情况的诗篇，在现存的李白的作品当中，虽然数量上所占有的比例较小，但并不是不重要的。对于当时朝政的紊乱，君主的昏庸，权臣贵族的荒淫横暴……诗人都曾就他所能认识到的，予以揭露和抨击。特别是安禄山之变这样一个当时震撼全国、后来深刻影响到整个历史发展的大事件，不仅被诗人深切关心，在不少诗篇中得到相当详尽的反映，而且深深地打动了诗人的政治热情，使他写出一些长篇大论的直接评论时事的政论性的名作。这一部分的诗篇，政治价值和艺术价值本来都是高的，但对于李白这样一个大诗人来说，究竟还没有达到足以成为他的主要代表作的水准。正因此，诗人的这一面就常常容易被人们忽略。也正因此，今天我们必须很好地认识这一部分诗，把它摆在应有的地位。

三

对于诗人李白的伟大的意义，还应该从他在中国文学史上所起的伟大的作用来认识。

中国文学史，从《诗经》开始，整个地来看，一直是贯串了人民性和现实主义精神的。这个人民性和现实主义传统的发展，始终是和民间文艺的发展分不开的。一切真正有成就的作家和诗人，都曾经直接或间接地向民间文艺学习，从中吸取了不可少的营养。凡是代表着整个一个历史时代的大作家和大诗人，都是意识或不意识地继承了某一整个历史时代的民间文艺的遗产，总结了某一整个历史时代当中作家们和诗人们向民间文艺学习、对民间文艺加工的经验，在反对反人民性和反现实主义传统的斗争中，结束了这个斗争的一个历史阶段，夺取和巩固了现实主义和人民性传统的胜利。李白，就是起了这种伟大作用的伟大诗人之一。

前面说过，大唐帝国是在客观上作为农民战争胜利的结果而建立起来的。汉末以来大约四百年当中，政治、经济上和文学艺术上同样留下许多特别腐朽的封建性的东西。农民战争的巨大的革命力量，已经扫荡到政治、经济的领域，其精神上的影响必然随着就要扫荡到文学艺术的领域。大唐帝国之初，和政治、经济上一系列的具有进步性的制度带来一片新气象一样，文学艺术上也立即出现了新的气象。文学史上所谓“初唐”的时期（大约即是第七世纪的一百年），诗坛上一方面存在着以“齐梁宫体”为代表的颓废淫靡、形式主义的诗风的残余影响，另一方面逐渐成长着一种新的健康的东西，竭力要突破腐朽的旧传统的压抑和束缚，打出新的道路来。

陈子昂第一个旗帜鲜明地站到诗坛上来，宣布这个斗争的开始，并实行英勇的冲锋。现存的陈子昂的诗篇数量不多，其中已经可以显然看出后来的“盛唐气象”的萌芽。但是，对于汉魏以来乐府民歌的丰富遗产，他并没有认真地、直接地去学习和继承。他的渊源，主要只是过去的几个诗人。那些诗人也曾或多或少地向乐府民歌学习过来，才取得了或大或小的成就。他们的经验是应该总结的，但把他们的作品当作主要的营养，却是不够的。因此，陈子昂的诗篇，一方面固然表现出一种庄严刚健的气象，令人振作；另一方面却欠缺丰满和自然，令人感到干枯和板滞，因而也就不能在反对“齐梁宫体”的残余影响的斗争中，为现实主义和人民性的诗风夺取广阔的胜利。

陈子昂所没有做到的，李白做到了。陈子昂所没有完成的，李白完成了。陈子昂成为李白的先驱；李白结束了由陈子昂开始的斗争，奠定了胜利的大局。

李白在诗歌艺术上的崇高成就，和他对于汉魏以来乐府民歌的丰富遗产的继承，有着密切的关系。这是我国的批评家和文学史家历来一致承认的。李白对于汉末以来诗人们学习乐府民歌的经验，以及他们对乐府民歌进行艺术加工的经验，也曾作过一些总结。这是我国的批评家和文学史家历来也都知道，但没有充分认识其意义的。对于这两个问题，可以从下面三点来看：

第一，两汉、三国、南北朝的乐府民歌，经历了极其丰富的发展过程，留下了多方面的宝贵的遗产。李白以前的唐代诗人，也有能够继承这种遗产的，但往往偏于其中某一个或几个方面，因此也不可能获得全面性的巨大成就。到了李白，才能够对这些遗产作全面性的继承。汉魏乐府中对现实社会生活的深入的探索，两晋乐府中对幻想中的美好世界的强烈的追求，南朝乐府中的人民的美丽的爱情，北朝乐府中的英雄气概和边塞景色……三调杂曲之类的豪唱狂歌，清商小乐府之类的轻吟缓咏，“孔雀东南飞”之类的长篇叙事……这一切，都在李白的诗篇里面留下了深刻的影响，而又通过诗人的独特的创作过程，熔炼成一个全新的统一的风格。不但如此，时代更远一些的《楚辞》的某一部分的传统，也在李白的诗篇里面得到积极的发扬，这也是历来的批评家和文学史家一致承认的。此外，李白也曾仿作《诗经》式的四言诗，虽然大抵不甚成功，但由此也可以看出他在接受遗产上的努力，范围是这样广泛。

第二，李白对于汉魏以来乐府民歌的遗产的继承，一方面忠实于民间文艺的优良传统，另一方面又充分发挥了他的创造性。最突出的例子是他那些直接用乐府古题的诗篇，过去就有批评家指出：同一题目之下，乐府古词的妙处，往往正因为李白的新词而更加鲜明；但李白的新词，看起来又恰恰只是李白的作品，而不是任何其他诗人的作品。汉魏以来，诗人拟作的乐府很多，其中达到较高的艺术水准的也不少，但像李白这样创造性的充分发挥，却是空前未有的。文学史证明，正是需要这样高度创造性的继承，而不是相反的方式，才能把乐府民歌的遗产中的优良传统真正发扬光大起来。

第三，三国、六朝的文学史上，除了乐府民歌的光辉的发展而外，也曾出现了一些杰出的诗人，他们都曾直接或间接地向乐府民歌学习过来，他们的经验也需要总结，这是前面已经说过的。李白对他们的态度是矛盾的。在正式谈起诗歌理论的时候，李白对他们曾采取一概抹煞的态度，但在其他场合，对于谢朓、谢灵运、阮籍、曹植等，多次表示了情不自禁的钦佩和景仰；而且根据杜甫对他的正确的批评，他所受于庾信、鲍照、阴铿的影响，都相当地深。此外，在描写田园生活方面，运用口语方面，我们也可以显然看出陶潜和李白之间的某种关系。这个矛盾是可以理解的。在三国、六朝的时候，特别是六朝的齐、梁两朝，在乐府民歌的光辉发展的同时，诗人当中，除了那些特别伟大的和杰出的而外，一般确实都沾染了或多或少的颓废淫靡、形式主义的风气。李白对于那种风气既是抱着强烈的反感，自然就难免在理论上对那些诗人不加分析地一概抹煞。可是，在创作的实践中，那些诗人所留下的某些较好的经验，也很自然地要进入李白所注意、所总结的范围之内。

总起来说，李白在我国文学史上所起的伟大的作用，首先就在于他能够全面地、富有创造性地继承了汉魏以来乐府民歌的丰富遗产。因此，他就具有雄厚的艺术力量，来反映他的时代中的高涨着的人民力量。他那种积极的浪漫主义的精神，在一定意义上，是相当适宜于这种反映的。假如我们今天不能读到李白的那些表现了典型的“盛唐气象”的诗篇，那么我们对于那样一个人民力量上涨的时代的精神面貌，认识上一定会有更多的隔膜。李白的积极的浪漫主义精神，在当时已经成为现实主义和人民性的诗歌所拥有的一种战斗精神，在后来的文学史上，更成为我国古典文学中的现实主义和人民性的整个传统的一个光辉的特色。

1953 年 7 月 10 日

附：一点宿愿

丹纳在《艺术哲学》里，常常用社会心理来解释艺术现象，又用社会生活来解释社会心理，材料丰富，文笔优美，生动充实，有血有肉，令人信服感动。后来勃兰兑斯师承他的理论方法，用于文学史的领域，写成巨著《十九世纪文学主流》，更见发挥光大。我读《艺术哲学》，最佩服关于哥德式建筑艺术的那一部分。丹纳首先充分描绘了欧洲中世纪社会的黑暗，“人间仿佛提早来到的地狱”。在这样的社会生活的背景上，哥德式建筑艺术的一切奥秘，都可以从社会心理上得到合理的解释。关于哥德式教堂内部的光色，丹纳说：

> 走过教堂的人心里都很凄惨，到这儿来求的也无非是痛苦的思想。……心中存着个人的恐惧，受不了白日的明朗与美丽的风光；他们不让明亮与健康的日光射进屋子。教堂内部罩着一片冰冷惨淡的阴影，只有从彩色玻璃中透入的光线变做血红的颜色，变做紫石英与黄玉的华彩，成为一团珠光宝气的神秘的火焰，奇异的照明，好像开向天国的窗户。（丹纳：《艺术哲学》，傅雷译，人民文学出版社1963年1月北京第一版，上海第一次印刷。下同）

关于哥德式教堂的外形，他说：

> 形式的富丽，怪异，大胆，纤巧，庞大，正好投合病态的幻想所产生的夸张的情绪与好奇心。这一类的心灵需要强烈，复杂，古怪，过火，变化多端的刺激。他们排斥圆柱，圆拱，平放的横梁，总之排斥古代建筑的稳固的基础，匀称的比例，朴素的美。

这些话给我印象特别深，是因为它使我解决了读唐诗当中的一个疑问。

我说的是关于李贺诗的问题。早先我就很佩服钱锺书先生在他的《谈艺录》中指出，李贺诗好用硬重光冷的形象，如铜、铅、琥珀、玻璃之类，又好用强力突击的动词，如拗、戛、割、压之类。我想，把这两方面结合起来，正好形成一种磨珠戛玉、翠舞金飞的奇丽的境界。后来我又与友人陈迩冬先生谈诗，他指出李贺诗多用未曾调过的“生色”，而李商隐诗则多用充分调过的“熟色”，我也很佩服他的见解。但是，我又想，尽管李贺诗中色彩很繁富，很强烈，为什么给人总的印象，终归有一种阴暗惨淡之感呢？色彩的繁富强烈和阴暗惨淡，本是矛盾的，为什么在李贺诗境中能够统一呢？及至读到丹纳对于哥德式建筑艺术的分析，我觉得许多地方对李贺的诗同样适用。

原来，李贺诗境中也正是没有明亮与健康的日光，窗子全都用经过强力割切的琥珀、琉璃、黄玉、红玛瑙、紫石英之类的碎片镶嵌起来，一切光线都要通过这些窗子，于是也就变做血红的颜色，变做紫石英与黄玉的华彩，成为一团珠光宝气的神秘的火焰了。这种神秘的华彩，越是繁富，越是强烈，就越是笼罩着一片惨淡的阴影。矛盾就是这样统一起来的。

不仅如此，丹纳的分析还使我真正理解了李贺怎样以他的诗境反映了当时的社会。原来李贺这种诗境，以及他的诗歌在结构、韵律、句调等方面的富丽，怪异，大胆，纤巧，同样投合着中唐时期社会上流行的病态的幻想所产生的夸张的情绪与好奇心，这一类的心灵也正是需要强烈，复杂，古怪，过火，变化多端的刺激。安史之乱以后，唐朝一蹶不振，藩镇拥兵割据，连年争城夺地，涂炭生灵，可以想见，丹纳描写欧洲中世纪的一些话差不多都可以借用：

> 野蛮的首领变为封建的宫堡主人，互相厮杀，抢掠农民，焚烧庄稼，拦劫商人，任意盘剥和虐待他们穷苦的农奴。田地荒废，粮食缺乏。十一世纪时，七十年中有四十年饥荒。……到处疮痍满目，肮脏不堪，连最简单的卫生

都不知道，鼠疫，麻风，传染病，成为土生土长的东西。

生活在这样社会中的人们，心情惨淡，受不了白日的明朗与美丽的风光，特别看不得明亮与健康的日光，是不足怪的。对比起来，李白诗歌中的境界，就完全是盛唐景象了。我曾在《李白诗选》前言中勾画了李白诗歌中的世界：

> 这个世界丰富多彩，可是无论哪一个角落里，甚至已经说是“日月之照”所不到的角落里，都照临着白日或皓月的光辉，都通到一个广阔无边的背景，都流荡着一股长江大河似的奔腾浩荡的气势，更重要的是，都在读者心中引起一种生气勃勃、遏止不住的青春奋发的情感。很显然，诗歌中的这个世界，就是当时现实世界在诗人的天才的心灵中的投影。

但是我的这个描绘，十分贫乏，对盛唐的社会生活和社会心理一个字也没有说到，只好一步跳到“农民战争胜利后的高涨着的人民力量的表现”去。本来，把这一点作为“盛唐气象”的根本原因，也是可以的，至少是可以备一家之言的。问题在于缺少了社会生活和社会心理这两个中间环节，从墙基一下就砌到屋顶，中间只有几根摇摇晃晃的木棍在支撑罢了。所以我读了丹纳的书非常佩服，曾经打算在马克思主义的基础上，批判地吸取丹纳和勃兰兑斯的长处，来进行有血有肉的唐诗研究（我很爱读马克思的《路易·波拿巴的雾月十八日》，觉得那是有血有肉的当代史，可以证明真正的马克思主义历史研究本来就是有血有肉的）。可惜因循蹉跎，至今百无一成。现在把我这一点未偿的宿愿在这里公开出来，希望能有同心者大家朝这方面努力。

1985 年

（本文据《舒芜集》）

李白诗中的白日光辉

日本作家佐藤春夫曾经指出，鲁迅小说里面，善写月光，而月光乃是东洋文学中传统的光辉。我们且不讨论鲁迅作品里的月光，是不是与传统的有什么不同。我们回顾中国古典文学里面，月光多，日光少，却是事实。只有李白的诗篇，充满了白日的光辉。

试看——

1. 佳人当窗弄白日，弦将手语弹鸣筝。(《春日行》)
2. 日照新妆水底明，风飘香袂空中举。(《采莲曲》)
3. 红妆白日鲜。(《子夜吴歌》)

以上白日照美人。

4. 碧荷生幽泉，朝日艳且鲜。（《古风》其二六）
5. 桃花开东园，含笑夸白日。（《古风》其四七）
6. 桃李待日开，荣华照当年。（《长歌行》）
7. 昨梦江花照江日，几枝正发东窗前。（《同王昌龄送族弟襄归桂阳》）
8. 池花春映日。（《谢公亭》）
9. 白日照绿草。（《春日独酌》其一）
10. 芙蓉娇绿波，桃李夸白日。（《感兴》其四）
11. 溪花笑日何年发。（《观元丹丘坐巫山屏风》）
12. 东方日出啼早鸦，城门人开扫落花。（《扶风豪士歌》）

以上白日照花草。

13. 石门中断平湖出，百丈金潭照云日。（《和卢侍御通塘曲》）
14. 庐山秀出南斗傍，屏风九叠云锦张。影落明湖青黛光。金阙前开二峰长，银河倒挂三石梁。香炉瀑布遥相望，回崖沓嶂凌苍苍。翠影红霞映朝日，鸟飞不到吴天长。（《庐山谣寄卢侍御虚舟》）

15. 城隅渌水明秋日。（《别中都明府兄》）

16. 半壁见海日，空中闻天鸡。……青冥浩荡不见底，日月照耀金银台。（《梦游天姥吟留别》）

17. 日映水成空。（《流夜郎至江夏，陪长史叔及薛明府宴兴德寺南阁》）

18. 日照香炉生紫烟，遥看瀑布挂前川。飞流直下三千尺，疑是银河落九天。（《望庐山瀑布》其二）

19. 四面生白云，中峰倚红日。（《望黄鹤山》）

以上白日照山水。

20. 日照锦城头，朝光散花楼。(《登锦城散花楼》)

21. 水摇金刹影，日动火珠光。(《秋日登扬州西灵塔》)

以上白日照建筑。

22. 春日遥看五色光。（《永王东巡歌》其三）

以上白日照军旅。（《越绝书》：“军上有气，五色相连，与天相抵。”）

23. 日出布谷鸣，田家拥锄犁。（《赠从弟冽》）

以上白日照农作。

24. 长安白日照春空，绿杨结烟桑袅风。披香殿前花始红，流芳发色绣户中。（《阳春歌》）

以上白日照春光。

25. 雁度秋色远，日静无云时。（《寻鲁城北范居士失道落苍耳中见范置酒摘苍耳作》）

以上白日照秋光。

26. 白日耀紫薇，三公运权衡。（《古风》其三四）
27. 举动摇白日，指挥回青天。（《古风》其三九）
28. 日出照万户，簪裾烂明星。（《鼓吹入朝曲》）
29. 银鞍紫鞚照云日，左顾右盼生光辉。（《走笔赠独孤驸马》）

以上白日照富贵。

30. 安知天汉上，白日悬高名。（《古风》其一三）
31. 闻有贞义女，振穷溧水湾。清光了在眼，白日如披颜。（《游溧阳北湖亭望瓦屋山怀古赠同旅》）

以上白日照贞贤。

32. 日出东方隈，似从地底来。历天又入海，六龙所舍安在哉。（《日出入行》）
33. 边尘染衣剑，白日凋华发。（《禅房怀友人岑伦》）
34. 少年费白日，歌笑矜朱颜。（《饯校书叔云》）

以上白日照宇宙人生。

35. 白日在高天，回光烛微躬。（《东武吟》）
36. 忽蒙白日回景光，直上青云生羽翼。（《驾去温泉宫后赠杨山人》）
37. 皇穹雪冤枉，白日开氛昏。（《书情题蔡舍人雄》）

以上白日照自己。

38. 云见日月初生时，铸冶火精与水银。(《上云乐》)

39. 丹田了玉阙，白日思云空。（《访道安陵遇盖还为余造真箓临别留赠》）

40. 白日可抚弄，清都在咫尺。(《草创大还，赠柳官迪》)

以上对白日的思慕。

据罗曼·罗兰《弥盖郎琪罗传》里说，弥盖郎琪罗对于自己所创作的大卫像，认为“最重要的是应该让它直接受到阳光”。上述李白诗篇中的这些形象，就是“直接受到阳光”的形象。我们记住李白是一个白日光辉下的诗人，许多问题可以迎刃而解。

例如，关于李白的渊源，过去有说是阴铿的，有说是谢朓的，有说是鲍照的，有说是陈子昂的，有说是《大雅》的，有说是《离骚》的，都有相当根据，我们不能不承认，可是又总觉得都不完全像。大概，一个大诗人的出现，都会综合前代诗人多方面的成果，而又加以融化。更重要的是他有他的特点，把前人各种传统融入自己的特色中去。李白就是把阴铿、鲍照、陈子昂、《大雅》《离骚》等等的诗世界，统统放到他所特有的白日光辉照耀之下，另成一个光明、爽朗、矫健、高超、有热力、有生气、游行自如、飞翔自在的诗世界。

（本文据《牺牲的享与供》，2009 年 7 月版）

瀑布·银河·画幅

望庐山瀑布

李　白

日照香炉生紫烟，
遥看瀑布挂前川。
飞流直下三千尺，
疑是银河落九天。

关于名作的赏析，近年来很受读者的欢迎，报刊上发表的这方面的文章，出版社出的这方面的专著，越来越多，有的地方还出了专门的杂志，拥有广泛的读者。这当然是很好的事，反映出读书界不满于笼统的鉴赏，知其然还要知其所以然。我也爱看这方面的文章，即如这《文汇月刊》上面，我最爱读的就是曾卓的《听笛人手记》和柳鸣九的《外国爱情短篇小说选评》。这也同我自己一向最不会写这类的文章有关，我就是个略能爱好名作而总说不出所以然的人。

不料谢蔚明兄从上海来京组稿，枉顾天问楼，竟然指定要我写文章谈一谈李白的“日照香炉生紫烟”一绝，说是因为刘旦宅同志已经给《文汇月刊》画了一幅以此诗为题的画，编辑部计划配上文章成一个专栏。这使我非常惶恐。我力陈一向最不善写这种文章，我还说，刘旦宅同志的画我一向爱看，这一幅虽然还未见到，但肯定不是我的拙文所能妄配的。尽管我说的句句是实话，但终于无效，还是非写不可。

李白这首绝句，从来脍炙人口，我也是从小就会背诵。但恐防记忆万一有误，而且还希冀从笺注中得一点启发，便打开买到不久的《李白集校注》（瞿蜕园、朱金城校注，上海古籍出版社出版）来查，在卷二十一里面查到了，题目是《望庐山瀑布二首》，第一首是五言古诗，七绝是第二首。字句倒是同记忆中的一样（校记中几处异文可以不管），“评笺”中引了前人几则诗话，却把我的思绪搅得更乱了。因为这些诗话，大都赞美此诗的后两句，然而又说前面那首五古中另有两句比这更好。如所引王琦注引葛立方《韵语阳秋》云：

徐凝《瀑布》诗云："千古长如白练飞，一条界破青山色。"或谓乐天有"赛不得"之语，独未见李白诗耳。李白《望庐山瀑布》诗曰："飞流直下三千尺，疑是银河落九天。"故东坡云："帝遣银河一派垂，古来惟有谪仙词，飞流溅沫知多少，不与徐凝洗恶诗。"以余观之，银河一派，犹涉比拟，不若白前篇云："海风吹不断，江月照还空。"凿空道出，为可喜也。

我也承认"海风吹不断，江月照还空"两句，确是大气包举，摄尽庐山瀑布的精魂。但是，"飞流直下三千尺，疑是银河落九天"两句之所以得到苏东坡的叹服，难道是偶然的么？千古以来，这七绝两句几乎已成为普通有文化的人们言谈中随口而出的成句，而那五古两句，能上口者又有几人呢？说七绝两句一定不及五古两句，究竟有什么根据呢？所以，我觉得似乎并未获得什么启发，反而把思路搞乱了。

我只好再去细读《望庐山瀑布二首》第一首：

西登香炉峰，南见瀑布水。挂流三百丈，喷壑数十里。欻如飞电来，隐若白虹起。初惊河汉落，半洒云天里。仰观势转雄，壮哉造化功。海风吹不断，江月照还空。空中乱潨射，左右洗青壁。飞珠散轻霞，流沫沸穹石。而我乐名山，对之心益闲。无论漱琼液，且得洗尘颜。且谐宿所好，永愿辞人间。

全诗之中，的确还是“仰观势转雄，壮哉造化功。海风吹不断，江月照还空”四句最为精彩。可是，我倒发现一个值得注意的问题了：紧接这四句之前的，不就是“初惊河汉落，半洒云天里”两句么？这两句不是同“疑是银河落九天”一样的意思，一样的说法么？我马上又联想起从小就从《唐诗三百首》中读得烂熟了的李白另一首名诗《庐山谣寄卢侍御虚舟》里的这几句：“金阙前开二峰长，银河倒挂三石梁。香炉瀑布遥相望，回崖沓嶂凌苍苍。”不也同样是以“银河倒挂”来比拟香炉峰瀑布么？可见李白是一而再、再而三地用了同一个比喻来描写同一个瀑布，那么，为什么只在七绝中用了便成为名句，在另外两处同样用了却引不起注意呢？这个比喻在艺术上是否一定就低于“海风吹不断，江月照还空”那样的“凿空道出”，姑且不论。但同在那首五古中，“初惊河汉落，半洒云天里”二句，远不及“海风吹不断，江月照还空”二句的精彩，却是事实，这又是什么缘故呢？是不是三处比喻虽同，而遣词造句却有什么微妙的区别呢？那就再来比较比较吧：

① 飞流直下三千尺，疑是银河落九天。

② 挂流三百丈，喷壑数十里。……初惊河汉落，半洒云天里。

③ 银河倒挂三石梁。

看来看去，我实在看不出什么区别来。

忽然，我想起中国画在画幅上的多样化来了。我们通常所见，有大中堂，有长手卷，有立轴，有横幅，有小幅，有团扇，有聚头扇……画幅的形式大小，同画图内容，绝不是互不相干、任意选定的。小小的团扇上，恐怕很难画好《江山万里图》。丈把高的大中堂上，要画出“青虫相对吐秋丝”句意，同样不容易见好。中国园林庭院中的窗子，大小高低长短宽狭方圆……的变化也很多，也都是相应于它所要观赏的窗外景色、它所要显现的窗内布置的特点，各自最适于表现那个特点，一个窗子就像一个画幅，道理是相通的。

那么，上引李白三首咏庐山的诗，就好有一比：

《庐山谣》一首，从“手持绿玉杖，朝别黄鹤楼”写起，诗人沿着浩浩长江东下——不，简直是在万里江天上飞吟。初见庐山时是“庐山秀出南斗旁”，将别庐山时是“先期汗漫九垓上，愿接卢敖游太清”，都是飞行者的口吻。所以，这首《庐山谣》正像一个长手卷，诗中的视野基本上是“横线条”的。正因此，诗中最精彩之处，也就是最能表现这种飞动的、俯瞰的、“横线条”的视野的几句：“翠影红霞映朝日，鸟飞不到吴天长。登高壮观天地间，大江茫茫去不还。黄云万里动风色，白波九道流雪山。”而不是“银河倒挂三石梁”，这句是“竖线条”的，在整幅长卷中并不是基调。

《望庐山瀑布二首》的第一首，好像一幅青绿山水的大中堂，它画出香炉峰瀑布的全貌，画出瀑布的大，瀑布的高，瀑布的宏阔雄奇，瀑布的瑰伟绚丽，画面上既有“飞电”“白虹”的光的闪耀，又有“青壁”“轻霞”的色的映射，正是在这样一幅浓郁充实的大中堂上，所以“海风吹不断，江月照还空”这样飞动空灵的一笔，便点活了全局，成为全幅中最精彩之处。而这两句以上的诸句，包括“初惊河汉落，半洒云天里”两句，都只起到为“海风”两句“蓄势”的作用，不可能突出地引起读者的注意。

至于“日照香炉”一绝，短短四句，一意贯串。先从香炉峰顶写起，峰上常有氤氲云气，好像博山炉上缭绕的香烟，这是香炉峰得名的由来；现在被初日光辉一照，炉烟呈金紫色，更像上界仙都的祥云瑞霭了。第二句“遥看瀑布挂前川”，从哪里“挂”下来的呢？连同上句，就是从那金紫氤氲的祥云瑞霭之中“挂”下来的。第三句“飞流直下三千尺”，连同上两句从祥云瑞霭之高“挂”下来，这“直下”二字就确有着落，不是泛泛之语。归结到第四句“疑是银河落九天”，这个“疑”就不是毫无根据的。这瀑布如此之高，如此之长，它又是从那金紫氤氲的祥云瑞霭中直挂下来的，恐怕它真不是普通的水，而是银河之水从九天之上落下来的吧！所以，这四句只写了瀑布的特点之一：“高”。它好比一幅狭长的立轴，上面只以大写意之笔，甚至是漫画之笔，画了纵贯全幅的一条长长的瀑布，全幅的线条主要是“纵”的。“挂”字，“直下”二字，“三千尺”三字，全都是一条条自上而下的“竖线条”。而“疑是银河落九天”这最能表现“纵”的视野的一句，就是全幅精神的凝括了。

上面将三首诗分别比为长卷、中堂和立轴，主要是就其内容而言，现在还可以说：长篇歌行本来近似长卷，长篇五古本来近似方整阔大的中堂，而七言绝句句数只限四句，每句却是易于流畅的七言，本来就近似狭而长的立轴。诗人用什么体，表现什么样的内容，也是有选择，有讲究的。《红楼梦》第七十八回写宝玉、贾环、贾兰三人奉贾政之命作《姽婳词》，贾兰作了一首七绝，贾环作了一首五律，宝玉认为择体都不合体式。宝玉未作之前，先发了一段议论道："这个题目似不称近体，须得古体，或歌或行，长篇一首，方能恳切。"众清客都站起身来，点头拍手道："我说他立意不同，每一题到手，必先度其体格宜与不宜，这便是老手妙法。这题目名曰《姽婳词》，且既有了序，此必是长篇歌行，方合体式……半叙半咏，流利飘逸，始能尽妙。"这虽然是清客们对着老爷捧公子之谈，但大体上是说得对的。

倒是我由命题考试的李白绝句，扯到李白的另外两首诗，又扯到画（居然在刘旦宅同志面前谈画！），又扯到《红楼梦》，实在是答不出试卷，东拉西扯，不知所云。万一瞎碰上某一点点道理，例如说论诗要顾及全篇，摘句很难定优劣，或者说各种艺术之间尽有相通之处，谈艺者大可以比较比较，那是完全意外的。

1981年12月3日

（本文据《书与现实》，生活·读书·新知三联书店1986年7月版）

高适与岑参

解放前讲授“历代诗选”时，尝试一种方法：从诗人最常用、多用的名物、形象、词语切入，来进行分析，有些成果。这里，从旧讲稿中抄出关于高适与岑参的分析。作为一例，向研究者请教。

盛唐诗人中，高适与岑参一向并称，二人诗中，都常写边塞苍凉之景，发兵戈杀伐之音，号为边塞诗。但是，细看起来，却是各有个性。刘大杰《中国文学发展史》说：“（高适）其气象似乎比不上岑参的奔放，然其诗中的人情味，却较优于岑。他在写边塞的景象、战争的场面下，同时又顾到征夫的疾苦、少妇的情怀，故能于高壮的风格里，还呈现哀怨之音。令人读了，觉得悠长有味。岑高诗的差别，我想就在这一点。”此论甚是。两诗人何以有此区别，则由于更根本的区别。

先看岑参。

过去说杜甫“每饭不忘君”，无非因为他的《槐叶冷淘》诗中有“君王纳晚凉，此味亦时须”之句，其实他诗中的“君王”之类并不是太多。倒是岑参诗中，念念不忘的是：

1. 皇帝受玉册，群臣罗天庭。喜气薄太阳，祥光彻窅冥。奔走朝万国，崩腾集百灵。（《送许子擢第归江宁拜亲，因寄王大昌龄》）
2. 往年诣骊山，献赋温泉宫。天子不召见，挥鞭遂从戎。（《送祁乐归河东》）
3. 天子怜谏官，论事不可休。（《送许拾遗恩归江宁拜亲》）
4. 闻君欲朝天，驷马临道嘶。（《虢州郡斋南池幽兴，因与阎二侍御道别》）
5. 世人犹未知，天子愿相见。（《青龙招提归一上人远游吴楚别诗》）
6. 天子念黎庶，诏书换诸侯。仙郎授剖符，华省辍分忧。置酒会前殿，赐钱若山丘。天章降三光，圣泽该九州。（《送颜平原》）

7. 一从弃鱼钓，十载干名王。无由谒天阶，却欲归沧浪。（《至大梁却寄匡城主人》）

8. 忆昨蓬莱宫，新授刺史符。明主仍赐衣，价值千万余。（《酬成少尹骆谷行见呈》）

9. 夫子傲常调，诏书下征求。知君欲谒帝，秣马趋西州。（《冀州客舍酒酣贻王绮寄题南楼》）

10. 天子日殊宠，朝廷方见推。（《北庭西郊候封大夫受降回军献上》）

11. 吾君方忧边，分阃资大才。（《使交河郡，郡在火山脚，其地苦热无雨雪，献封大夫》）

12. 明主亲梦见，世人今始知。（《登千福寺楚金禅师法华院多宝塔》）

13. 圣主赏勋业，边城最辉光。（《东归留题太常徐卿草堂》）

14. 成功云雷际，翊圣天地安。（《左仆射相国冀公东斋幽居同黎拾遗所献》）

15. 日出朝圣人，端笏陪群公。（《东归发犍为，至泥豀舟中作》）

16. 明主每忧人，节使恒在边。（《阻戎泸间群盗》）

17. 未能匡吾君，虚作一丈夫。（《行军诗二首》其二）

18. 君臣日同德，祯瑞方潜施。（《尹相公京兆府中棠树降甘露诗》）

19. 亚相勤王甘苦辛，誓将报主靖边尘。（《轮台歌奉送封大夫出师西征》）

20. 莫言圣主长不用，其那苍生应未休。（《客舍悲秋有怀两省旧游呈幕中诸公》）

21. 吾窃悲阳关道路长，曾不得献于君王。（《优钵罗花歌》）

22. 谒帝向金殿，随身唯宝刀。（《陕州月城楼送辛判官入奏》）

23. 衔恩期报主，授律远行师。（《奉和杜相公初发京城作》）

24. 勤王敢道远，私向梦中归。（《发临洮将赴北庭留别》）

25. 无媒谒明主，失计干诸侯。（《送二十二兄北游寻罗中》）

26. 归期明主赐，别酒故人欢。（《送杨千牛趁岁赴汝南郡觐省便成婚》）

27. 功曹善为政，明主还应闻。（《送蜀郡李掾》）

28. 拜命时人羡，能官圣主闻。（《凤翔府行军送程

使君赴成州》）

29. 伫闻明主用，岂负青云姿。(《送颜评事入京》)

30. 明主虽然弃，丹心亦未休。（《题虢州西楼》）

31. 君王新赐笔，草奏向明光。（《省中即事》）

32. 天子悲元老，都人惜上公。(《苗侍中挽歌》其二）

33. 忆昨明光殿，新承天子恩。（《西河太守杜公挽歌》其四）

34. 授钺辞金殿，承恩恋玉墀。登坛汉主用，讲德蜀人思。(《送严黄门拜御史大夫再镇蜀川兼觐省》)

35. 明主亲授钺，承恩欲专征。(《送郭仆射节制剑南》)

36. 时衣天子赐，厨膳大官调。（《和刑部成员外秋夜寓直寄台省知己》）

37. 暂到蜀城应计日，须知明主待持衡。（《奉和杜相公发益昌》）

38. 天子预开麟阁待，祇今谁数贰师功。（《献封大夫破播仙凯歌六章》之一）

今存全集不过359首，而言明主、天子、主、圣、帝、王、吾君、君、皇帝、天、名王、圣主、圣人、君王之诗，竟有38首，占10%强。其他如天阶、帝辇、帝城、王程、王事、金殿、丹墀、天章、龙阙、皇川、御香之类尚多。杜甫“独使至尊忧社稷，诸君何以答升平”，是要为天子分忧。岑参所言，则大抵冀望天子恩荣。所以，羡人恩荣，夸人富贵之语亦多。如云：

1. 青春登甲科，动地闻香名。解榻皆五侯，结交尽群英。……到家拜亲时，入门有光荣。乡人尽来贺，置酒相邀迎。（《送许子擢第归江宁拜亲，因寄王大昌龄》）
2. 诏书下青琐，驷马还吴州。束帛仍赐衣，恩波涨沧流。（《送许拾遗恩归江宁拜亲》）
3. 朝从青莲宇，暮入白虎殿。宫女擎锡杖，御筵出香炉。（《青龙招提归一上人远游吴楚别诗》）
4. 承恩长乐殿，醉出明光宫。（《送王著作赴淮西幕府》）
5. 去年见君处，见君已风抟。朝趋赤墀前，高视青云端。新登麒麟阁，适脱獬豸冠。（《送张秘书充刘相公通汴河判官，便赴江外觐省》）
6. 贺君关西掾，新绶腰下垂。白面皇家郎，逸翮青云姿。（《冬宵家会饯李郎司兵赴同州》）

7. 仙郎授剖符，华省辍分忧。置酒会前殿，赐钱若山丘。天章降三光，圣泽该九州。……夏云照银印，暑雨随行辀。赤笔仍在箧，炉香惹衣裘。（《送颜平原》）

8. 圣朝正用武，诸将皆承恩。（《潼关镇国军句覆使院早春寄王同州》）

9. 数公不可见，一别尽相忘。敢恨青琐客，无情华省郎。（《初至西虢官舍南池，呈左右省及南宫诸故人》）

10. 是君同时者，已有尚书郎。（《敬酬杜华淇上见赠，兼呈熊耀》）

11. 忆昨蓬莱宫，新授刺史符。明主仍赐衣，价值千万余。何幸承命日，得与夫子俱。携手出华省，连镳赴长途。五马当路嘶，按节投蜀都。……荣禄上及亲，之官随板舆。(《酬成少尹骆谷见呈》)

12. 诏书自征用，令誉天下知。（《虢中酬陕西甄判官赠》）

13. 门传大夫印，世拥上将旗。（《过梁州奉赠张尚书大夫公》）

14. 君家一何盛，赫奕难为俦。伯父四五人，同时为

诸侯。（《冀州客舍酒酣贻王绮寄题南楼》）

15. 驿马从西来，双节夹道驰。喜鹊捧金印，蛟龙盘画旗。如公未四十，富贵能及时。直上排青云，傍看疾若飞。前年斩楼兰，去岁平月支。天子日殊宠，朝廷方见推。（《北庭西郊候封大夫受降回军献上》）

16. 吾友不可见，郁为尚书郎。（《上嘉州青衣山中峰，题惠净上人幽居，寄兵部杨郎中》）

17. 玉佩罥女萝，金印耀牡丹。（《左仆射相国冀公东斋幽居同黎拾遗赋献》）

18. 忆昨在西掖，复曾入南宫。日出朝圣人，端笏陪群公。（《东归发犍为，至泥谿舟中作》）

19. 偶从谏官列，谬向丹墀趋。（《行军诗二首》其二）

20. 幸得趋紫殿，却忆侍丹墀。（《佐郡思旧游》）

21. 君家兄弟不可当，列卿御史尚书郎。（《韦员外家花树歌》）

22. 如君兄弟天下稀，雄词健笔皆若飞。将军金印亸紫绶，御史铁冠重绣衣。（《送魏开卿擢第归东都，因怀魏校书、陆浑、乔潭》）

23. 将门子弟君独贤，一从受命常在边。未至三十已

高位，腰间金印色赭然。前日承恩白虎殿，归来见者谁不羡。箧中赐衣十重余，案上军书十二卷。（《送张献心充副使归河西杂句》）

24. 盖将军，真丈夫。行年三十执金吾。（《玉门关盖将军歌》）

25. 忆昨看君朝未央，鸣珂拥盖满路香。始知边将真富贵，可怜人马相辉光。男儿称意得如此，骏马长鸣北风起。（《卫节度赤骠马歌》）

26. 封侯应不远，燕颔岂徒然。（《送张都尉东归》）

27. 剖竹向江濆，能名计日闻。隼旗新刺史，虎剑旧将军。（《送羽林长孙将军赴歙州》）

28. 欲谒明光殿，先趋建礼门。仙郎去得意，亚相正承恩。（《送崔员外入秦因访故园》）

29. 闻欲朝龙阙，应须拂豸冠。（《送韦侍御先归京》）

30. 联步趋丹陛，分曹限紫薇。晓随天仗入，暮惹御香归。（《寄左省杜拾遗》）

31. 按节辞黄阁，登坛恋赤墀。……野鹊迎金印，郊云拂画旗。（《奉和杜相公初发京城作》）

32. 诏出未央宫，登坛近总戎。上公周太保，副相汉司空。（《奉送李太保兼御史大夫充渭北节度使》）

33. 潘郎腰绶新。（《送李郎尉武康》）

34. 花绶傍腰新。（《送秘书虞校书赴虞乡丞》）

35. 弱冠已银印，出身唯宝刀。（《送张郎中赴陇右觐省卿公》）

36. 草羡青袍色，花随黄绶新。（《送张卿郎君赴硖石尉》）

37. 马带新行色，衣闻旧御香。县花迎墨绶，关柳拂铜章。（《送宇文舍人出宰元城》）

38. 青袍美少年，黄绶一神仙。（《送楚丘麹少府赴官》）

39. 拜命时人羡，能官圣主闻。（《凤翔府行军送程使君赴成州》）

40. 诏置海陵仓，朝推画省郎。还家锦服贵，出使绣衣香。（《送许员外江外置常平仓》）

41. 羡他骢马郎，元日谒明光。立处闻天语，朝回惹御香。（《送裴侍御赴岁入京》）

42. 太守拥朱轮。（《陪使君早春东郊游眺》）

43. 青袍移草色，朱绶夺花然。（《春日醴泉杜明府承恩五品宴席上赋诗》）

44. 门瞻驷马贵，时仰八龙名。（《故仆射裴公挽歌》其一）

45. 回瞻北堂上，金印已生尘。（《河西太守杜公挽歌》其二）

46. 河尹恩荣旧，尚书宠赠新。一门传画戟，几世驾朱轮。……惟余朝服在，金印已生尘。（《故河南尹岐国公赠工部尚书苏公挽歌》其一）

47. 玉馔天厨送，金杯御酒倾。（《送郭仆射节制剑南》）

48. 千家窥驿舫，五马饮春湖。（《送任郎中出守明州》）

49. 迎亲辞旧苑，恩诏下储闱。昨见双鱼去，今看驷马归。……鹊随金印喜，乌傍板舆飞。（《奉送李宾客荆南迎亲》）

50. 列宿光三署，仙郎直五宵。时衣天子赐，厨膳大官调。长乐钟应近，明光漏不遥。黄门持被覆，侍女捧香烧。……粉署荣新命，霜台忆旧僚。名香播兰蕙，重价蕴琼瑶。击水翻沧海，抟风透赤霄。（《和刑部成员外秋夜寓直寄台省知己》）

51. 新骑骢马复承恩。（《奉送贾侍御使江外》）

这种羡人恩荣富贵的诗，在现存诗篇中，占到七分之一。

可是，自己和别人也有不得意的时候，于是我们又常常看到这样的诗句：

1. 望君仰青冥，短翮难可翔。（《武威送刘单判官赴安西行营便呈高开府》）
2. 明时未得用，白首徒工文。泽国从一官，沧波几千里。群公满天阙，独去过淮水。……潜虬且深蟠，黄鹄举未晚。惜君青云器，努力加餐饭。（《送王大昌龄赴江宁》）
3. 君有贤主将，何谓泣途穷？时来整六翮，一举凌苍穹。（《北庭贻宗学士道别》）
4. 仰望浮与沉，忽如云与泥。（《虢州郡斋南池幽兴，因与阎二侍御道别》）
5. 相识应十载，见君只一官。家贫禄尚薄，霜降衣仍单。（《送李翥游江外》）
6. 何处路最难，最难在长安。长安多权贵，珂珮声珊珊。儒生直如弦，权贵不须干。（《送张秘书充刘相公通汴河判官，便赴江外觐省》）
7. 州县信徒劳，云霄亦可期。（《冬宵家会饯李郎司兵赴同州》）
8. 佐郡已三载，岂能长后时。……州县不敢说，云霄谁敢期。（《虢州送郑兴宗弟归扶风别庐》）

9. 谁念在江岛，故人满天朝。（《青山峡口泊舟怀狄侍御》）

10. 久欲谢微禄，誓将归大乘。（《寄青城龙谿奂道人》）

11. 无心顾微禄，有意在独往。（《潼关使院怀王七季友》）

12. 黜官自西掖，待罪临下阳。空积犬马恋，岂思鹓鹭行。（《初至西虢官舍南池，呈左右省及南宫诸故人》）

13. 杜侯实才子，盛名不可及。只曾效一官，今已年四十。是君同时者，已有尚书郎。怜君独未遇，淹泊在他乡。我从京师来，到此喜相见。共论穷途事，不觉泪满面。（《敬酬杜华淇上见赠，兼呈熊曜》）

14. 微才弃散地，拙宦惭清时。白发徒自负，青云难可期。（《虢中酬陕西甄判官见赠》）

15. 别有弹冠士，希君无见遗。（《过梁州奉赠张尚书大夫公》）

16. 君子满天朝，老夫忆沧浪。（《上嘉州青衣山中峰题惠净上人幽居寄兵部杨郎中》）

17. 稀微了自释，出处乃不同。况本无宦情，誓将依

道风。（《自潘陵尖还少室居止，秋夕凭眺》）

18. 知己犹未报，鬓毛飒已苍。时命难自知，功业岂暂忘。(《陪狄员外早秋登府西楼,因呈院中诸公》)

19. 胜盖无端倪，天宫可淹留。一官讵足道，欲去令人愁。（《登嘉州凌云寺作》）

20. 誓将挂冠去，觉道资无穷。（《与高适薛据登慈恩寺浮图》）

21. 久别二室间，图他五斗米。（《峨眉东脚临江听猿，怀二室旧庐》）

22. 岩泉嗟到晚，州县欲归慵。（《春半与群公同游元处士别业》）

23. 误徇一微官,还山愧尘容。(《因假归白阁西草堂》)

24. 偶逐干禄徒，十年皆小官。……君子满清朝，小人思挂冠。（《太一石鳖崖口潭旧庐招王学士》）

25. 不意今弃置，何由豁心胸？吾当海上去，且学乘桴翁。（《东归发犍为，至泥谿舟中作》）

26. 岩壑归去来，公卿是何物。（《下外江舟怀终南旧居》）

27. 春与人相乖，柳青头转白。生平未得意，览镜私自惜。四海犹未安，一身无所适。自从兵戈动，遂觉天地窄。功业悲后时，光阴叹虚掷。却为文章累，幸有开济策。何负当途人，无心矜窘厄。回瞻后来者，皆欲肆辚轹。（《西蜀旅舍春叹，寄朝中故人呈狄评事》）

28. 功业今已迟，揽镜悲白发。（《行军诗二首》其二）

29. 负郭无良田，屈身徇微禄。平生好疏旷，何事就羁束。幸曾趋丹墀，数得侍黄屋。故人尽荣宠，谁念此幽独。州县非宿心，云山欣满目。顷来废章句，终日披案牍。佐郡竟何成，自悲徒碌碌。（《郡斋闲坐》）

30. 君子佐休明，小人事蓬蒿。所适在鱼鸟，焉能徇锥刀。（《巩北秋兴，寄崔明允》）

31. 世事何反复，一身难可料。头白翻折腰，还家私自笑。所嗟无产业，妻子嫌不调。五斗米留人，东溪忆垂钓。（《衙郡守还》）

32. 平生恒自负，垂老此安卑。同类皆先达，非才独后时。……白发今无数，青云未有期。（《佐郡思旧游》）

33. 怜君白面一书生，读书千卷未成名。五侯贵门脚不到，数亩山田身自耕。……自怜弃置天西头，因

君为问相思否。（《与独孤渐道别长句，兼呈严八侍御》）

34. 功名须及早，岁月莫虚掷。（《送郭乂杂言》）

35. 自料青云未有期，谁知白发偏能长。（《送魏升卿擢第归东都，因怀魏校书、陆浑、乔潭》）

36. 丈夫三十未富贵，安能终日守笔砚。（《银山碛西馆》）

37. 三度为郎便白头，一从出守五经秋。莫言圣主长不用，其那苍生应未休。（《客舍悲秋有怀两省旧游呈幕中诸公》）

38. 不择南州尉，高堂有老亲。……此乡多宝玉，慎莫厌清贫。（《送张子尉南海》）

39. 早岁即相知，嗟君最后时。青云仍未达，白发欲成丝。（《送王七录事赴虢州》）

40. 白发悲花落，青云羡鸟飞。(《寄左省杜拾遗》)

41. 终岁不得意，春风今复来。……西掖诚可恋，南山思早回。（《春兴思南山旧庐，招柳建正字》）

42. 可知年四十，犹自未封侯。（《北庭作》）

43. 不须嫌邑小，莫即耻家贫。更作东征赋，知君有老亲。（《送李郎尉武康》）

44. 为报乌台客，须怜白发催。(《西亭送蒋侍御还京》)

45. 无媒谒明主，失计干诸侯。(《送二十二兄北游寻罗中》)

46. 一尉便垂白，数年惟草玄。(《送颜少府投郑陈州》)

47. 亲老无官养，家贫在外多。(《阌乡送上官才归关西别业》)

48. 夫子屡新命，鄙夫仍旧官。(《虢州酬辛侍御见赠》)

49. 怜君守一尉，家计复清贫。禄米尝不足，俸钱供与人。(《题新乡王釜厅壁》)

50. 三十始一命，宦情多欲阑。自怜无旧业，不敢耻微官。……只缘五斗米，辜负一渔竿。(《初授官题高冠草堂》)

51. 错料一生事，蹉跎今白头。纵横皆失计，妻子也堪羞。明主虽然弃，丹心亦未休。愁来无去处，只上郡西楼。(《题虢州西楼》)

52. 华省谬为郎，蹉跎鬓已苍。(《省中即事》)

53. 微官何足道。(《早秋与诸子登虢州西亭观眺》)

54. 官拙自悲头白尽，不如岩下偃荆扉。(《西掖省即事》)

55. 年纪蹉跎四十强，自怜头白始为郎。(《秋夕读

书幽兴，献兵部李侍郎》）

这一类的诗句，都是反反复复为自己为别人叹老嗟卑，牢骚怨望，有时又用一些淡泊高蹈之语自文，发挥其酸葡萄主义。有这样诗句的诗，在今存全部诗中，也占到七分之一。

岑参终于做到了嘉州刺史，官也不小了。于是，我们又看到这样的文字：

友人夏官弘农杨侯，清谈之士也，素工为文，独立刀世，与余有方外之约，每多独往之意。今者幽躅胜概，叹不得与此公俱。爰命小吏，刮磨石壁以识其事，乃诗之达杨友尔。（《上嘉州青衣山中峰题惠净上人幽居寄兵部杨郎中》序）

天宝景申岁，参忝大理评事，摄监察御史，恋伊西北庭度支副使。自公多暇，乃刀府庭内，栽树种药，为山凿池。婆娑乎其间，足以寄傲。交河小吏有献此花者……（《优钵罗花歌》序）

可以想见他那风雅官僚，洋洋得意，有小吏供他呼来喝去的形象。

现在，再看高适。高适诗中，最触目的形象是剑，如：

1. 孤剑通万里。（《登垄》）
2. 折剑留赠人。（《赠别王十七管记》）
3. 倚剑欲谁语。（《塞上》）
4. 四十能学剑。（《别耿都尉》）
5. 说剑增慷慨。（《酬秘书弟兼寄幕下诸公》）
6. 倚剑对风尘。（《淇上酬薛据兼寄郭微》）
7. 二十解书剑，西游长安城。（《别韦参军》）
8. 看书学剑长辛苦。（《送蔡山人》）
9. 击剑酣歌当此时。（《送浑将军出塞》）
10. 明时悬镆铘。（《送张瑶贬五谿尉》）
11. 长剑独归来。（《自蓟北归》）
12. 倚剑别交亲。（《送董判官》）
13. 抚剑堪投分，悲歌益不平。（《酬河南节度使贺兰大夫见赠之作》）

如果说，剑的形象，在中国古代士大夫，或是与冠相连而为“冠剑”，或是与书相连而为“书剑”，都还比较常见，那么，再看高适诗中另一个常见的形象，就是“知己”：

1. 吾友遇知己。（《睢阳酬别畅大判官》）
2. 平生怀感激，本欲候知己。（《宋中送族侄式颜》）
3. 岂不思故乡，从来感知己。（《登垄》）
4. 万里赴知己。（《东平留赠狄司马》）
5. 长鸣谢知己。（《和贺兰判官望北海作》）
6. 我来遇知己。（《赠别沈四逸人》）
7. 感激投知音。（《别耿都尉》）
8. 怀书访知己。（《酬庞十兵曹》）
9. 自言犹未逢知音。（《送蔡山人》）
10. 知己从来不易知。（《赠别晋三处士》）
11. 谁念无知己。（《别孙新》）
12. 此路无知己，明珠莫暗投。（《送魏八》）
13. 传君遇知己。（《别王八》）
14. 多君有知己。（《同郭十题杨主簿新厅》）
15. 平生感知己。（《东平旅游，奉赠薛太守二十四韵》）
16. 可叹无知己。（《田家春望》）
17. 莫愁前路无知己。（《别董大二首》其一）
18. 说剑增慷慨，论交持始终。（《酬秘书弟兼寄幕

下诸公》）

把这个念念不忘“知己”的形象，同时时带剑游行的形象加在一起，我们似乎看得更清楚一些，好像是相当熟悉的了。

那么，再看看：

1. 古人无宿诺，兹道未为难。(《东平留赠狄司马》)
2. 风期无宿诺。(《淇上酬薛据兼寄郭微》)
3. 荆卿吾所悲，适秦不复回。然诺多死地，公忠诚祸胎。（《酬裴员外以诗代书》）
4. 人生感然诺。（《同吕员外酬田著作幕门军西宿盘山秋夜作》）
5. 从来重然诺。(《酬河南节度使贺兰大夫见赠之作》)

这样重视“然诺”，这是一种什么道德呢？《〈史记·游侠列传〉序》云：“今游侠，其行虽不轨于正义，然其言必信，其行必果，已诺必诚，不爱其躯……而布衣之徒，设取予然诺，千里诵义，为死不顾世，此亦有所长，非苟而已也。”原来这是侠士的道德。那么，加上带剑游行，再加上念念不忘知己，就是完完全全一个侠士的形象。

还有：

1. 产业曾未言，衣裘与人敝。(《赠别王十七管记》)
2. 传君遇知己，行日有绨袍。（《别王八》）
3. 常忝鲍叔义。（《宋中遇陈二》）
4. 尚有绨袍赠，应怜范叔寒。（《咏史》）

这都是“设取予”。又：

1. 料死不料敌，顾恩宁顾终。……临事耻苟免，履危能饬躬。（《李云南征蛮诗》）
2. 誓将顾恩不顾身。（《秋胡行》）

这都是“不爱其躯”“为死不顾世”。把这些再加上去，侠士的形象更加完整。至如：

1. 塞下应多侠少年，关西不见春杨柳。（《送浑将军出塞》）
2. 邯郸城南游侠子，自矜生长邯郸里。千场纵博家仍富，几度报仇身不死。宅中歌笑日纷纷，门外车马如云屯。未知肝胆向谁是，令人却忆平原君。君不见今人交态薄，黄金用尽还疏索。以兹感叹辞旧游，更于时事无所求。且与少年饮美酒，往来射猎西山头。（《邯郸少年行》）

这样对侠少年的讴歌叹美，更说明了一切。

以上已经分别画出了岑参的湛心荣禄、高适的任侠使气的不同形象。那么，他们二人同为边塞诗，有侠士气者富同情，顾到征夫的疾苦，少妇的情怀，诗中有人情味，而两眼只望着皇帝，一心只羡慕功名富贵的，没有多少心理空间容纳对别人的同情，便是很自然的事。

试看同样对于军中歌舞的描写，高适是：

战士军前半死生，美人帐下犹歌舞。……少妇城南欲断肠，征人蓟北空回首。（《燕歌行》）

这里的美人歌舞，恰好反衬了征人思妇生生死死的无限悲苦。岑参则是：

1. 辽东将军长安宅，美人芦管会佳客。弄调啾飕胜洞箫，发声窈窕欺横笛。夜半高堂客未回，祇将芦管送君杯。巧能陌上惊杨柳，复向园中误落梅。诸客爱之听未足，高卷珠帘列红烛。将军醉舞不肯休，更使美人吹一曲。（《裴将军宅芦管歌》）

2. 城头月出星满天，曲房置酒张锦筵。美人红妆色正鲜，侧垂高髻插金钿。醉坐藏钩红烛前，不知钩在若个边。为君手把珊瑚鞭，射得半段黄金钱，此中乐事亦已偏。（《敦煌太守后庭歌》）

这里的美人便纯粹是供人赏玩、陪伴将军与贵客醉舞不休的活玩具了。

总而言之，岑参与高适，一个是满胸充塞着升沉荣辱，一个是时刻发散着侠气豪情，都可以从各自诗中最常见形象见之。这是二人同为边塞诗，而风格境界不同的根本原因。

[本文见《唐诗论札》（续），发表于《文学遗产》2001年第5期，后收入《牺牲的享与供》]

谈《秋兴八首》

一

自幼好读杜甫《秋兴八首》，觉其云蒸霞蔚，气象万千。后来渐渐知道这八首诗早就引起纷纭的议论，后人步韵的以及仿作的什么什么八首之类多得出奇，而有些人则又谓杜甫于此有形式主义的倾向云。究竟它们为什么是形式主义的呢？留心各种贬论，似乎都是攻其一点：形式太华美了，格律太讲究了，内容反为所掩，非形式主义而何？这个道理我一直不大能懂得。今值杜甫诞生一千二百五十周年，举世纪念，于是也把这个问题再想一想。忽然就想到古老的“买椟还珠”的寓言。韩非子本来是责备卖珠者不该把包装弄得太漂亮，沿用下来却反了一个面，变成对买珠者的嘲讽，这真是来者难诬，公道自在人心了。何况诗的内容和形式的关系，究有别于珠子和盒子的关系。《秋兴八首》形式诚然华美，格律诚然考究，却不是另外打造出来的盒子所能恰切比拟，比作珠子本身的珠光宝气还差不多。如果再想到，这珠光宝气正见蚌胎含孕的辛劳，那就更像。此中所以然，我觉得应该从七律一体发展的源头一直看下来。

谢榛《四溟诗话》卷四云："七言近体，起自初唐应制。"一语甚得要领。今按此体格律，完成于沈期、宋之问与杜审言。诸人集中七律，确以应制陪宴之类为多，声容气格恰与此等用途相称。故陈子昂、李白等志在汉魏风骨者，薄七律而不为。然既然已有此新体出现，与其老是背开脸去，何如拿它过来。于是另一些诗人如王维、岑参、贾至等，便走了另一条路。他们力图展拓这个新的体裁的表现能力，提高它的品格。他们的七律，已经做到亢亮高华，兼含情韵，非应制颂圣之作徒有富丽堂皇的宫廷气氛而无真正的诗情诗味者所可比拟。然能张而不能弛，能飞而不能沉，亢亮高华有余而郁苍浑朴不足，则为应制体格所限，仍有未能突破者。杜甫走的同他们是一条路，终乃完成他们的未竟之功：举凡家国之思，身世之感，壮怀逸兴，异想奇情，花鸟山川，江湖廊庙，伤今吊古，乍见将离……皆可以七律抒写之，故能张能弛，能飞能沉，兼亢亮与郁苍，合高华与浑朴，七律之体至此而尊，七律之用至此而备，且为诗国开展一新的境界，为他体所不易到。杜甫于此付出了毕生的努力，至夔州而后大成。《秋兴八首》与《咏怀古迹五首》《诸将五首》三组诗，便是三个高峰。

七律之体起自初唐应制，杜甫开始致力七律，从现存诗篇看来，亦在长安任拾遗，初近宫廷那段时期，这里面似乎有点什么道理。而《紫宸殿退朝口号》《奉和贾至舍人早朝大明宫》之类，正是一片宫廷气氛，与此时共相唱和的贾至、王维、岑参等在伯仲之间。可是，收京的喜悦迅即消淡，“中兴”的颂声掩不住昏乱的实情，名为拾遗而谏不能行，言不能听，“天颜有喜近臣知”的荣宠不能长期惑溺伟大的诗心，张良娣、李辅国、贺兰进明等黑暗势力向着以房琯为首包括杜甫在内的一帮清流步步逼来，凡此皆为国家人民之不幸，亦即杜甫之不幸。然正因此，杜甫这一时期的七律中，如《曲江二首》《曲江对雨》《题省中院壁》之类，富丽堂皇的宫廷气氛与深沉的悲感愤慨，乃有着微妙的结合。甚至表面上全是浓丽字样，而哀伤之意，凄寂之境，即寓于中。此则王维、贾至、岑参等所不能到，而杜甫却为诗国开拓一新境界，后来集中地表现于《秋兴八首》等诗中者，已萌芽于此。

情景交融，是论诗者的常谈。主观世界与客观世界统一，而后有完整的诗境，这本来不错。然说者往往浅乎言之，以为乐只是乐，哀只是哀，乐景惟取春花，哀景惟取秋月，便已极其能事。不知世界本是多样的、复杂的，往往相反而相成，这是客观规律，主观世界即从而反映之。故王夫之《姜斋诗话》说兴观群怨，强调诗一而用四，“随所触而皆可”，痛斥陋儒割裂，说某诗是兴，某诗是观，弄成了“一往之喜怒”，这指的就是主观世界之矛盾的统一；又盛称《诗经》能以乐景写哀，以哀景写乐，益倍增其哀乐，这指的就是客观世界的以及主客相与之际之矛盾的统一。持此说以观杜诗，其全体固如元稹所云，“尽得古今之体势，而兼文人之所独专”，所以为大家者在此；单论七律，特别是《秋兴八首》等最成熟之作，前人谓其如千门万户建章宫，或如上文所云云蒸霞蔚，气象万千，亦即以其情景之交融是矛盾的统一，而以伟丽之景写悲慨之情尤所擅场故耳。

杜甫入蜀以后，在七律上面用力更勤，名篇佳句，多产生在此时。其间又可分为二期。前期在川西川北，是为多方拓展七律的表现能力之期。这些作品或苍茫激楚，或淡远幽微，或一气流行，或沉郁顿挫，或丰腴鲜润，或瘦劲峭折，或飞腾轩豁，或蟠结凝重……不能悉数，姑不具论。其以乐景写哀者，如《登楼》《野人送朱樱》《堂成》《江村》《进艇》

之类，情景哀乐，浑化无痕，举浓丽、苍茫、嵯峨、萧瑟、雄伟、悲慨而冶于一炉，皆益臻神化，而至后期诸作集其大成。

后期在川东，各体诗都到了成熟的境地；而老去渐于诗律细，七律一体尤其大放异彩，茂发奇葩。最有代表性的是三组诗：《咏怀古迹五首》以吊古，《诸将五首》以伤今，其总结平生志事者则在于《秋兴八首》。

二

“秋兴”名题，旧注多引殷仲文诗及潘岳《秋兴赋》，其实杜诗中早就有过“秋兴”二字。“故人何寂寞，今我独凄凉。老去才难尽，秋来兴甚长。”（《寄彭州高三十五使君适、虢州岑二十七长史参三十韵》）这四句尤其可以借来概括《秋兴八首》的大意。盖故旧之情，身世之感，这是甚长的秋兴的一方面的内容。时当大历元年丙午（766年）之秋，房琯已卒于三年之前，严武已卒于一年之前，其他故旧前卒者尚复不少。他在其他诗篇中已再四言之。八首之中，如“奉使虚随八月槎”之追念严武，“仙侣同舟晚更移”之追念岑参等，亦见微旨。而故园之心，故国之思，则是秋兴的更主要的一面。第四首钱谦益笺云：“殆欲以沧江遗老，奋袖屈指，覆定百年举棋之局，非徒悲伤晼晚，如昔人愿得入帝城而已。”其论甚精。此正所谓“老去才难尽，秋来兴甚长”也。惟其秋兴甚长，故一首不能尽，四五首不能尽，必连缀八首以尽之。八首里面，又是南北万里，上下千年，楼观峥嵘，鱼龙曼衍，一扫宋玉以来悲秋衰飒之习，其所以感发兴起于无穷者在此，所以能将雄浑、富丽、清远、风华等等境界一齐融入悲慨之中者亦在于此。

七律之体本来不宜于叙事，大抵只能写景抒情；不知在形式上为什么又不能像五律那样拉长成为排律。杜集中就有几首试验性质的七言排律，都没有成功，于是到了抒情遣兴而八句不足以尽之的时候便发生困难。杜甫晚年好作七律组诗，大约即由于想克服这个困难。这八首连为一组以抒发甚长的秋兴，最为成功。既已有此创体，后人乃常有什么什么八首之类，正非偶然。宋人所编分门分类杜集，皆割裂前三首与后五首分入不同门类，当然是不足为训的。

不过分门类者看出前三首与后五首有所不同，这却是不无所见。今亦先谈前三首，再谈后五首。

诗是夔州所作，秋为夔州所见，故前三首皆写夔州秋景。第一首前四句，下有波浪兼天，上有风云接地，中则枫林落叶，极写巫山巫峡萧森之气。这好像一幅泼墨山水，一下笔就画出了峡中秋景的特征。可知所谓“杜陵诗卷是图经”，固不徒注地名、记道里而已。然同一自然景色，阴晴朝夕，又各有不同，这也是一种矛盾的统一。所以第二首、第三首所写，又各与第一首不同。大略言之，第一首自晓露至暮砧，景则萧森，情则悲壮；第二首自日落至月残，景则凄清，情则惨切；第三首又是次日清晨，景一变而为旷朗澄鲜，情亦一转而为深沉慷慨。三副笔墨，大而能细，近而复远，有声有色，极似电影镜头之远近大小，俯仰推摇，错综变化，已摄尽江城变态了。

三首于实写秋景之中，暗寓秋兴，往往要参以他诗，方能更好地领略。第一首，巫山巫峡气象之萧森，与社会政治气象之萧森相应，赋而兼兴，即以兴起悲慨之情。《将适吴楚，留别章使君留后，兼幕府诸公，得柳字》云：“波涛未足畏，三峡徒雷吼。所忧盗贼多，重见衣冠走。中原消息断，黄屋今安否。”可知杜甫所忧所畏者，实在彼而不在此。至于“孤舟一系故园心”何以承“丛菊两开他日泪”为言，旧注未见的解。今案：次年（大历二年）送人出峡有句云：“橹摇背指菊花开。”（《送李八秘书赴杜相公幕》）这是羡慕别人能乘舟背菊而去，则知这里的两句是说自己两载羁栖，南菊再逢，故以孤舟仍系，不得橹摇背指菊花开为恨耳。第二首“每依北斗望京华”又作“南斗”。今案杜诗：凡自蜀中遥指长安，皆以北斗为言如《哭王彭州抡》云：“巫峡长云雨，秦城近斗杓。”《太岁日》云：“西江元下蜀，北斗故临秦。”《秋夜客舍》云：“步檐倚仗看牛斗，银汉遥应接凤城。”《夏日杨长宁宅送崔侍御、常正字入京》云：“天地西江远，星辰北斗深。”仍当作北斗为是。李白高台纵目，而以浮云蔽日，长安不见为愁；杜甫孤城怅望，乃于落日既斜，更依北斗，此正所谓“葵藿倾太阳，物性固难夺”（《自京赴奉先县咏怀五百字》）也。“奉使虚随八月槎”之义，旧有歧解。今案：蜀中赠严武诸诗，屡称“奉使”“使节”“持节”，又《奉赠萧二十使君》云：“昔在严公幕，俱为蜀使臣。”知“随槎”断指入蜀依严武无疑。而此时严武已逝，已犹羁旅，即所谓“虚随”也。“请看石上藤萝月，已映洲前芦荻花。”钱笺云：“然石上藤萝之月，已映洲前芦荻之花矣，莫遂谓长夜漫漫何时旦也。”解得极好。《客夜》云：“客睡何曾著，秋天不肯明！卷帘残月影，高枕远江声。”无眠待旦，起坐卷帘，欣月影之已残，听江声而渐远，于是放怀高枕，醒眼秋天，情境正复相类。第三首前四句极写江郭朝晴，有心旷神怡之致，这是放开一步，亦即以转进一层。盖以上二首，萧森惨切之中，情词匆迫，不暇思量；至此境界稍舒，遂乃感念平生，功名心事，历历在忆。匡衡抗疏，指疏救房琯获罪，所谓“伏奏无成，终身愧耻”（《祭故相国清河房公文》）是也。至刘向传经云云，或疑杜甫非经师，这么说不称身份；其实诗人素以儒家自许，认为“醇儒”方“有大臣体”（《奉谢口敕放三司推问状》），美贞观之治则曰“文物多师古，朝廷半老儒”（《行次昭陵》）可以为证。终于同学少年，五陵衣马，他诗亦屡言之。如《自京赴奉先县咏怀五百字》云：“穷年忧黎元，叹息肠内热。取笑同学翁，浩歌弥激烈。”《乾元中寓居同谷县，作歌七首》其七云：“长安卿相多少年。”《投简成华两县诸子》云：“乡里儿童项领成，朝廷故旧礼数绝。”《锦树行》云：“自古圣贤多薄命，奸雄恶少皆封侯。……五陵豪贵反颠倒，乡里小儿狐白裘。”这必实有其人，只是无从稽考了。

以上三首，写尽夔州秋景，也概括地道出了故旧情，身世感，故园心，故国思，这些都是秋兴的主要内容。但其所以秋来兴甚长，最主要的还是在于故国这一项，此意遂于第四首发之，而为前三首与后四首之间的关键，这一首以“闻道长安似弈棋，百年世事不胜悲”起，以“故国平居有所思”结，还是“葵藿倾太阳，物性固难夺”的意思，即是这首诗的大旨。所谓百年世事，弈棋无定，系指长安政局而言。肃宗收京，夸诩“中兴”之功，当然自有一班人去歌颂粉饰，如杨炎的灵武受命、凤翔出师之类。然自杜甫观之，不过是王侯第宅换上一批新的主人，文武衣冠异于昔时的装束而已。人以为极热闹者，偏写得极冷淡。长安王侯第宅情况的迁变，为杜甫所深知。天宝未乱以前，他也曾出入岐王宅里，崔九堂前（《江南逢李龟年》）。他见过多少“朱门任倾夺，赤族迭罹殃”（《壮游》）的悲剧。他尝过“朝扣富儿门，暮随肥马尘”（《奉赠韦左丞丈二十二韵》）的酸辛。他慨叹过“甲第纷纷厌粱肉，广文先生饭不足”（《醉时歌》）的不平。终于他看到了“朱门酒肉臭，路有冻死骨”（《自京赴奉先县咏怀五百字》）这个惊心动魄的现象。陷贼中时，他看见了“长安城头头白乌，夜飞延秋门上呼。又向人家啄大屋，屋底达官走避胡”（《哀王孙》）的凄凉。收京以后，他更看尽了“攀龙附凤势莫当，天下尽化为侯王”（《洗兵马》）的丑态。收京不久，杜甫便随房琯而受排斥打击，所谓“开辟乾坤正，荣枯雨露偏”（《寄岳洲贾司马六丈、巴州严八使君两阁老五十韵》）。这个枯荣之间也就是王侯第宅更换新主的过程。这些新贵自不能于安邦定国有什么办法，所以直北关山，金鼓方振，征西车马，羽书犹驰，对所谓“中兴”正是一大讽刺，亦即“衣冠空穰穰，关辅久昏昏”（《建都十二韵》）之意。于是又回到自己所在的实境，“鱼龙寂寞秋江冷”是悲慨之中又极郁勃不平，似乎冷落的秋江之下仍有鱼龙潜跃；而“故国平居有所思”却说得甚淡甚轻，因为以下四首都是“有所思”的具体内容，这里正须如此虚笼一句，才能够为下文蓄势。

上述第四首是想象自拾遗贬官以来一别十年之长安，第五首以下乃追溯任职拾遗时期以至天宝未乱以前之长安。第五首钱笺以为追思天宝未乱以前，谓“蓬莱宫阙对南山”指“忆献三赋蓬莱宫，自怪一日声辉赫”（《莫相疑行》）之事，又谓王母函关，记天宝盛事，亦略见荒淫失政云云，然又明知落句是指拾遗贬官而言，则是肃宗时之事，显然自相矛盾。今谓蓬莱宫阙，不必定指献赋，“识圣颜”等语皆指见肃宗而言，不是见玄宗。玄宗晚年固然求仙好道，肃宗亦在宫中大事斋醮祈请，又盛陈符瑞，所谓“寸地尺天皆入贡，奇祥异瑞争来送。不知何国致白环，复道诸山得银瓮”（《洗兵马》），彼用西王母献白环之典，亦与此“西望瑶池降王母”云云相合。唯其前六句皆言长安官拾遗时之事，末二句结以移官之事，方才顺理成章。再联系前后来看，第四首想别后的长安，第五首忆肃宗时的长安，由近及远，以下三首再往前面追溯，也符合回忆的规律。第六首忆曲江之游，亦当指官拾遗时期之事。天宝未乱以前有关曲江之作，大抵惨淡愁苦，与此诗所忆的气氛不同。官拾遗时期，则屡有曲江之游，曾作有《曲江二首》《曲江对雨》《曲江对酒》等诗，如前文所述，皆于宫廷气氛中而有悲慨之情，与此诗所忆正是同一境界。第七首忆玄宗时之长安。“武帝旌旗”云云，钱笺以为借以喻玄宗，甚是。末首忆与岑参等陂之游，这才是蓬莱宫献赋之后，故末句及之。追溯往事至此，甚长的秋兴虽然还是有余不尽，《秋兴》诗则至此而终。

三

宋孟元老《东京梦华录》于南渡之后追记汴梁之盛，周密《武林旧事》又于宋亡以后追记临安之盛，后来还有明人张岱的《陶庵梦忆》等。这一类的重温旧梦之作，愈是写得繁华热闹，愈见沧桑之感。《秋兴八首》，特别是其后四首，在或一意义上正复相似。所写蓬莱宫、曲江、昆明池、陂，皆极富丽馥郁之致，几乎纯用初唐应制之作的手法。然在彼为当时实景，则俗艳痴肥，略无诗意；在此为乱离之后，穷秋孤城，沧江遗老，感怀故国，当时实景成了今日“梦华”，则板实者皆化为虚灵，达到了以乐景写哀思的极境。而此悲慨之情，又因为有这些富丽馥郁的景物融入其中，遂乃丰富多姿，博厚宏实，而不流于贫薄寒俭。连缀八首诗来看，先叙今日之萧瑟，后忆昔日之繁华；分开来看，后四首皆先极写当日之繁华，再于末二句转回今日之萧瑟。这都是情景哀乐，浑化无痕之处。第六首尤其如此：峡口江头，风烟相接，芙蓉小苑，而入边愁。当时珠歌翠舞，今日回首可怜，再上溯到历代兴衰，益发不堪回首了。

这四首中悲慨之深，与前四首一样，多须参以他诗，从对比中看，方能更好地领略。如第五首，最须参看《往在》一诗。那是从安史陷长安说起，先极写“中宵焚九庙，云汉为之红。解瓦飞十里，穗帷纷曾空。疚心惜木主，一一灰悲风”的惨状，再写肃宗还京，重修宗庙，所谓“车驾既云还，楹桷歘穹崇。故老复涕泗，祠官树椅桐。宏壮不如初，已见帝力雄”还可以参看《奉送郭中丞兼太仆卿充陇右节度使三十韵》及《秋日荆南送石首薛明府辞满告别奉寄薛尚书颂德叙怀斐然之作》。可见肃宗当时的长安宫阙，今日固已成为沧江遗老追忆中的“梦华”；即在当时，也已经是毁庙焚宫之后所重建，已经宏壮不如初，令故老对之涕泗了。至于“一卧沧江惊岁晚，几回青琐点朝班”，系指疏救房琯获罪，旋被斥逐一事，这是杜甫平生的至痛，在其他诗篇中，也曾再三再四地说到，不胜枚举，《寄岳州贾司马六丈、巴州严八使君两阁老五十韵》洋洋大篇，几乎全是说的这件事，尤有关系。此时杜甫尚带有检校工部员外郎的头衔，名义上还算是有个官职，实际上当然只是空衔。他不甘心于这样的情况，故有云："欲陈济世策，已老尚书郎。未息豺虎斗，空惭鸳鹭行。"（《暮春题瀼西新赁草屋五首》其五）又有云："尚想趋朝廷，毫发裨社稷。"（《客堂》）。可知沧江岁晚，难忘青琐朝班，也还是如钱笺所云，殆欲复定百年举棋之局，非徒悲伤晚，如昔人愿得入帝城而已。第六首忆肃宗时的曲江，而当时也已经是在杜甫亲见"江头宫殿锁千门，细柳新蒲为谁绿"（《哀江头》）的一番凄凉景象之后，与第四首情况相同。结以"秦中自古帝王州"，参看"汉朝陵墓对南山，胡虏千秋尚入关"（《诸将五首》其一）之句，可知所慨叹愤惋的，是周汉旧都竟遭残破，历史的光荣未能继承，不徒为有唐一代之痛。第七首结以"关塞极天惟鸟道，江湖满地一渔翁"，上句是恨不能奋飞，下句是叹身世飘泊，《天池》云"九秋惊雁序，万里狎渔翁"，与此相同。末首结以"彩笔昔曾干气象，白头吟望苦低垂"，旧注多注意上一句述当日献赋之事，于下一句未甚注意。《莫相疑行》："往时文彩动人主，今日饥寒趋路旁。晚将末节契年少，当面输心背面笑。"旧注征引，往往也只引前两句不引后两句。其实这四句已经把老诗人晚年受困于饥寒，见侮于后生，不得不在那些当面输心背面笑的人们面前低垂白头的惨境，沉痛地写出来了。这个白头低垂的镜头，也就作为一具强烈感人的特写镜头，结束了整个这一组诗。

后五首一如前三首，造境大而能细，近而复远，跳跃动荡，有声有色，这一层不必再来说明。连贯八首来看，一首一个境界，各不相同，而又互相连贯。还有一层可以说的是，八首之中，有声与无声，有色与无色，更代为用，结合得极其巧妙。声音之变且以前四首为例。如第一首，玉露枫林，巫山巫峡，无声；波浪兼天，风云呼啸，大声；泪沾丛菊，无声；寒衣刀尺，高城暮砧，繁声。第二首，孤城落日，怅望京华，无声；猿啼笳吹，遥声；萝月荻花，无声。第三首，山郭朝晖，江楼独坐，无声；渔歌隐隐，遥声；燕子飞飞，无声；五陵车马，喧声。第四首，长安世事，无声；关山金鼓，大声；鱼龙寂寞，无声。色调之变且以后四首为例。如第五首，前六句宫阙朝班，曰金茎，曰紫气，曰云移雉尾，曰日绕龙鳞，色彩鲜浓；后两句沧江岁晚，归于暗淡。第六首，万里风烟，素秋相接，淡色；花萼夹城，芙蓉小苑，浓色；朱帘、绣柱、黄鹄，锦缆、牙樯、白鸥，绚烂已极；回首可怜，一扫而空，便仿佛白茫茫一片大地真干净了。第七首，武帝旌旗，汉时宫阙，古色；机丝夜月，鳞甲秋风，暗色；菰米云黑，莲房粉红，钱笺谓之金碧粉本；极天鸟道，满地江湖，归于空青索漠。第八首，前六句紫阁青峰，碧梧香稻，凤凰鹦鹉，仙侣佳人，拾翠芳郊，移舟碧水，完全是一幅工笔仕女；七句彩笔干霄更一提，八句又一齐收拾，归于低垂白首。惟其声音有节奏，色彩有浓淡，方能成为一阕乐章，一幅油画。明人七律号称学杜者，往往恰好相反。故吴乔《围炉诗话》卷六戏题《明诗选》云："甚好四平戏，喉声彻太空。人人关壮缪，出出大江东。锣鼓繁而振，衫袍紫又红。座中脑尽裂，笑煞乐村童。"即讥其一味繁锣急鼓，大红大紫也。这样的七律向来被称为"杜套"，其实是自初唐应制之体一脉下来的东西罢了。有些论者因归咎于杜甫，特别集矢于《秋兴八首》。不知初唐应制七律用于描写宫阙朝仪、皇都帝里的那一套东西，《秋兴八首》中固然吸收利用了不少，但是这好像某些药剂中含有麻醉剂一样，已经不是毒品而是良药了。

1963年6月

（本文据《舒芜集》）

猛禽鸷鸟

——杜诗中常见形象

杜诗里面有哪些常见的形象？当然不止一种两种。但是，如果不细检，恐怕不会注意到，竟然有一种是猛禽鸷鸟之类。试看：

1. 仙醴来浮蚁，奇毛或赐鹰。（《赠特进汝阳王二十韵》）
2. 老骥思千里，饥鹰待一呼。（《赠韦左丞丈济》）
3. 饥鹰未饱肉，侧翅随人飞。（《送高三十五书记十五韵》）
4. 君不见鞲上鹰，一饱即飞掣。焉能作堂上燕，衔泥附炎热。（《去矣行》）
5. 所用皆鹰腾，破敌过箭疾。（《北征》）

6. 代北有豪鹰，生子毛尽赤。(《送李校书二十六韵》)

7. 老马夜知道，苍鹰饥著人。（《观安西兵过赴关中待命》）

8. 黄鹄翅垂雨，苍鹰饥啄泥。（《秦州杂诗二十首》其十一）

9. 骥病思偏秣，鹰愁怕苦笼。（《敬简王明府》）

10. 老骥倦骧首，苍鹰愁易驯。（《赠别贺兰铦》）

11. 呼鹰皂枥林，逐兽云雪冈。（《壮游》）

12. 放蹄知赤骥，捩翅服苍鹰。（《寄刘峡州伯华使君四十韵》）

13. 天马长鸣待驾御，秋鹰整翮当云霄。（《醉歌行，赠公安颜少府请顾八题壁》）

以上为鹰。鹰，头扁，上嘴钩曲，眼圆，视力强，体长约近二尺，翼长一尺许，体之上面暗褐色，下面白色，脚强壮，胫部被毛，四趾皆有锐爪，性凶猛狡猾，捕食小鸟鸡兔野鼠等，夏多栖于深山，至秋末为逐食来游平野。

14. 鹰隼亦屈猛，乌鸢何所蒙。（《苦雨奉寄陇西公兼呈王征士》）

15. 盛夏鹰隼击，时危异人至。（《送从弟亚赴河西判官》）

16. 骅骝开道路，鹰隼出风尘。（《奉简高三十五使君》）

17. 紫鳞冲岸跃，苍隼护巢归。（《重题郑氏东亭》）

18. 魏侯骨耸精爽紧，华岳峰尖见秋隼。（《魏将军歌》）

以上为隼。隼，上嘴钩曲，嘴青黑色，背部亦青黑色，尾羽灰色，尖端白，脚强健，具四趾，皆有钩爪，性锐敏，速飞善袭，猎者多饲之，使助捕鸟兔。

19. 浦鸥防碎首，霜鹘不空拳。（《寄岳州贾司马六丈、巴州严八使君两阁老五十韵》）

20. 用如快鹘风火生，见贼惟多身始轻。（《戏作花卿歌》）

21. 野鹘翻窥草。（《复愁十二首》其一）

22. 俊鹘无声过。（《朝二首》其一）

23. 莫作翻云鹘，闻呼向禽急。（《送率府程录事还乡》）

24. 乘威灭蜂虿，戮力效鹰鹯。（《秋日夔府咏怀奉寄郑监李宾客一百韵》）

以上为鹘、鹯。鹘，鹯，也就是隼。

25. 洪涛滔天风拔木，前飞秃鹙后鸿鹄。(《天边行》)

以上为秃鹙。秃鹙，就是秃鹫，体长三尺许，毛色深褐，貌容壮伟，嘴强大，灰色，上嘴钩曲，嘴根有黄蜡膜，眉突出，眼大而深，翼长，脚短而强健，具强锐之钩爪，栖深山，捕食野鹿小羊等。

26. 皂雕寒始急，天马老能行。(《赠陈二补阙》)

27. 落日思轻骑，高天忆射雕。(《寄董卿嘉荣十韵》)

28. 骅骝开道路，雕鹗离风尘。(《奉赠鲜于京兆二十韵》)

29. 雕鹗乘时去，骅骝顾主鸣。(《奉送郭中丞兼太仆卿充陇右节度使三十韵》)

30. 蛟龙得云雨，雕鹗在秋天。(《奉赠严八阁老》)

31. 鄠杜秋天失雕鹗。(《追酬故高蜀州人日见寄》)

32. 乌鸢何所蒙。(《苦雨奉寄陇西公兼呈王征士》)

以上为雕、鹗、鸢。雕，鹫的别名。鸢，头顶及喉部白色，嘴带蓝色，体之上面褐色，微带紫，两翼黑褐色，腹部淡赤，尾尖分叉，四趾皆具钩爪，天气晴朗时，常盘旋空中，视力强，如见地下有物可食，则瞥然直下攫之去，食蛇、鼠、蜥蜴、鱼等。鸢形略似鹰，故俗有鹞鹰之称。鹗，雕类，形略似鸢而翼长，体长二尺余，背色褐黑，腹面白，颈下有褐色斑纹，头有冠毛，嘴短，脚长，常飞翔海上，捕食鱼类。

33. 骅骝作驹已汗血，鸷鸟举翮连青云。(《醉歌行》)

34. 飞兔不近驾，鸷鸟资远击。(《赠司空王公思礼》)

诗篇中有这么多的猛禽鸷鸟的，别人似乎没有。然而还不仅是一联一句，试看——

见王监兵马使，说近山有黑白二鹰，罗者久取竟未能得。
王以为毛骨有异他鹰，恐腊后春生，骞飞避暖，
劲翮思秋之甚，眇不可见。请余赋诗

雪飞玉立尽清秋，不惜奇毛恣远游。在野只教心力破，千人何事网罗求。一生自猎知无敌，百中争能耻下鞲。鹏碍九天须却避，兔藏三穴莫深忧。

黑鹰不省人间有，度海疑从北极来。正翮抟风超紫塞，立冬几夜宿阳台。虞罗自觉虚施巧，春雁同归必见猜。万里寒空只一日，金眸玉爪不凡材。

王兵马使二角鹰

悲台萧飒石巃嵸，哀壑杈桠浩呼汹。中有万里之长江，回风滔日孤光动。角鹰翻倒壮士臂，将军玉帐轩翠气。二鹰猛脑徐侯穟，目如愁胡视天地。杉鸡竹兔不自惜，溪虎野羊俱辟易。鞲上锋棱十二翮，将军勇锐与之敌。将军树勋起安西，昆仑虞泉入马蹄。白羽曾肉三狻猊，敢决岂不与之齐。荆南芮公得将军，亦如角鹰下翔云。恶鸟飞飞啄金屋，安得尔辈开其群，驱出六合枭鸾分。

画鹰

素练风霜起，苍鹰画作殊。
耸身思狡兔，侧目似愁胡。
绦镟光堪摘，轩楹势可呼。

何当击凡鸟，毛血洒平芜。

姜楚公画角鹰歌

楚公画鹰鹰戴角，杀气森森到幽朔。观者贪愁掣臂飞，画师不是无心学。此鹰写真在左绵，却嗟真骨遂虚传。梁间燕雀休惊怕，亦未抟风上九天。

杨监又出画鹰十二扇

近时冯绍正，能画鸷鸟样。明公出此图，无乃传其状。殊姿各独立，清绝心有向。疾禁千里马，气敌万人将。忆昔骊山宫，冬移含元仗。天寒大羽猎，此物神俱王。当时无凡材，百中皆用壮。粉墨形似间，识者一惆怅。干戈少暇日，真骨老崖嶂。为君除狡兔，会是翻韝上。

义鹘行

阴崖有苍鹰，养子黑柏颠。白蛇登其巢，吞噬恣朝餐。雄飞远求食，雌者鸣辛酸。力强不可制，黄口无半存。其父从西归，翻身入长烟。斯须领健鹘，痛愤寄所宣。斗上捩孤影，噭哮来九天。修鳞脱远枝，巨颡坼老拳。高空得蹭蹬，短草辞蜿蜒。折尾能一掉，饱肠皆已穿。生虽灭众雏，死亦垂千年。物情有报复，快意贵目前。兹实鸷鸟最，急难心炯然。功成失所往，用舍何其贤。

呀鹘行

病鹘孤飞俗眼丑，每夜江边宿衰柳。清秋落日已侧身，过雁归鸦错回首。紧脑雄姿迷所向，疏翮稀毛不可状。强神迷复皂雕前，俊才早在苍鹰上。风涛飒飒寒山阴，熊罴欲蛰龙蛇深。念尔此时有一掷，失声溅血非其心。

画鹘行

高堂见生鹘，飒爽动秋骨。初惊无拘挛，何得立突兀。乃知画师妙，巧刮造化窟。写此神骏姿，充君眼中物。乌鹊满樛枝，轩然恐其出。侧脑看青霄，宁为众禽没。长翮如刀剑，人寰可超越。乾坤空峥嵘，粉墨且萧瑟。缅思云沙际，自有烟雾质。吾今意何伤，顾步独纡郁。

这八题九首，都是以全首的篇幅，来对鹰与鹘及其画像，进行了生动描写和热情歌颂。这在其他诗人的诗集里，更是找不到了。

长期形成的印象，李、杜两大诗人里面，似乎侠气豪情只属于李白；想到杜甫，总容易想着一位穷老寒儒的模样。现在看来，这是不准确的。

（本文和《李白诗中的白日光辉》一起以《唐诗论札》为名，发表于《文学遗产》2001 年第 4 期，后收入《牺牲的享与供》）

论韩愈诗

——陈迩冬选注《韩愈诗选》序

一

人们常说，盛唐是中国诗歌的黄金时代。但人们未必经常想到，黄金时代过去以后，接着来的是什么。历史不管人们想到与否，总会把这一道试题出到人们面前。如果把李白、杜甫八年之间相继逝世作为中国诗歌史上盛唐时代结束的标志，那么，试题就是这样出的：此后中国诗歌会怎么发展？盛唐的“盛况”，会不会成为“止境”？这道试题只能由这样的继起者来答复，他既要能从照耀盛唐诗坛的李杜的万丈光焰中点燃炬火，继续高举，不使人亡炬熄；又要能跨过李杜的高峰，找到新的道路，哪怕只能是下山路也得继续走。高峰虽好，总不能在峰顶踏步不前，“化作山头望夫石”。

历史的需要，迟早总会找到它的实现者；这回是来得相当及时，就在杜甫逝世的那一年（770年），韩愈已经三岁了。正是这个韩愈，后来唱出了这样的颂歌：

李杜文章在，光焰万丈长。
不知群儿愚，那用故谤伤。
蚍蜉撼大树，可笑不自量。

——《调张籍》

这不仅是赞颂，不仅是捍卫，而且是对于李杜的双悬日月照耀乾坤的崇高地位和相互关系第一次做出明确的评价，并为千秋万世所公认。他接着唱道：

伊我生其后，举颈遥相望。
夜梦多见之，昼思反微茫。
徒观斧凿痕，不瞩治水航。
想当施手时，巨刃磨天扬。
垠崖划崩豁，乾坤摆雷硠。

——《调张籍》

对李杜的仰慕，是这样的深情！对李杜的艺术创造过程中的甘苦，体会得又是这样准确和深刻！由此，我们可以相信他的这一段歌唱：

我愿生两翅，捕逐出八荒。
精神忽交通，百怪入我肠。
刺手拔鲸牙，举瓢酌天浆。
腾身跨汗漫，不著织女襄。

——《调张籍》

这就是说，他已经找到了跨过李杜高峰继续前进的道路：惟其不是亦步亦趋的追随，而是出八荒、跨汗漫的捕逐，这才真正能以精神与李杜相交通。于是，在李杜之后，在极盛难继的局面之下，正是这个韩愈，把继续推动中国诗歌向前发展的任务担当了起来。他以优异的成绩，答复了历史的试题。

历史也公正地评了分数。中国诗歌史上，继“李杜”并称之后，只有“杜韩”并称（“杜诗韩文”之说，并不意味着把韩诗排斥在外）。虽然并不能说韩愈在中国诗歌史上就是李杜而下的第三人，但此外再没有第三个诗人得到这种崇高荣誉，却也是事实。

二

诗人韩愈从杜甫那里继承到一些什么呢？

是年京师旱，田亩少所收。
上怜民无食，征赋半已休。
有司恤经费，未免烦征求。
富者既云急，贫者固已流。
传闻闾里间，赤子弃渠沟。
持男易斗粟，掉臂莫肯酬。
我时出衢路，饿者何其稠。
亲逢道边死，伫立久咿嚘。
归舍不能食，有如鱼中钩。
适会除御史，诚当得言秋。
拜疏移閤门，为忠宁自谋。
上陈人疾苦，无令绝其喉。

下陈畿甸内，根本理宜优。

积雪验丰熟，幸宽待蚕麰。

——《赴江陵途中，寄赠王二十补阙、

李十一拾遗、李二十六员外翰林三学士》

韩愈这样的诗，会叫读者立刻联想到杜甫的《自京赴奉先县咏怀五百字》中那些名句：“彤庭所分帛，本自寒女出。鞭挞其夫家，聚敛贡城阙。”“朱门酒肉臭，路有冻死骨。荣枯咫尺异，惆怅难再述。”韩诗这些关切民瘼、为民请命的内容，当然是很可珍贵的。但是，如果说，韩之所以能成为与杜并称的大诗人，主要就凭着这个，那也不是实事求是的。因为这种关切民瘼、为民请命之作，在韩诗中毕竟是极少数。只有一点，就是使诗歌密切联系现实生活，这才是韩诗继承杜诗传统的最主要之点。

我们都熟知，杜甫主张“熟精《文选》理”，但杜诗决不是《文选》诗的简单的因袭。我们翻看《文选》各家诗，好像除了陶渊明之外，很少有诗人能在诗里面写他自己的、他家庭的、他的亲戚师友的日常平凡的现实生活。所谓“选体”诗的末流，写来写去，不外公宴祖饯，咏史游仙，招隐咏怀，游览行旅……笔墨浮泛，语言庸熟，结果是千人一面，难分彼此。诗歌的任务，虽然不在于叙事，但诗歌的根干永不能离开现实生活的土壤。浮泛庸熟的诗，当然不可能把根扎进这个土壤中去。杜甫的伟大，就在于他能把诗歌同国运民生的现实结合起来；并且由于他是与国家共命运、与人民同甘苦的诗人，他自己的生活就是同国运民生不可分的，所以他也总是能在诗篇中写出他自己的、他家庭的、他的亲戚师友的日常平凡的衣食住行，动作云为，否泰穷通，生老病死，乃至一饭一羹，引水补树，“老妻画纸为棋局，稚子敲针作钓钩”……把人生最实际的面貌引入诗歌，从而也使诗歌回到《国风》《小雅》的沉着切实的轨道。

韩诗正是循着这个轨道继续前进。

病妹卧床褥，分知隔明幽。
悲啼乞就别，百请不颔头。
弱妻抱稚子，出拜忘惭羞。
黾勉不回顾，行行诣连州。

——《赴江陵途中，寄赠王二十补阙、李十一拾遗、李二十六员外翰林三学士》

这写的是他805年（永贞元年）因疏请宽免关中租徭而被

贬斥，仓皇辞别妻儿时的情形。读者会立刻联想到杜甫的《北征》诗中，关于鹑衣百结的瘦妻，"天吴及紫凤，颠倒在短褐"的痴女，"见耶背面啼，垢腻脚不袜"的娇儿那些著名的描写。还有：

数条藤束木皮棺，草殡荒山白骨寒。
惊恐入心身已病，扶舁沿路众知难。
绕坟不暇号三匝，设祭惟闻饭一盘。
致汝无辜由我罪，百年惭痛泪阑干。

韩愈这首诗有一个很长的题目，云："去岁自刑部侍郎以罪贬潮州刺史，乘驿赴任。其后，家亦谴逐。小女道死。殡之层峰驿旁山下。蒙恩还朝，过其墓，留题驿梁。"这写的是819年（元和十四年）他因谏迎佛骨第二次被贬斥时的事情。这种直书天伦骨肉的惨痛之作，又会使读者立刻联想到杜甫的《自京赴奉先县咏怀五百字》中这些惊心动魄的诗句：

老妻寄异县，十口隔风雪。
谁能久不顾，庶往共饥渴。
入门闻号啕，幼子饥已卒。

吾宁舍一哀，里巷亦呜咽。

所愧为人父，无食致夭折。

这样的诗篇，真有些“敢于直面惨淡的人生，敢于正视淋漓的鲜血”的味道。

此外，韩诗反映诗人自己的生活，或居或作，或动或静，有大有小，有苦有乐，方面非常的广，几乎一一可与杜诗相印证。例如，韩诗《此日足可惜一首赠张籍》中刻画道途辛苦之处，令人联想到杜甫的《北征》《自京赴奉先县咏怀五百字》等名篇巨制；而韩诗《郑群赠簟》，把日常生活里一件微物小事，写得如此生动风趣，又令人联想到杜诗中《棕拂子》《桃竹杖引》等隽妙的小品；甚至也不妨说，令人从反面联想到杜甫那篇小题大做、有些古怪的《太子张舍人遗织成褥段》，那是把区区一个织成褥段联系到节镇大官杀身赐死那样严重的事。

韩诗还善于细节描写。例如：

羡君齿牙牢且洁，大肉硬饼如刀截。

我今呀豁落者多，所存十余皆兀臲。

匙抄烂饭稳送之，合口软嚼如牛呞。

妻儿恐我生怅望，盘中不饤栗与梨。

——《赠刘师服》

这简直是小说式的家庭生活幽默小景。

韩愈的著名的《石鼓歌》，继杜甫的《李潮八分小篆歌》之后，开拓了咏金石碑帖诗的途径。摩挲金石，赏玩书画，本来就是文人的文化生活。所以这种诗，原来也是实际生活的反映。可是从更广阔的社会生活的角度来看，却又成了脱离现实。韩诗中还有《病中赠张十八》，记与张籍辩论诗学；《寄崔二十六立之》，描写考试场中“战词赋”的情形，都是实写文人的文化生活的。

韩诗不但善写自己的事，也善写别人的事。例如，孟郊、贾岛、卢仝、崔立之等人的坎坷潦倒的身世，都在韩诗中得到了具体生动的刻画。乃至刘辟如何造反，朝廷如何征讨，刘辟如何失败，这样的政治和军事上的大事，复杂曲折，头绪纷繁，通常用散文来叙述都很吃力，韩愈的《元和圣德诗》却能用四言诗这样局限性最大的形式把它写得脉络分明，一目了然。如果说，杜甫使诗歌恢复了《国风》《小雅》的传统，那么，韩愈写这首《元和圣德诗》，显然是有意识地要更进一步恢复《大雅》和《周颂》的传统。至于他这个意图实现了多少，自是另一个问题。樊汝霖就说这首诗并不像《周颂》那样简约庄严以颂圣德，却像《鲁颂》那样，于德不足者，只好侈词以夸功。

三

樊汝霖的话未必是对的。韩诗代表作，多是着力刻、尽情铺张的古体长篇，岂仅一首《元和圣德诗》而已。这就要说到韩愈在杜甫之后开辟新道路的问题。

杜诗中已经有刻，有铺张，主要是用来写实，用来穷形极相地刻画民生的疾苦和诗人自己身世的颠连，铺张扬厉地展现时代的大动荡大变化。韩愈虽然担当了杜甫的继承者的使命，但是他远不能像杜甫那样与国家共命运，与人民同甘苦。他的视野，他需要反映的世界，比杜甫狭小得多。因此，他从杜甫那里继承过来并加以发展的刻之笔，铺张之文，就不全是用来写实，而是用于艺术的夸张。韩愈诗有两个最突出的特点，一是"狠重奇险"的艺术境界，一是散文化的语言风格。二者都可以说是用夸张的手段，或者说是在近于夸张的程度上来塑造一种新的美。而这也就是韩愈在李杜之后，在极盛难继的局面之下，力破余地，推动我国诗歌艺术继续发展的道路。

什么是韩诗中的“狠重奇险”的境界呢？实质上就是用又狠又重的艺术力量，征服那些通常认为可怕可憎的形象，以及其他种种完全不美的形象，而创造出某种“反美”的美，“不美”的美。

韩诗中好用舂、撞、劈、戛、崩、刮、斫、捩、拗……这一类的动词，这些就是那又狠又重的艺术力量的反映。用了这样的力量，居然能把蝎子这样可怕可憎的毒虫，写得可喜：“昨来得京官，照壁喜见蝎。”（《送文畅师北游》）用了这样力量，居然能把太阳神羲和所操的火的鞭子，和“赤龙拔须血淋漓”（《和虞部卢四酬翰林钱七赤藤杖歌》）这样两个壮伟而又有些恐怖的形象，来形容珍异的赤藤杖。“鸱枭啄母脑，母死子始蕃。蝮蛇生子时，坼裂肝与肠。”（《孟东野失子》）这样令人毛骨悚然的形象，却是用来安慰老朋友的丧子之痛，极言有儿子也未必都是好事。“我齿豁可鄙，君颜老可憎”（《送侯参谋赴河中幕》）如此的“可鄙”“可憎”，却更加道尽老友久别重逢时回首华年、相惊老大的深情厚谊。韩愈一生两次贬斥南荒，他对南方的一切充满成见，每一写到，都写成火焰地狱一般的可怕，然而同时也就写出一种蛮荒的“可怕的美”。他的奇特的《陆浑山火和皇甫湜用其韵》，写一场山林大火，写尽火神的不可抗拒的威力，使水神一败涂地，上帝也让它三分。最后上帝虽然还是帮助水神熄灭了大火，但又郑重肯定大火的存在的合理性，使水与火结成婚姻。这个上帝其实是诗人自己的化身，诗人像上帝一样征服了火，肯定了火，同时也欣赏了火。

韩愈自称“慢肤多汗”，非常怕热。他善于写秋景。一到秋天，他就有精神。但是，他偏偏又要写出这样的诗句。“自从五月困暑湿，如坐深甑遭蒸炊。”（《郑群赠簟》）“毒雾恒熏蒸，炎风每烧夏。”（《县斋有怀》）诗人已经用艺术的力量征服了自己所感受的暑湿熏蒸之苦。不仅如此，韩诗中还生动地写出了种种生理上不愉快的经验，例如牙齿将落未落之苦《落齿》，眼花之苦《寄崔二十六立之》，头秃之苦《感春》其二，腥臊入口之苦《初南食贻元十八协律》，虾蟆惊眠之苦《答柳柳州食虾蟆》，等等，显然都是艺术地征服了这些，反转来使它们成为“不愉快的美”。

现实里面，污浊的泥沟并不美，然而韩诗中偏有这样的描写：“君居泥沟上，沟浊萍青青。”（《题张十八所居》）干涸的河床并不美，而韩诗中又偏有这样的描写：“温水微茫绝又流，深如车辙阔容辀。虾蟆跳过雀儿浴，此纵有鱼何足求。”（《赠侯喜》）其实诗人这次同侯喜来到干涸的洛水上钓鱼，从头到尾都非常扫兴，来的路上是毫无可观："平明鞭马出都门，尽日行行荆棘里。"（《赠侯喜》）垂钓时是非常疲困："晡时坚坐到黄昏，手倦目劳方一起。"（《赠侯喜》）结果是所得极微："举竿引线忽有得，一寸才分鳞与鬐。"（《赠侯喜》）韩愈能把这些丝毫不美的景和事写入诗，使之成为"不美之美"，正是他的创造。

更确切地说，《赠侯喜》所写的，其实是无景可观，无鱼可钓。此外，如《古意》极言太华峰头莲花莲藕之美，而终于求之不得。《岣嵝山》极赞禹碑字画之美，而终于寻访不着。著名的《山石》诗中写得更有趣："僧言古壁佛画好"，下句似乎该是把这壁画赞美一通了，不料却是"以火来照所见稀"；"铺床拂席置羹饭"，似乎该是精美的素馔了，结果却是"疏粝亦足饱我饥"。接连两联，都是下一句直接否定了上一句。这种"无有"之美，"否定式"之美，更是韩诗的独创。

所有这些可怕的、可憎的、野蛮的、混乱的、平凡的东西，乃至"什么也没有"，都被艺术的强力硬纳入诗的世界，使之成为"反美"的美，"不美"的美，这就是所谓"狠重奇险"的境界的具体内容。

四

韩诗的第二个特点，是语言风格的散文化。

我们都知道，韩愈是古文运动的倡导者，他成功地领导了文体的复古，其实也就是文体的革新。六朝的骈俪之文，把文章写得像格律诗。韩愈的古文运动，就是要使文章像文章，不要像格律诗。可是，他在诗的方面，却又努力把诗写得不像诗，倒像文章。这就是我们所说的韩诗语言风格的散文化。有所谓“韩愈以文为诗”，含有贬义，所指的也就是这个事实。

韩诗的散文化，有时表现在造句的平直浅白。例如：“我初往观之，其后益不观。观之乱我意，不如不观完。”（《读皇甫湜公安园池诗书其后二首》）“我齿落且尽，君鬓白几何？年皆过半百，来日苦无多。”（《除官赴阙至江州寄鄂岳李大夫》）这些都像信笔写来的家书、日记。有时又表现在造句的简括凝炼。例如：“闻子高第日，正从相公丧。哀情逢吉语，惝恍难为双。”（《此日足可惜赠张籍》）“四时各平分，一气不可兼。隆寒夺春序，颛顼固不廉。”（《苦寒》）有些句子，在一句话里概括了复杂曲折的意思，完全是“古文”式的简括。有时又表现在语气的纡徐委曲。例如：“仁者耻贪冒，受禄量所宜。无能食国惠，岂异哀癃罢。久欲辞谢去，休令众睢睢。况又婴疹疾，宁保躯不赀。不能前死罢，内实惭神祇。”（《寄崔二十六立之》）本来是一两句说得尽的，却充分伸展开来，说了这许多。为了助成语气的纡徐委曲，有时还直接运用散文里才常用的语助词。例如：“后日更老谁论哉。”（《李花赠张十一署》）“次第知落矣。”（《落齿》）“破屋数间而已矣。”（《寄卢仝》）“惟子能谙耳，诸人得语哉。”（《咏雪赠张籍》）有时则又在本来完全不需要介词的地方，故意用上散文式的介词，使语气显得硬健。例如：“归来殒涕掩关卧，心之纷乱谁能删。”（《雪后寄崔二十六丞公》）“心之纷乱”本来完全可以作“中心纷乱”或“愁心纷乱”之类。

韩诗的散文化，还表现在“古文”式的“章法”，讲究虚实正反，转折顿挫。例如《八月十五夜赠张功曹》，一篇之中，有人有我，有今有昔，有哀有乐，有虚有实，有正有反。在表面的文章逻辑上，人所歌的昔日哀景，是虚写回忆，是被否定了的陪衬之意；我所歌的眼前乐景，是实写今夜，是结论性的主意。但在实际的情感的逻辑上，昔日的患难哀愁，才是真正要追溯的主意；眼前的反面的行乐，不过是故作宽解，反衬一笔，以加强主意。诗中的反与正，宾与主，在实质上和在表面上正好相反。又如，《谒衡岳庙遂宿岳寺题门楼》，开头就说岳神的威灵显赫，诗人自己的虔诚拜奠，说到庙令殷勤相助，向岳神卜问吉凶，一路说下来，真是神乎其神。然后，“侯王将相望久绝，神纵欲福难为功”两句，忽然翻转去，才出人意外，力挽千钧。像这样的虚实正反，转折顿挫的章法，不仅上述长诗中经常运用，短篇的古体诗中同样运用。前面说过的那些表现“无有”之美，“否定式”之美的短篇古体如《古意》《岣嵝山》等诗中，往往更集中地把这些“古文”章法之妙发挥尽致。

韩诗的散文化的语言风格，在诗歌形式上形成的美，就是反对称反均衡反和谐反圆润之美。五、七言律诗的格律，是中国旧体诗形式方面对称均衡和谐圆润之美的极致。唐代诗人从四杰和沈、宋起，把这种格律诗做得越来越成熟，杜甫尤其是集大成者。在律诗的势力影响之下，古体诗也逐渐律诗化了。所谓“唐无古诗而有其古诗”，大概就是指此而言。于是这又产生另一方面的危险，即那种古朴刚健参差拗折之美有日益消亡的危险。杜甫已经努力把古朴刚健参差拗折之美引进律诗，特别是七律中来，使这种对称均衡和谐圆润的形式里，巧妙地融入了反对称反均衡反和谐反圆润的成分。韩愈则针对着唐人古诗的律诗化趋势，努力把古诗散文化，就是继续杜甫的这种努力，韩愈为了力避对称均衡，在长篇古体诗中，往往通首彻底散行，没有一个骈偶对仗；有时又故意做得似对非对，可以对而不对。他为了避免和谐圆润，遣词用字力求生僻，爱用人所少用乃至人所不识的字；造句往往故意造成散文调，不是诗调，有时故意违反七言上四下三的句式，而做成上三下四的拗句。韩诗为了在音韵上避免和谐圆润，往往越是长篇越不转韵，韵脚越押越险。例如《赠崔立之评事》《病中赠张十八》之类，使人读之，有如攀登一线直上的险峰，喘不过气来，偏又没有一处可以停步换气。而一些短篇古诗，一篇之中，偏偏多次转韵，而且避免四句一转，故意转得参差错落。例如《三星行》《汴泗交流赠张仆射》之类，使人读之，好像走着一条十步九曲的小道，总不能潇潇洒洒地走，放开大步地走。

通常含贬义的所谓“韩愈以文为诗”，还包括“以议论为诗”的意思。韩诗中议论的成分确实不少，从艺术上看，未必都是不好的，其实往往倒是扩大了诗歌的领域。例如《荐士》一篇，全是议论：前半概论中国诗歌史，高瞻远瞩，显然深受李白的《古风五十九首》其一的影响。后半接连用了许多比喻，把贤士要有人提携和进贤要抓紧时间的道理，从各方面说得透而又透。《诗经》的“六义”中原有“比”，那是“以彼物喻此物也”。韩愈在诗中很会运用那种“比”，例如《南山诗》中连用五十一个“或”，又连用十四个叠字，就是大规模地用种种形象来比喻南山。又如《听颖师弹琴》，以种种形象来比喻琴声，也成了公认的名篇。但韩愈独特的创造，尤在于用一连串的具体事物作比喻，来说明抽象的道理。这种手法，除上述《荐士》诗外，又如《送区弘南归》《孟东野失子》等其他好多诗篇中都用过。这是遥承先秦诸子寓言的遗风，特别是近接汉、晋“连珠”的“必假喻以达其旨”“欲使历历如贯珠”的传统。这样的发议论，表现了诗人的胸襟和机智，形成高远的美，明彻的美，历史的宏观和人生的探索的美，又岂是局限于“形象思维”所能达到的呢？

五

以上说的，可以综合为两句话：一是在诗的内容上，通过“狠重奇险”的境界，追求“不美之美”；一是在诗的形式上，通过散文化的风格，追求“非诗之诗”。这就是诗人韩愈对我国诗歌艺术的发展所作的巨大贡献。

这不是一条容易走的道路。“不美之美”“非诗之诗”分寸都很不好掌握；过一点，差一点，可能就只剩下了“非诗”和“不美”。韩愈自己，就并不总是成功的。

韩诗中散文化的字句篇章，有些实在流于拙劣。例如，《双鸟诗》中的“周公不为公，孔丘不为丘”，《路傍堠》中的“千以高山遮，万以远水隔”，简直不知所云。又如《别鹄操》中的“江汉水之大，鹄身鸟之微”，这两个“之”字加得实在无必要，只能使语气缓弱，前代评论者早有人指出了。

韩诗失败之处，更多的是由于没有掌握好“狠重奇险”的分寸。诗人韩愈原也能够出色地写出种种传统的美，如自然情韵，清润华腴，一气清空，淡朴深挚，和平冲淡，秀丽明媚，艳冶缠绵，等等。他的好诗，往往是把“狠重奇险”之美同其他的美调融起来。例如《感春三首》其三中的“艳姬蹋筵舞，清眸刺剑戟”，形容美人的明眸而用上了“刺剑戟”的形象，这是在传统的艳冶之美中，融入了“狠重奇险”的成分。《南山诗》虽然通首都是“狠重奇险”，其中却也有“横云时平凝，点点露数岫。天空浮修眉，浓绿画新就”这样绝世丰神的丽句，也有“林柯有脱叶，欲堕鸟惊救”这样幽微深细的描写。又如《游青龙寺赠崔大补阙》一首，前半是游青龙寺，描写柿叶柿实的一片彤红，用了“赫赫炎官张火伞”和“金乌下啄赪虬卵”这样一些十分“狠重奇险”的比喻；后半是赠崔大，却说道：“何人有酒身无事，谁家多竹门可款。”又说道：“须知节候即风寒，幸及亭午犹妍暖。”评论家们一致推崇这些诗句逸趣飘然，下句轻圆，意境闲远。整个这首诗，就是从“狠重奇险”之美，自然地转入清逸闲远之美，使两种美互相调剂，互相映照，有的评论者甚至推崇这首诗为韩愈的七言古诗中的第一。

相反地，如果“狠重奇险”之美不与他种美相调剂，单独过分发展，就往往过了“美”的界限，成为“恶态”，甚至成为“杀气”。韩诗中确有一些这种败笔。例如，嘲笑别人鼾声之大，比喻为彭越、英布的“呼冤受菹醢”（《嘲鼾睡》）。这一首是集外诗，过去已有人怀疑它是否韩愈所作，但大致看来，仍与韩愈的作风相近。虽是开玩笑，实在是恶态，并且已经有了杀气。又如《月蚀》诗中要杀蛙，要钻龟。《题炭谷湫祠堂》中要屠龙。《叉鱼招张功曹》中描写叉鱼的情景：“刃下那能脱，波间或自跳。中鳞怜锦碎，当目讶珠销。……血浪凝犹沸，腥风远更飘。”诗人似乎对于屠杀、流血有一种特别的欣赏。一到诗人自己真有了杀人之权，就更加可怕。他作河南县令时，卢仝来控告一个隔墙恶少，事情不过是“每骑屋山下窥阚”而已，韩愈就想到“操权不用欲何俟”打算“尽取鼠辈尸诸市”（《寄卢仝》）了。登峰造极的自然还是《元和圣德诗》，有一大段津津有味地描写刘辟失败被俘以后，凌迟灭族，刑场上如何屠戮妇孺，如何尸骸堆积，最后对刘辟如何挥刀碎割的详情，这是恶性地追求“狠重奇险”，成了赤裸裸的刽子手文学。

其实，这并不仅仅是艺术上没有掌握好分寸的缘故。通观韩愈这个人，尽管是博学高才的大文学家，但是气质上有一个最大的缺点，就是躁急褊狭，无容人之度；他在仕途上，又特别热中利禄，无恬退之心。他的诗篇当中，经常贬低朋友，好为人师，攘斥异端，自居正学，就是褊狭的表现；他在诗中，一再公开地以富贵利禄教子，在儿子面前吹嘘自己的交游如何光显，就是热中的表现。二者结合起来，更是利禄情深，恩仇念重，互为因果，愈扇愈烈。谁妨害了他的功名富贵，谁不尊敬他的学问文章，他对谁就会恨之入骨，永世不忘。这样的人的精神状态中，自然容易充满了怨毒之气，怨毒之极又自然通于杀气。贞元十年，韩愈因建言被贬斥，这一段经历他在诗中再三再四地说起，对于政敌王叔文集团，包括对老朋友柳宗元、刘禹锡，真是悻悻之状如见，切齿之声可闻。待到王叔文失败，包括柳宗元、刘禹锡在内的“八司马”一时窜逐，韩愈这时便写出了幸灾乐祸、投井下石的《永贞行》。诗中说道：“董贤三公谁复惜，侯景九锡行可叹。国家功高德且厚，天位未许庸夫干。”竟然把谋反篡位的大罪名硬加在王叔文身上，用心太可怕了。过去的评论者对这样的诗句都看不下去，例如何焯评云：“二连过矣，有伤诗教。”又云：“叔文欲夺中人兵柄，还之天子，此事未可因其人而厚非之。下文‘九锡’‘天位’等语，直欲坐之以反，公于是失大人长者之度矣。”其实，谋反篡位，正是凌迟灭族的罪名。韩愈写这几句诗的时候，就是希望看到王叔文集团像刘辟一样的下场，又岂止“失大人长者之度”而已呢？

当然，韩诗中求“狠重奇险”而失之太过的地方，不能说都是直接由于利禄之情，恩仇之念，置人死地的怨毒之心；但是，有这样的气质，习惯于这样的精神状态的诗人，又在艺术上追求“狠重奇险”之美，是容易失之太过的。文学家言行不一，表里不一，未必容易察觉；只有气质和精神状态，往往流露在作品中而不可掩。中国古代文学理论早有指出过这一点的，这是相当有道理的。

五四运动以来，科学和民主的观念深入人心，于是，中国古代大作家当中，韩愈成了最不受欢迎的一个，这就是因为他的作品中流露出来的气质和精神状态上的庸俗性，总带有独断和专制主义的味道。

六

但是，解放以后，整理出版韩愈的各种选集和全集，又列入了国家文学出版社的计划；陈迩冬同志的这部《韩愈诗选》，就是二十年前应人民文学出版社之约选注的。这是因为，解放以后，大家学了马克思主义，会用历史主义的眼光看问题，对韩愈这样的古代作家，既看到他的气质精神上的庸俗性、思想上的独断性和专制主义倾向，又看到他的博学高才，看到他在文学史上的巨大成就和贡献。然而，历史又毕竟不是直线的。这部《韩愈诗选》的成稿，在出版社一压就是二十年，现在才终于能够出版（不久以前出版的童第德先生选注的《韩愈文选》，也是二十年前就交了稿，出版时选注者已经逝世）。陈迩冬同志由于年龄和疾病的缘故，已经无力来写这篇序言，却把这副担子加到我肩上来了。

我对韩愈素来没有研究，陈迩冬同志并非不知道。他一定要我来写这篇序，是因为我们平日闲谈时，有一些相同或相近的看法。

我们都认为，唐诗是中国诗歌发展的高峰，但极盛之后，正是难以为继之时，如果没有宋诗这一大变化，中国诗就会停滞，槁死。宋诗的总的成就，有人认为不亚于唐诗，有人认为不及唐诗。即使它不及唐诗，它也是发展，是生命，否则就是停滞和槁死。当问题是这二者必居其一的时候，发展和生命是第一义的，发展得高些还是低些，则是第二义的。谈中国诗史，唐诗以后，赞也要赞宋诗，骂也要骂宋诗，总之绕不开它；而元诗和明诗，基本上因袭唐诗，就完全可以略过不提。此中消息，值得深思。

我们都认为，杜甫于集大成之中，已经兼有继往和开来两个方面。韩愈正是专门把杜甫的开来的方面，更突出地加以发展。他实在是宋诗的先驱者，因此也就是在李杜之后的极盛难继的局面之下把中国诗继续推向前进的人。

我们都认为，韩愈并非孤立的一个。在他的周围，还有孟郊、贾岛、卢仝、张籍……这样一个诗人之群。这些诗人的境界和风格各不一样，成就也各有高低，但是，他们隐隐然有共同的东西，就是都在探索某种“不美之美”和“非诗之诗”；卢仝的怪异，张籍的古淡，以及通常所谓“郊寒岛瘦”，都是探索的结果。所以，韩愈的时代，就是唐诗自身在求变、求新、求否定自己，来为宋诗那个大变化开辟道路的时代，韩愈就是这个时代要求的完满的体现者。

我们都认为，诗人韩愈对后来者的影响和启发，应该得到充分的估计。李贺亲及韩门，受的影响最大。李贺诗中好用刮、轧、割、拗……这些动词，好以金、铜、玻璃、琥珀……这些坚硬沉重之物为喻，这是钱锺书先生指出过的。李贺还着力塑造“郎食鲤鱼尾，妾食猩猩唇”这一类的带有“蛮风”和“血丝”的美，有现成轻艳字面可用之处却偏偏换上词感庄重的字面，如“夫人飞入琼瑶台”，诸如此类，都是直接来自韩愈。李商隐又从李贺的路上稍稍转了一弯，把李贺惯用的“生色”换成调过的“熟色”，把李贺的大块镶嵌换成细丝刺绣；但是，他的《韩碑》一首，表明了他无论怎样转变，而不变的“坐标”还是韩愈。中晚唐这两个大诗人，可以说就是韩愈的一传再传弟子。到了宋代，欧阳修首先高举起韩愈的旗帜，诗和文都专学韩愈的“文从字顺”的一面。苏轼则被后代评论家称为“韩潮苏海”，说明他的诗和文都在铺陈排比这一点上与韩愈相通；特别是运用比喻来状物说理，纵横历乱，千变万化，更是把韩愈所开创的突破“形象思维”、进入历史的宏观和人生的探索之美发挥尽致。江西诗派奉为宗主的黄庭坚，在诗境上力探“不美之美”，在诗格上追求“非诗之诗”，都完全同韩愈一样，不过把韩愈的“雄奇”换成“清奇”，把韩愈的“粗砂大石”换成“紧筋硬骨”罢了。

我们都认为，任何发展过程，都是肯定和否定的过程，异化和同化的过程。就中国诗而论，从《诗经》《楚辞》到艾青、田间，始终是诗，越来越是诗，这就是不断的自体肯定。由风骚而汉魏，而六朝，而三唐，而两宋，而词曲，终于新诗代替了旧诗，这又是不断的自体否定。一方面，一代之诗，成就越高，对后世的影响越大，因袭模仿就越多，这是诗不断地化为“非诗”，必须清除这些“非诗”，发展才能继续，这就是不断地自体异化。另一方面，每一代之诗，都必须突破上一代的诗境诗风，把上一代尚被认为“不美”的东西变为“不美之美”，把上一代尚被认为“非诗”的东西变为“非诗之诗”，这才能不断扩张诗的国土，这就是不断异体同化。应该从这个规律的深度，来认识韩愈在中国诗史上承先启后的特殊地位，来体会苏轼的几句深有见地的话：“书之美者，莫如颜鲁公，然书法之坏，自鲁公始。诗之美者，莫如韩退之，然诗格之变，自退之始。”

1982年5月12日

（本文初刊于《中国社会科学》1982年第五期，本文据《舒芜集》）

细读元稹《行宫》[①]

元稹《行宫》云：

寥落[②]古行宫，宫花寂寞红。
白头宫女在，闲坐说玄宗[③]。

这是很有名的诗篇。请让我先抄几条注释和一段评析：

［注释］① 行宫：皇帝外出居住的宫舍。② 寥落：空虚、冷落。③ 玄宗：唐明皇李隆基，这是他的庙号。

［简要评析］这是诗作作者通过写白头宫女在寂寞中回忆往昔的繁华，来慨叹昔盛今衰，从而表达了诗人对历史沧桑巨变的深刻思考。全诗只有短短二十字，却把唐朝从天宝末年以后半个世纪来的社会变迁浓缩其中，其高度精炼的笔

法令人赞叹。阅读本诗，应注意同白居易的《上阳白发人》相联系，如此便可弄清许多问题。白居易的《新乐府》写成于元和四年（809），反映的是唐德宗时代的社会问题。德宗李适于大历十四年（779）继位，在位二十七年，于贞元二十一年（805）卒，而《上阳白发人》的具体写作时期必在其间。又据《上阳白发人》诗中言所选入的白头宫女为“玄宗末岁初选入，入时十六今六十”，则可知是在天宝十五年（756）选入，而白居易写作此诗应在天宝十五年以后的四十四年时，即贞元十六年（800）。元稹写作此《行宫》诗是为呼应白居易《上阳白发人》中的那位年已六十的白头宫女。她（或她们）是以自己亲身体验来“说”玄宗的，并非只是道听途说。此点尤为重要，因为只有说自己的切身感受，才会有更深的沧桑体会。这首诗的主要特色在于含蓄有致，全诗的重心在于一个“说”字。由于这个（或这批）老宫女熟谙历史，深悉国家社会五十年来发生的巨大变化，因此可说的话题特别多，围坐之时便能滔滔不绝地说个不停了。这一个“说”字，可以使读者生出无穷联想，而诗中只用一个字便予以概括，真是用得精炼之极，含蓄之极。

这个评析大致不差，可是比较粗，我们还要细读才是。

怎么细读?

首先，要从诗题细读。诗题泛言“行宫”，自然可以包含上阳宫，但不必限于上阳宫，应该着重在行宫的“行”字特点，即并非皇帝常住之处，不过他偶尔来住短时期的地方。皇帝偶尔来住时，多半只是吃喝玩乐，未必处理什么“国家社会的巨大变化”。行宫里的宫女，绝大多数是一进来就分配这里当差，与白居易《上阳白发人》咏叹的被杨妃嫉妒潜行发配来的不同，她们一辈子就是老老实实在这里当差。皇帝偶然来住时，日常起居饮食自有服侍惯了的班子带来，行宫原来宫女仍旧各当原差，有的可能和皇帝碰上一两面，有的可能碰不上一面。她们之间，事先事后，会流传许多有关皇帝的故事逸闻，本来真真假假难分，有的七实三虚，有的七虚三实，再加以几十年后的失记误记，有一两分真的成分已经难得。她们能谈的不会超越故事逸闻的范围，要她们“熟谙历史，深悉国家社会五十年来发生的巨大变化，因此可说的话题特别多，围坐之时便能滔滔不绝地说个不停”，肯定是办不到的。

但是，大事也罢，小事也罢，七实三虚也罢，七虚三实也罢，老宫女们只是有一搭没一搭地闲坐闲聊，谈的已经谈过多少遍，听的已经听熟多少遍，反正没有人当真，闲坐闲聊而已。玄宗一代，铁马金戈，花团锦簇，君王妃子，生死恩仇，一切都过去了，只留下这么一点在白头宫女们谁也不当真的闲聊里，这也可以说是几乎无事的悲剧。元稹的诗心在此。

拿元稹此诗与白居易的《上阳白发人》互证，是读诗一法。但是，谈说归谈说，历史归历史，不可混淆。朱家溍先生的《故宫退食录》已经充分证明溥仪所说故宫事物有许多错误，以皇帝身份谈宫中事物而多错误，就因为他是从宦官宫妾的谈说中得来的，经不起学者严肃科学的考证。诗人可以将宦官宫妾的闲聊来作题材，不等于以他们的闲聊来证史。陈寅恪先生倡导的“以诗证史”之法，要慎用才是。

2008 年 2 月 15 日

（本文据《舒芜晚年随想录》，人民文学出版社 2013 年 9 月版）

从秋水蒹葭到春蚕蜡炬

鲁迅说过："西班牙人讲恋爱，就天天到女人窗下去唱歌"，"然而我们中国的文人学子"，"总说女人先来引诱他"。（《二心集·中华民国的新"唐·吉诃德"们》）的确，《聊斋志异》里那许多托之鬼狐的恋爱故事，就总是美女先来向书生挑逗。中国古典诗歌里，男子追求女子的情诗，相当地少。这是同中国封建社会里相当缺少近代意义的真正爱情的因素分不开的。

《诗经》里的民间情歌，据我计算，直接表现男子追求女子的有十二篇，女子追求男子的有十一篇，倒还相等。男求女的诗篇中，既有《关雎》的热烈，也有《汉广》的凄凉，既有《出其东门》的专一，也有《将仲子》的大胆，更有名篇《蒹葭》那样的远韵深情，清词丽句……女求男的诸篇，更是多彩多姿，充分展现了人类感情这一领域的丰富性和复杂性。试看《王风·大车》和《郑风·褰裳》，就可以感到唱着这样的情歌的周代民间的勇敢泼辣的姑娘，同后代那些憔悴呻吟在政、族、神、夫四权的压迫之下的女性，是大不一样的。

民歌让位于文人诗歌以后，情况一变。一般认为，文人学子登上中国文学史，始于屈、宋。屈原其实还不能说只是文人学子，他的《离骚》里还敢于唱出“求宓妃”“求有氏之佚女”“留有虞之二姚”这些话，然而已经托之鬼神，不是人间。至于宋玉，真是第一个最典型的文人学子了，听听他说些什么吧——“天下之佳人，莫若楚国。楚国之丽者，莫若臣里，臣里之美者，莫若臣东家之子。东家之子，增之一分则太长，减之一分则太短，著粉则太白，施朱则太赤，眉如翠羽，肌若白雪，腰如束素，齿如含贝，嫣然一笑，惑阳城，迷下蔡。然此女登墙窥臣三年，至今未许也。”（宋玉：《登徒子好色赋》）这样的盖代美人，这样长时间的勾引挑逗，还打不动他的心，显得他是多么高啊！美人又是多么贱啊！尽管她怎样容颜绝世，还不是活该供给愿意玩弄的人去玩弄么？

自此以后，中国古典诗歌以男女为题材而比较得情之正的，只有那些“思妇”“闺怨”“寄外”“寄内”和“悼亡”的诗。古代战乱的频仍，后来商业的发达，交通的不便，音讯的难通，造成多少家庭的长期离散，特别是商人妇和征人妇只能困守家园，在孤单寂寞中更多地承受着生活和感情的重担。《诗经》中已经有《卷耳》《采绿》等篇，开了“思妇”诗的头。这一题材遂为历代诗人所爱采用。今天就拿一本最通俗的《唐诗三百首》来翻翻，脍炙人口的名篇名句，就有不少是这个题材的。李白的《长干行》，李益的《江南曲》，以及白居易的《琵琶行》，都是写的商人妇，诗中如“商人重利轻别离”（白居易）、“早知潮有信，嫁与弄潮儿”（李益）等句，似乎已经把这类题材上面能说的都说尽了。写征人妇的更多一些，其中如“由来征战地，不见有人还”（李白《关山月》）、“可怜无定河边骨，犹是春闺梦里人”（陈陶《陇西行》）的惊心动魄，“打起黄莺儿，莫教枝上啼。啼时惊妾梦，不得到辽西”（金昌绪《春怨》），“忽见陌头杨柳色，悔教夫婿觅封侯”（王昌龄《闺怨》）的一往情深，也都教后人很难再措手。大概由于男女的不平等，以及出征、经商、求名、求官在外的男子分心的事不少，所以离家的丈夫怀念妻子的诗，就少得多，但也不是没有；自秦嘉《赠妇诗》三首之后，杜甫的《月夜》一首，便是此题的绝唱。以上都是“生离”的范围。（“犹是春闺梦里人”也仍然以为还是生离。）转入“死别”的范围，则潘岳首标《悼亡诗》

的题目，“悼亡”一词遂专用于夫妻之间，成了一类诗的名目。这一类诗中最高的成就，当然是元稹的《遣悲怀》三首。诗中所写的女性，不是女神，不是女妖，不是娇花，不是小鸟，不以“德言容工”任何一项见长，也没有遭遇任何特别的不幸而成为动人哀怜的对象；而只是非常现实的、平平常常的、温柔贤惠的、出身娇贵而甘心过着“贫贱夫妻百事哀”的生活的好妻子，等不到丈夫升官加俸，家境改善，便逝去了。先前没有人写过，所以是空前的；能把这种平凡现实的生活写得如此牵动心魂，所以又是绝后的。但是，毕竟由于这种题材能有深切的真情，所以后代还是不断有佳篇出现，例如苏轼的《江城子》（十年生死两茫茫），李清照的《武陵春》（风住尘香花已尽），陆游的《沈园》诗，甚至也不妨算上厉鹗的《悼姬人月上》，都是读者忘不了的。

说这些“思妇”“闺怨”“寄外”“寄内”“悼亡”诗歌，比较得情之正，是因为这些诗歌里面的感情，比较最接近于近代意义上的真正的爱情。好多年来，我们解释、介绍、评论这些诗歌（以及古典戏剧中大批类似题材的剧目）时，往往直接就称之为“坚贞的爱情”“美好的爱情”“为爱情而歌唱”，等等。当然，随便这么说说，也未尝不可。但是，我们必须清醒地记牢一点：接近于爱情，并不等于爱情，不等于科学意义上的近代意义的真正的爱情。因为，这些诗歌（以及戏剧）中写的，都没有越出夫妇的情爱的范围。而恩格斯明确地说过："在整个古代，婚姻的缔结都是由父母包办，当事人则安心顺从。古代所仅有的那一点夫妇之爱，并不是主观的爱好，而是客观的义务，不是婚姻的基础，而是婚姻的附加物。"（《家庭、私有制和国家的起源》）这是一条科学的界限，我们千万不能忘记。如果我们忘记了这条科学的界限，而把那些"思妇"诗之类径自当作真正的爱情诗，把其中的夫妇之情径自当作"古代人民的美好坚贞的爱情"来宣扬，则在认识上是错误的，在实践上更是有害的。沉痛的历史教训告诉我们：再也不能把任何封建性的糟粕当作民主性的精华来肯定，来继承，甚至稍加改装就当作无产阶级的武器来挥舞了。赵五娘、王宝钏都值得同情，甚至值得尊重。但是，我们如果请了她们二位来参加批判会，作中心发言，批判安娜·卡列尼娜和薇娜·巴夫诺芙娜的"淫奔失节"（我们作总结发言时自然会改为"资产阶级的腐朽堕落"），并且通知蔡文姬（不知是不是赵五娘的女儿！）和唐琬来接受教育，那就会使批判者反而落到了可笑的地位，而这责任是不该由她们自己来负的。

什么是近代意义的爱情呢？恩格斯的著名的定义，大家都知道了。据我的理解就是：第一，平等互爱；第二，爱情重于生命；第三，爱情与婚姻一同成为性道德的标准。这在封建社会里当然不可能有。但恩格斯说："现代意义上的爱情的关系，在古代只是在官方社会以外才有。"我们前面说过的，《诗经》中反映的周代民间男女相互之间地位平等的爱情追求，就是一个实例。

《诗经》以后，民间的情歌当中，女求男的，历代还是不少，男求女的，便越来越少见。《陌上桑》和《羽林郎》之类，写的不是平等的追求，而是贵官豪奴对民间女子的调笑。而文人诗歌当中，地位平等的男求女的诗，差不多可以说是完全绝迹。张衡的《四愁诗》，表面上好像是这一类，但其实是寄寓某种理想的作品，并非实写。陶潜的《闲情赋》，幻想倒是大胆，但终于"止于礼义"，未能进攻到底。到了诗风大盛的唐代，虽是李、杜两位大诗人，也并未留下一首以平等地位去追求恋慕的爱情诗。杜甫能写出"遥怜小儿女，未解忆长安"（《月夜》）、"瘦妻面复光，痴女头自栉"（《北征》）、"老妻画纸为棋局，稚子敲针作钓钩"（《江村》）、"昼引老妻乘小艇，晴看稚子浴清江"（《进艇》）这样一些深情之句，但这些都只是"婚姻的附加物"的夫妇之情。李白则连夫妇之情也缺少深度，他的天上飞仙似的形象，令人遗憾地竟也出现在这个领域。他有《送内寻庐山女道士李腾空二首》，题目已经古怪，诗中一则曰："君寻腾空子，应到碧山家。……若爱幽居好，相邀弄紫霞。"再则曰："多君相门女，学道爱神仙。……一往屏风叠，乘鸾着玉鞭。"简直对妻子入山学道持赞成的态度。而他的《南流夜郎寄内》诗云："夜郎天外怨离居，明月楼中音信疏。北雁春归看欲尽，南来不得豫章书。"如此的烦冤患难之中，死别生离之际，寄给妻子的诗，竟然写得这样浮浮泛泛，实在叫人难于理解。其他初、盛、中唐的所有诗人，就更没有写出一首真正平等态度的追求之作。

直到晚唐李商隐出来，久已坠绝的《关雎》《蒹葭》，才得到继承和重振。

一提到李商隐，首先总会想到他的《无题》（以及虽有题而实应并归《无题》一类的）。尽管这类诗在他的全部现存诗中只占着极小的比例，尽管他的诗歌的境界、风格、气象的成就是多方面的，但人们始终是这么想。人们不是没有道理的。因为，李商隐的"无题"诗，是在《关雎》《蒹葭》的传统久已坠绝之后，复兴和重振了这个传统，而这就是李商隐的最突出的成就，是他对中国诗歌艺术发展的最突出的贡献。看他的《无题》诗中这样一些诗句吧："身无彩凤双飞翼，心有灵犀一点通”“刘郎已恨蓬山远，更隔蓬山一万重”“春心莫共花争发，一寸相思一寸灰”“相见时难别亦难，东风无力百花残”“曾是寂寥金烬暗，断无消息石榴红”“直道相思了无益，未妨惆怅是清狂”。这些都是什么声音？显然，不是女性的声音，而是男性的声音；不是轻薄调笑的声音，而是真挚严肃的声音；不是施以爱宠的声音，而是祈求允诺的声音；不是“任由我去享受她”的声音，而是“惟恐她不理睬我”的声音；总之，我们又听到辍响千年的地位平等的男求女的声音了。是的，是地位平等的。不管李商隐这些情诗写给什么样的对象，是女道士也好，是宫眷也好，是别的什么样的女子也好，这些诗歌本身所表现的感情和心理状态，是以平等的地位在对待她，是在“征求她的同意”，这是非常清楚的。但由于封建的压力和阻力更重更强了，所以这些诗句里又添加了《关雎》《蒹葭》等诗中所没有的缠绵悱恻的成分，从而也添加了凄艳迷离的魅力，这些诗句强烈地打动了多少恋爱中追求着的青年读者——特别是男读者的心，使他们立刻敏感到这是李商隐的最独特的成就。然而，更加惊心动魄，更加打动了一切恋爱着追求着的少男少女们，成为他们的共同的宣誓词的，还是更著名的两句——“春蚕到死丝方尽，蜡炬成灰泪始干。”这已经接近恩格斯说的第二个特征，纵使还不是为爱情拼掷生命，也已经是向爱情献上生命了。

然而，晚唐离近代毕竟太远了。李商隐这样带有相当程度的近代色彩的爱情，奇迹似地出现在那个时代，必然只能是一现的昙花，以后又是千年辍响。直到《红楼梦》出来，才又在更高的水平上写出了更近于近代的爱情，但已经出了诗歌的领域。

正因为是一现昙花，倒也更觉珍贵。所以我一向极不赞成把李商隐的爱情诗硬解释成别的什么诗，例如政治或是感遇诗之类。我以为，李商隐是有政治诗，例如《重有感》，也是有感遇诗，例如《九日》，都清清楚楚；加上爱情诗，可分三大类，而不必硬把爱情诗往那两类去扯。我曾有《读玉溪生集三首》，即写此意，录之以结本文：

名不挂朝籍，归期未有期。
忧时赓杜律，胼手写韩碑。

非关金屋怨，不作白头吟。
秋水蒹葭意，春蚕蜡炬心。

牛李猜嫌急，襟期锦瑟高。

交情存姓字，屡见令狐绹。

（本文原载《光明日报》）1983年1月11日，后作为文学评论集书名，人民文学出版社1987年版）

读郑嵎《津阳门诗》

这是我在文化部湖北咸宁干校时的一则读诗笔记。干校的前期，劳动非常紧张，政治空气更加紧张。我曾经在就寝之后，偶然和邻床的周绍良同志闲谈了几句关于唐诗的话，第二天就受到排长的训斥。到了后期，或者该说末期，绝大部分同志已经陆续返回工作岗位，我们这些最后一批留在干校的人，劳动任务少了，读书时间多了，唐诗之类也比较能够公开读了。恰好曾经和我邻床闲谈过几句唐诗的周绍良同志，带来了一套缩印小字的《全唐诗》，我便一本一本地借来读，随手写下一些笔记。这是其中较完整的一则。写是写了，至于公开发表，当时还是万万不会作此想的，所以随意地写成文言文的模样。现在无暇用语体重写一遍，姑存其原貌，也算是一种纪念吧。当时曾寄给严霜同志求教，他回信提了很好的意见。来往信函，并摘要附录。郑嵎《津阳门诗》仅见于《唐诗纪事》与《全唐诗》，二书虽非僻书，但现在也不是人们手头常备的，故仍将郑诗附录备考，为了看起来方便，将正文与自注的格式改写成这样。

一九七八年十一月，舒芜于北京。

《全唐诗》卷五六七存郑嵎《津阳门诗》一首，咏玄宗、杨妃事。嵎字宾先，大中五年进士。诗称宣宗为“我皇”，极颂“昨夜收复”河湟之役，盖作于大中三四年间。

诗凡一百韵，较香山《长恨歌》六十韵，几已倍之。又自注约五十则，近二千言。诗及自注，搜采宏富，人物、宫室、溪山、珍异、艺文、鸟兽毕具。人物自玄宗、杨妃外，帝后有高祖、窦后、睿宗、肃宗、德宗、武宗、宣宗，诸王公主有申王、岐王、罨飒公主，戚里杨氏兄妹，叛酋安禄山，相臣张说，节镇田承嗣、杨敬述、西川节度使某，中官高力士、鱼朝恩，画师王维，塑工杨惠之，诗人李峤，梨园公孙大娘、迎娘、蛮儿，山人王旻，道流罗公远、叶法善、李顺兴、果老，僧徒金刚三藏。宫室构筑则有津阳门、观风楼、花萼楼、瑶光楼、红楼、七圣殿、斗鸡殿、飞霜殿、长生殿、朝元阁、迎春亭、芙蓉园、功德院、石瓮寺、庆山寺（持国寺）、降圣观、四元观（安禄山故第）、王母祠、李真人影堂、果老药室、虢国夫人合欢堂、韩国夫人烛台。溪山泉石则有饮鹿泉、长汤池、玉蕊峰、石鱼岩、金沙洞、天丝石（石瓮）、颇梨碑。服玩珍异则有夜明枕、紫玉笛、逻逤檀槽、龙香柏拨、金鸡障、珍珠被、玉缶、金筐、银篾箕、七宝如意、金袈裟。艺文则有王维壁画、杨惠之塑像、玄宗题诗、睿宗书榜、李峤水调辞（实即《汾阴行》末四句）、水调曲遍、婆罗门引、霓裳羽衣曲、玄宗吹笛、杨妃弹琵琶、迎娘歌、蛮儿舞、公孙大娘舞剑器。珍禽异兽则有决胜儿（高丽赤鹰、北山黄鹘）、雪衣女（白鹦鹉）、仙客（汉苑白鹿）、舞马。

诗序自谓“下帷于石瓮僧院，而甚闻宫中陈迹焉”，又逢客邸主翁“世事明皇，为嵎道承平故实”，盖颇以闻见自矜。咏歌不足，申以自注，厘辨方位，溯沿兴革，形构声容，逸闻掌故，动数十百言。于飞霜殿注云：“飞霜殿，即寝殿，而白傅《长恨歌》以长生殿为寝殿，殊误矣。”则欲以考核精详，与香山较胜。[①] 凡所捃拾，多见唐人短书小记，虽传闻异词，或有资于考史，然其诗终为艺林所罕道。而《长恨歌》则仍世不废。

今按《长恨歌》，名物并从简约。人物自玄宗、杨妃外，仅一临邛道士，固与所谓海上仙山，同在虚无飘渺之间。宫室池台实指者，仅一长生殿；盖太真传密誓以征信，故云“七月七日长生殿，夜半无人私语时”，取其月日时地，郑重分明。至于宫中汤池，郑诗自注云十八所，各有专名，则白诗所云华清池，犹言华清宫中之池，泛称而已。此外昭阳殿、未央宫、太液池之属，皆汉殿旧名，非唐宫新号，诗家恒典，无异泛称。服御之类，其云芙蓉帐、九华帐，亦同此例。而钿合金钗，殷勤分寄，物微事重，曾无刻画。艺文之类，惟有霓裳羽衣舞曲，前后两见：前则实指以对渔阳鼙鼓，著乐极哀来之变；后则虚称以况风吹仙袂，寓人天今昔之

① 陈寅恪先生考长生殿为唐代寝殿习称，然惟宫中如此，“独华清宫之长生殿为祀神之斋官。神道清严，不可阑入儿女猥琐。乐天未入翰林，犹不谙国家典故，习于世俗，未及详察，遂致失言。”（《元白诗笺证稿》第一章）云云，郑说张目。然《元白诗笺证稿》第五章引香山诗“旧句时时改，无妨悦性情”二句，按云：“可知乐天亦时改其旧作。”则香山作《长恨歌》时，虽未入翰林，不谙国家典故，然终其身岂竟未察此误，抑岂察而未改？惜寅恪先生已逝，无由质疑请益矣。

情。凡皆物因事举，名不繁征，意匠所营，异于郑制。

且二诗繁简，尤在事绪。《长恨歌》但叙君妃悲欢生死，一绪萦贯，曾无泛溢。至于朝章国政，治乱安危，虽恒流聚讼，而悉所刊弃。惟“汉皇重色思倾国”，“从此君王不早朝”，“遂令天下父母心，不重生男重生女”数句，神光离合，微见其意。凡所叙次，并关筋节，未容阙略；而仍严辨主宾，务绝悬附。如禄山之叛，《长恨歌》但云：“渔阳鼙鼓动地来，惊破霓裳羽衣曲。”二句包举靡遗。《津阳门诗》则自“禄山此时侍御侧”，至“玉辂顺动西南驰”，凡十六句，复自注二百五十字。又如杨氏戚里之奢纵，《长恨歌》但云：“姊妹弟兄皆列士，可怜光彩生门户。遂令天下父母心，不重生男重生女。”四句咏叹不尽。《津阳门诗》则自“上皇宽容易承事”，至“银烛不张光鉴帷”，凡二十四句，复自注一百九十字，诗末补叙韩国夫人烛台又四句，自注又二三十字。

推郑诗之所以繁，一以不辨详略，刻画务尽；一以罔有断制，枝蔓多歧；而尤在主意不立，端绪缭绕。如杨氏兄妹春游，乃叙其旌节前导，仙姿后从，香风数日，遗珠可扫诸况；虢国起堂，乃述其万金偿价，珍贝酬工，堂构严密，蜂蚁无隙，节镇媚附，争进珍异诸事：此皆宜略而详，刻画务尽。又如叙千秋节舞马，而及禄山私取自奉，又及田承嗣既代禄山，见以为妖，戮绝其类；叙禄山怙宠，而及其腰腹肥博，带十五围；叙玄宗重至华清，感念杨妃，又及其感念翯飒公主：此皆当断不断，枝蔓多歧。

通观全诗，实无主意，盖如诗序所云，狂胪“承平故实”而已。故凡稍涉天宝旧闻，如老君见于朝元阁，罗公远与金刚三藏斗法，叶法善导玄宗上月宫，玄宗许李峤“真才子”，玄肃两君相见典礼，皆所炫陈，略无别择。甚且上溯高祖之受禅，下逮会昌之灭法，终乃盛称大中三年复河湟一役，颂圣作结，上下二百余年，歧而又歧，远而益远，端绪缭扰，盖不可言。

《长恨歌》主意，则诗题明标，但歌“长恨”。全诗一百二十句，约分前后二部：马嵬死别以前为前部，四十二句，于全诗才三之一；玄宗入蜀之后，皆“长恨”之时，为后部，七十八句，居全诗三之二：前宾后主，轻重较然。前部富贵繁华，无非反跌，故惟略事点染，所谓“实者虚之”。如宫室池台之盛，郑诗历数恐漏，白诗但云“金屋妆成娇侍夜，玉楼宴罢醉和春”，又云“骊宫高处入青云”，泛语了之。又如管弦歌舞之盛，郑诗纤悉靡遗，白诗但云“仙乐风飘处处闻”，又“缓歌谩舞凝丝竹，尽日君王看不足”，淡墨写之。逮至马嵬死别以后，笔致一换：道途则风尘变色，旌旗无光；行宫则月色心伤，铃声肠断。纵天旋而地转，终物是而人非。芙蓉杨柳，似面如眉；桃李梧桐，供愁添恨。况复西宫寥寂，南内凄凉，黄叶苍苔，青娥白发，银灯烬而见星河之转曙，翠被寒而知鸳瓦之凝霜。凡皆浓情重彩，极抒“长恨”。持较郑诗，但能杂举飞霜殿、迎春亭、雪衣女、长生鹿、颇梨碑、真人影帐、果老药堂诸名目，穷力尽气，稍有今昔盛衰之意；复阑入李峤水调辞，罨飒公主珍珠被，以至望贤宫两君相见诸事，全无关系，而冀以助其悲哀者，敻乎远矣。

然而，犹有进焉。“临邛道士鸿都客”以下，叙方士至仙山见太真一事，四十六句，于后部七十八句中，远逾二之一，于全诗亦稍过三之一，实主中之主，全诗结穴。诗已明言，黄泉碧落，上下茫茫，仙山所在，虚无飘缈，实即子虚乌有之类。然匠心结撰，细意描摹，层次分明，经纬绵密，正所谓“虚者实之”，与前部之“实者虚之”，参差掩映。始则侍儿传报，破梦惊魂；继则揽衣推枕，徘徊无主。逮乎珠箔银钩，迤逦洞开，犹复云髻半偏，花冠不整，见其匆遽而出，动魄骇心。时则风飘仙袂，似舞霓裳，仙姿之无改也；而清泪阑干，梨花带雨，玉容之非故也。理宜方士先有陈辞，然不外蜀道去来，西宫南内诸况，无取重复。太真“谢君王”数语，则先言音容渺隔，彼此同之；继言昭阳之恩爱虽绝，蓬莱之日月方长，强词相慰也；复言人天路断，尘蔽长安，答“悠悠生死别经年，魂魄不曾来入梦”之故也；终以擘钗分钿，存念旧情，天上人间，待寻后约，即玉溪生所咏“他生未卜此生休”意也。词完意足，婉而愈悲。然至临别，重有寄词，但征长生殿之密誓，不责马嵬坡之负盟，百折千回，归于“天长地久有时尽，此恨绵绵无尽期”二句，而“长恨”二字，乃如凝山铸岳，万牛莫挽。

清人赵翼《瓯北诗话》，宗主白陆，尤崇香山，推《长恨歌》为“千古绝作”，“又有《琵琶行》一首助之，此即无全集，而二诗已自不朽”，云云。然又云：“惟方士访至蓬莱，得妃密语，归报上皇一节，此盖时俗讹传，本非实事。明皇自蜀还长安，居兴庆宫，地近市廛，尚有外人进见之事。及上元元年，李辅国矫诏迁之西内，元从之陈元礼、高力士等，皆流徙远方，左右近侍，悉另易人，宫禁严密，内外不通可知。且鸿传云：上皇得方士归奏，其年夏四月，即晏驾。则是宝应元年事也。其时肃宗卧病，辅国疑忌益深，关防必益密，岂有听方士出入之理？即方士能隐形入见，而金钗钿合，有物有质，又岂驭气者所能携带？此必无之事，特一时俚俗传闻，易于耸听，香山竟为诗以实之，遂成千古耳。”

论诗至此，固哉高叟，正堪一噱。且使一诗之中，拾讹传以耸俗听，实谩语以绐千古者，过三之一，而复奉为“千古绝作”，子矛子盾，又安可通？

夫香山，重名显宦，世近开天，岂其交游闻见，遽隘于郑宾先，本朝史实，翻疏于赵瓯北？盖以为，言志意而道性情，风人之正则；朝苍梧而夕县圃，骚客之前踪。三都纸贵，獭祭徒资；四始风高，《关雎》首唱。爰删繁华之往迹，无取草木鸟兽之名；更屏祸水之苛谈，惟抒地久天长之恨。玉溪生诗云：“天荒地变心虽折，若比伤春意未多。”同斯旨也。然存没既分，幽明斯间。存者之感念，犹有穷而可道；逝者之冤恨，洵罔极而难伸。乃因巷说，幻设仙山，发泉台之幽微，穷诗心于要眇。惟其事所必无，正尔情所必有；盖以事为情用，无使情为事牵。重以铺陈终始，排比声韵，踵杜陵而增华；缘情绮靡，体物浏亮，兼诗赋而为一。远绍《陌上》《羽林》之绪，近赓《春江花月》之声。是以名重当时，篇留异代。赵翼征文考献，胡足知之？郑嵎炫博矜详，益其陋矣。

综而论之，诗贵虚灵，不贵滞实；诗通于史，不混于史。性情志意，诗之体也，游乎虚实之间；兴观群怨，诗之用也，通乎诗史之变。惟一虚而受万有，故行人赋诗以言志；观其风而觇其国，故声音之道与政通。虽云诗亡而后春秋作，然诗道精微，莫外是矣。

乃自杜陵以“诗史”称，学者或遂混之，冀以诗代史，终以史为诗；既乖风骚之体，复惭迁固之班，而诗与史两失。自元白以歌行著，学者或又误焉，逐实而不知虚，迷入而不知出；描摩则尘滥污淫，议论则肤庸刻酷；而自名长庆，窃比梅村：徒使长庆之号，识者避之。诗道升降之间，毫厘千里，若斯而已。

因读《津阳门诗》，取《长恨歌》粗相比较，足以觇诗史之分，明虚实之辨，学诗一得，以质友朋云尔。

1973年7月12日于咸宁

附录一

致严霜同志函（摘录）

尊作怀刘君长古一篇，畸人奇事，堪与赠胡老一篇并美。然投赠怀思之作，古来名篇传世者，如苏李赠答，赠白马王彪、天末怀李白、梦李白乃至韩孟唱酬之类，虽其人其事，本足千秋，亦以咏歌唱叹，要在交游离合之间，即事以道性情，风人之遗则，故能不朽。若其列叙生平，褒颂行谊者，则往往难臻上乘；虽杜公八哀，未为极诣，他可知已。盖诗人笃于性情，与史家之进退臧否，准酌至公者殊致。性情所笃，自诚而未必能喻诸人人。作者讴扬叹美，发于深衷，读者乃等诸应酬，或且疑为溢美。此人已之有隔，亦诗史之有歧，隔者未必恒能通，而歧者终不能一之，且无以相代者也。又情缘事发，而情随事迁。即事以抒情，则事迁而情在；缘情而论事，则情既迁而事亦非。后之视今，其不能喻之于已者，或尤隔于人之视已者矣。近来学诗，粗有所会，笔记一则，附呈求教。

附录二

严霜同志来函（摘录）

尊稿深以后人强效“诗史”为戒，此论极允。窃今思之，若以诗为史，毋宁作史舍诗。夫网罗国计民生之得失始末，诗万不如史；刻画世态人情之浓纤显隐，诗亦万不及小说戏剧。以此求诗，诗固可废。诗之至今不废者，在彼而不在此也。若以求于史、求于小说戏剧者求于少陵，恐杜老亦当退避三舍，敬谢不敏而已。少陵固无愧于“诗史”之名，然本无意于史，而有合于史。若香山之讽喻诗，则有意于史矣。香山之卒不及少陵者，其故大抵亦在此。夫惟少陵无意于史，但随事感遇，笔之所涉，皆情之所至，其诗中有史，如海之含盐。香山先有“史笔”二字横亘于胸，往往与自然流露者殊科，笔虽平易，情或勉强，故感人之力亦较弱矣。（《长恨歌》但有微词，来强劝惩，故能动人。）少陵，诗之史；香山，史之诗。诗之史，乃“即事以抒情”；史之诗，乃“缘情而论事”。孰先孰后，孰源孰流，未容本末倒置也。

窃又思之，人非草木，孰能无情；人异于禽兽，则有高尚之情。此情随时代之不同而有所变，其在诗人当时，则高尚一也。然则风人之性情，与流俗之蝇营狗苟者异趋，则断断可知。大抵诗人才力旗鼓相当者，其诗之高下，最终必视其情之高下深浅而决。惟其情与国脉人生息息相通，诗人始能伟大。诗固非史，其高者，于是彪炳于史册。

附录三

津阳门诗并序

［唐］郑嵎

津阳门者，华清宫之外阙，南局禁闱，北走京道。开成中，嵎常得群书，下帷于石瓮僧院，而甚闻宫中陈迹焉。今年冬，自虢而来，暮及山下，因解鞍谋餐，求客旅邸。而主翁年且艾，自言世事明皇。夜阑酒余，复为嵎道承平故实。翼日，于马上辄裁刻俚叟之话，为长句七言诗，凡一千四百字，成一百韵止，以门题为之目云耳。

津阳门北临通逵，雪风猎猎飘酒旗。泥寒款段蹶不进，疲童退问前何为。酒家顾客催解装，案前罗列樽与卮。青钱琐屑安足数，白醪软美甘如饴。开垆引满相献酬，枯肠渴肺忘朝饥。愁忧似见出门去，渐觉春色入四肢。主翁移客挑华灯，双肩隐膝乌帽欹。笑云鲐老不为礼，飘萧雪鬓双垂颐。问余何往凌寒曦，顾翁枯朽郎岂知。翁曾豪盛客不见，我自为君陈昔时。时平亲卫号羽林，我才十五为孤儿。射熊搏虎众莫敌，弯弧出入随佽飞。

〔自注〕：开元中未有东西神策军，但以六军为亲卫。

此时初创观风楼，檐高百尺堆华榱。楼南更起斗鸡殿，晨光山影相参差。

〔自注〕：观风楼在宫之外东北隅，属夹城而连上内，前临驰道，周视山川。宝应中，鱼朝恩毁之，以修章敬，今遗址尚存。唯斗鸡殿与毬场迤逦尚在。

其年十月移禁仗，山下栉比罗百司。朝元阁成老君见，会昌县以新丰移。

〔自注〕：时有诏改新丰为会昌县，移自阴盤故城，置于山下。至明年十月，老君见于朝元阁南，而于其处置降圣观，复改新丰为昭应县。廨宇始成，令大将军高力士率禁乐以落之。

幽州晓进供奉马，玉珂宝勒黄金羁。

〔自注〕：安禄山每进马，必殊特而极衔勒之饰。

五王扈驾夹城路，传声校猎渭水湄。羽林六军各出射，笼山络野张罝维。雕弓绣韣不知数，翻身灭没皆蛾眉。赤鹰黄鹘云中来，妖狐狡兔无所依。人烦马殆禽兽尽，百里腥膻禾黍稀。

〔自注〕：申王有高丽赤鹰，岐王有北山黄鹘，逸翮奇姿，特异他等。上爱之，每弋猎，必置于驾前，目为决胜儿。

暖山度腊东风微，宫娃赐浴长汤池。刻成玉莲喷香液，漱回烟浪深逶迤。

〔自注〕：宫内除供奉两汤池，内外更有汤十六所，长汤每赐诸嫔御，其修广与诸汤不侔，甃以文瑶宝石，中央有玉莲捧汤泉，喷以成池。又缝缀绮绣为凫雁于水中。上时于其间泛钑镂小舟以嬉游焉。

犀屏象荐杂罗列，锦凫绣雁相追随。破簪碎钿不足拾，金沟残溜和缨緌。上皇宽容易承事，十家三国争光辉。绕床呼卢恣樗博，张灯达昼相谩欺。相君侈拟纵骄横，日从秦虢多游嬉。朱衫马前未满足，更驱武卒罗旌旗。

〔自注〕：杨国忠为宰相，带剑南节度使，常与秦、虢联辔而出，更于马前以两川旌节为导也。

画轮宝轴从天来，云中笑语声融怡。鸣鞭后骑何躞蹀，宫妆襟袖皆仙姿。青门紫陌多春风，风中数日残香遗。骊驹吐沫一奋迅，路人拥篲争珠玑。

〔自注〕：事尽载在国史中，此下更重叙其事。

八姨新起合欢堂，翔鹍贺燕无由窥。万金酬工不肯去，矜能恃巧犹嗟咨。

〔自注〕：虢国创一堂，价费万金。堂成，工人偿价之外，更邀赏伎之直，复受绛罗五千段，工者嗤而不顾。虢国异之，问其由。工曰："某平生之能，殚于此矣。苟不知信，愿得蝼蚁蜥蜴蜂虿之类，去其目而投于堂中，使有隙，失一物，即不论工直也。"于是又以绘彩珍贝与之。山下人至今话故事者，尚以第行呼诸姨焉。

四方节制倾附媚，穷奢极侈沽恩私。堂中特设夜明枕，银烛不张光鉴帷。

〔自注〕：虢国夜明枕，置于堂中，光烛一室，西川节度使所进，事载国史，略书之。

瑶光楼南皆紫禁，梨园仙宴临花枝。迎娘歌喉玉窈窕，蛮儿舞带金葳蕤。

〔自注〕：瑶光楼即飞霜殿之北门，迎娘、蛮儿乃梨园弟子之名闻者。

三郎紫笛弄烟月，怨如别鹤呼羁雌。玉奴琵琶龙香拨，倚歌促酒声娇悲。

〔自注〕：上皇善吹笛，常宝一紫玉管。贵妃妙弹琵琶，其乐器闻于人间者，有逻逤檀为槽，龙香柏为拨者。上每执酒卮，必令迎娘歌水调曲遍，而太真辄弹弦倚歌，为上送酒。内中皆以上为三郎。玉奴乃太真小字也。

饮鹿泉边春露晞，粉梅檀杏飘朱墀。金沙洞口长生殿，玉蕊峰头王母祠。

〔自注〕：山城内多驯鹿，流涧号为饮鹿。有长生殿，乃斋殿也。有事于朝元阁，即御长生殿以沐浴也。

禁庭术士多幻化，上前较胜纷相持。罗公如意夺颜色，三藏袈裟成散丝。

〔自注〕：上颇崇罗公远。杨妃尤信金刚三藏。上尝幸功德院，将谒七圣殿，忽然背痒，公远折竹枝化作七宝如意以进，上大喜，顾谓金刚曰："上人能致此乎？"三藏曰："此幻术耳，僧为陛下取真物。"乃于袖中出如意，七宝炳耀，而光远所进，即时复为竹枝耳。后一日，杨妃始以二人定优劣。时禁中将创小殿，三藏乃举一鸿梁于空中，将中公远之首，公远不为动容。上速命止之，公远飞符于他处，窃三藏金栏袈裟于箧中，守者不之见。三藏怒，又咒取之，须臾而至。公远复噀水龙符于袈裟上，散为丝缕以尽也。

蓬莱池上望秋月，无云万里悬清辉。上皇夜半月中去，三十六宫愁不归。月中秘乐天半间，丁珰玉石和埙篪。宸聪听览未终曲，却到人间迷是非。

〔自注〕：叶法善引上入月宫，时秋已深，上苦凄冷，不能久留，归于天半，尚闻仙乐。及上归，且记忆其半，遂于笛中写之。会西凉都督杨敬述进婆罗门曲，与其声调相符，遂以月中所闻为之散序，用敬述所进曲作其腔，而名霓裳羽衣法曲。

千秋御节在八月，会同万国朝华夷。花萼楼南大合乐，八音九奏鸾来仪。都卢寻橦诚龌龊，公孙剑伎方神奇。马知舞彻下床榻，人惜曲终更羽衣。

〔自注〕：上始以诞圣日为千秋节，每大酺会，必于勤政楼下使华夷纵观，有公孙大娘舞剑，当时号为雄妙。又设连榻，令马舞其上，马衣纨绮而被铃铎，骧首奋鬣，举趾翘尾，变态动容，皆中音律。又令宫妓梳九骑仙髻，衣孔雀翠衣，佩七宝璎珞，为霓裳羽衣之类，曲终，珠翠可扫。其舞马，禄山亦将数匹以归，而私习之。其后田承嗣代安，有存者，一旦于厩上闻鼓声，顿挫其舞。厩人恶之，举箠以击之。其马尚为怒未妍妙，因更奋击宛转，曲尽其态。厮恐，以告。承嗣以为妖，遂戮之，而舞马自此绝矣。

禄山此时侍御侧，金鸡画障当罘罳；绣袽衣裸日屃赑，甘言狡计愈娇痴。

〔自注〕：上每坐及宴会，必令禄山坐于御座侧，而以金鸡障隔之，赐其箕踞。太真又以为子，时褴褓戏而加之。上亦呼之禄儿。每入宫，必先拜贵妃，然后拜上。上笑而问其故，辄对曰："臣本蕃中人，礼先拜母后拜父，是以然也。"

诏令上路建甲第，楼通走马如飞翚。大开内府恣供给，玉缶金筐银簸箕。

〔自注〕：时于亲仁里南陌为禄山建甲第，令中贵人督其事，仍谓之曰：“卿善为部署，禄山眼孔大，勿令笑我。”至于笼筐簸箕釜缶之具，咸金银为之。今四元观，即其故第耳。

异谋潜炽促归去，临轩赐带盈十围。

〔自注〕：禄山肥博过人，腹垂而缓，带十五围方周体。

忠臣张公识逆状，日日切谏上弗疑。

〔自注〕：张曲江先识其必反逆状，数数言于上。上曰：“卿勿以王夷甫识石勒而误疑禄山耳。”

汤成召浴果不至，潼关已隘渔阳师。御街一夕无禁鼓，玉辂顺动西南驰。

〔自注〕：其年，赐柑子使回，泣诉禄山反状云：“臣几不得生还。”上犹疑其言，复遣使，谕云：“我为卿造一汤，待卿至。”使回，答言反状。上然后忧疑，即寇军至潼关矣。

九门回望尘坌多，六龙夜驭兵卫疲。县官无人具军顿，行宫彻屋屠云螭。

〔自注〕：时郊畿草扰，无御顿之备，上命彻行宫木，宰御马，以犒士卒。

马嵬驿前驾不发，宰相射杀冤者谁。长眉鬓发作凝血，空有君王潜涕洟。青泥坂上到三蜀，金堤城边止九旗。移文泣祭昔臣墓，度曲悲歌秋雁辞。

〔自注〕：驾至蜀，诏中贵人驰祭张曲江墓，悔不纳其谏。又过剑阁下，望山川，忽忆水调辞云："山川满目泪沾衣，富贵荣华能几时？不见只今汾水上，唯有年年秋雁飞。"上泫然流涕，顾问左右曰："此谁人诗？"从臣对曰："此李峤诗。"复掩泣曰："李峤真可谓才子也。"

明年尚父上捷书，洗清观阙收封畿。两君相见望顿，君臣鼓舞皆歔欷。

〔自注〕：望贤宫在咸阳之东数里，时明皇自蜀回，肃宗迎驾。上皇自致传国玺于上。上歔欷拜受，左右皆泣，曰："不图今日复观两君相见之礼。"驾将入开远门，上皇疑先后入门不决，顾问从臣，不能对。高力士前曰："上皇虽尊，皇帝，主也。上皇偏门而先行，皇帝正门而入，后行。"耆老皆呼万岁，当时皆是之。

宫中亲呼高骠骑，潜令改葬杨真妃。花肤雪艳不复见，空有香囊和泪滋。

〔自注〕：时肃宗诏令改葬太真，高力士知其所瘗，在嵬坡驿西北十余步。当时乘舆匆遽，无复备周身之具，但以紫褥裹之。及改葬之时，皆已朽坏，惟有胸前紫绣香囊中，尚得冰麝香。时以进上皇，上皇泣而佩之。

銮舆却入华清宫，满山红实垂相思。飞霜殿前月悄悄，迎春亭下风飕飕。

〔自注〕：飞霜殿即寝殿，而白傅长恨歌以长生殿为寝殿，殊误矣。上皇至明年复幸华清宫，信宿乃回，自此遂移处西内中矣。

雪衣女失玉笼在，长生鹿瘦铜牌垂。象床尘凝罨飒被，画檐虫网颇梨碑。

〔自注〕：太真养白鹦鹉，西国所贡，辨慧多辞，上尤爱之，字为雪衣女。上常于芙蓉园中获白鹿，惟山人王旻识之，曰："此汉时鹿也。"上异之，令左右周视之，乃于角际雪毛中得铜牌子，刻之曰："宜春苑中白鹿。"上由是愈爱之，移于北山，目之曰仙客。上止华清，罨飒公主尝为上晨召，听新按水调。主爱起晚，遽冒珍珠被而出。及寇至，仓皇随驾出宫，后不知省。及上归南内，一旦再入此宫，而当时罨飒之被，宛然而尘积矣。上尤感焉，温泉堂碑，其石莹彻，见人形影，宫中号为颇梨碑。

碧菱花覆云母陵，风篁雨菊低离披。真人影帐偏生草，果老药堂空掩扉。

〔自注〕：真人李顺兴，后周时修道北山，神尧皇帝受禅，真人潜告符契，至今山下有祠宇。宫中有七圣殿，自神尧至睿宗逮窦后皆立，衣衮衣，绕殿石榴树皆太真所植，俱牖肿矣。南有功德院，其间瑶坛羽帐皆在焉。顺兴影堂、果老药室，亦在禁中也。

鼎湖一日失弓剑，桥山烟草俄霏霏。空闻玉碗入金市，但见铜壶飘翠帷。开元到今逾十纪，当初事迹皆残隳。竹花唯养栖梧凤，水藻周游巢叶龟。会昌御宇斥内典，去留二教分黄缁。庆山污潴石瓮毁，红楼绿阁皆支离。奇松怪柏为樵苏，童山智谷亡崄巇。烟中壁碎摩诘画，云间字失玄宗诗。

〔自注〕：持国寺，本名庆山寺，德宗始改其额。寺有绿额，复道而上，天后朝，以禁臣取宫中制度结构之。石瓮寺，开元中以创造华清宫余材修缮，佛殿中玉石像，皆幽州进来，与朝元阁道像同日而至，精妙无比，叩之如磬。余像并杨惠之手塑，肢空像皆元伽儿之制，能妙纤丽，旷古无俦。红楼在佛殿之西岩，下临绝壁，楼中有玄宗题诗，草、八分每一篇一体，王右丞山水两壁。寺毁之后，皆失之矣。摩诘乃王维之字也。

石鱼岩底百寻井，银床下卷红绠迟。当时清影荫红叶，一旦飞埃埋素规。

〔自注〕：石鱼岩下有天丝石，其形如瓮，以贮飞泉，故上以石瓮为寺名。寺僧于上层飞楼中县辘轳，叙引修笮长二百余尺以汲，瓮泉出于红楼乔树之杪。寺既毁拆，石瓮今已埋没矣。

韩家烛台倚林杪，千枝灿若山霞摛。昔年光彩夺天月，昨日销熔当路岐。

〔自注〕：韩国为千枝灯台，高八十尺，置于山上，每至上元夜则然之，千光夺月，凡百里之内，皆可望焉。

龙宫御榜高可惜，火焚牛挽临崎峗。孔雀松残赤琥珀，鸳鸯瓦碎青琉璃。

〔自注〕：寺额，睿宗在藩邸中所题也，标于危楼之上。世传孔雀松下有赤茯苓，入土千年则成琥珀。寺之前峰，古松老柏，洎乎嘉草，今皆樵苏荡除矣。

今我前程能几许，徒有余息筋力羸。逢君话此空洒涕，却忆欢娱无见期。主翁莫泣听我语，宁劳感旧休吁嘻。河清海晏不难睹，我皇已上升平基。湟中土地昔湮没，昨夜收复无疮痍。戎王北走弃青冢，虏马西奔空月支。两逢尧年岂易偶，愿翁颐养丰肤肌。平明酒醒便分首，今夕一樽翁莫违。

（本文据《书与现实》）

谈《唐诗三百首》

《唐诗三百首》是一部非常成功的诗歌读本。过去儿童学诗入门，照例是读这个。但也不限于儿童，许多并不专门学诗的人能够了解唐诗的大概，能够背诵一些名篇，甚至自己能够作几首，都是读这个读出来的。那些名家名选，通常只在专门研究时才会接触到。

《唐诗三百首》的编选者，是清代的蘅塘退士。他的序言说：

> 世俗儿童就学，即授《千家诗》，取其易于成诵，故流传不废，但其诗随手掇拾，工拙莫辨，且止五七律绝二体，而唐宋人又杂出其间，殊乖体制。因专就唐诗中脍炙人口之作，择其尤要者，每体得数十首，共三百余首，录成一编，为家塾课本。俾童而习之，白首亦莫

能废，较《千家诗》不远胜耶？谚云：“熟读唐诗三百首，不会吟诗也会吟。”请以是编验之。

这里最主要的意思是，要选得精，不要“随手掇拾，工拙莫辨”。本来，《全唐诗》所收，共有四万多首，现在选出来的还不到千分之一，势逼着也非极力求精不可。他这个目标，大致是达到了的。可以这样说：他没有选的，好诗还多；他选了的，坏诗几乎没有。要增补，尽有可增；要删削，简直无从下手。今后倘再选唐诗，便会发现，《唐诗三百首》里面的，差不多每篇都是回避不了，抛撇不掉的。《唐诗三百首》成功的原因，首先是在这里。

其所以能选得这样精，因为他的方法是“就唐诗中脍炙人口之作，择其尤要者”，是以社会的承认、历史的考验、公众的批准为标准；不像那些名家名选，主要是以自己的文艺观点和趣味为标准。他这样选出来的许多名篇名句，原已渗入社会文化生活当中，成为广泛的、习用的成语、典故、格言等类，人们一度了解了，运用了，便永远不会忘记。所以他自信，能“俾童而习之，白首亦莫能废”。我们的确看过，一些白发老诗人，一生读了不少诗，可是闲常吟咏的，依然是儿时从《唐诗三百首》里面读熟了的。

可是，远宗李白，而更瑰奇，近绍韩愈，而更雅丽，以其独创的境界下开晚唐的李贺，竟一首也没有入选，这却是难解的事情。谁也不会相信，这样一个大诗人，竟一首“脍炙人口之作”之“尤要者”也选不出来。不问可知，是他的诗风太不合编选者的意了。足见前面所说，以社会、历史、公众为标准，不以自己的观点和趣味为标准，也只是在相对的意义上这么说的罢了。

另一个好处是，选录的比例，大致符合诗人们在文学史上的地位。

入选诗人77人，所选诗294题310首，后来四藤唫舍本又补了3首。被选了30首以上的，杜甫一人；20首以上的，王维、李白、李商隐3人；10首以上的，孟浩然、韦应物、刘长卿、杜牧4人；5首以上的，王昌龄、岑参、李颀、白居易、卢纶、柳宗元、张祜7人；3首以上的，韩愈、刘禹锡、温庭筠、元稹、张九龄、高适等11人；两首以下的，常建、元结、孟郊、沈佺期等51人。

看来编选者很注意全面，要尽量反映出每个诗人一切方面的成就；也很严格，不管哪个诗人，哪一方面没有独特成就的，这一方面就一首不选。越是大的诗人，有成就的方面越多，就要多选几首来代表它们。所以，入选诗篇的多少，自然成了诗人在文学史上地位高低的标识。例如温庭筠，主要成就本不在诗，而是在词。但专就诗而论，他的七律中纯然晚唐风格的，同李商隐的合起来看，固足以见这一派之全，分开来看，代表性却不大。倒是他的五律，和七律中的偶然几首，有盛唐气象，于晚唐别开生面。还有他的七绝，与李商隐的七绝虽同为晚唐风格，可是以清丽芊绵胜，与李商隐的秾郁顿挫，异曲同工，各有千秋。因此，就选了他的一首五律，两首七律，都是盛唐风格的，一首七绝，晚唐风格的；而那些晚唐风格的七律，则一首未选。又如韩愈，虽是鼎鼎大名，一生作的诗不少，而且开了一派，可是他的成就，主要在于诗的散文化，特别表现在七古方面。因此，就只选了他的四首七古，全是典型的散文化的诗，其他一首未选。这些地方，都非常有眼光。

当然也还有不妥之处。显明的例子是白居易，他入选的是一首《长恨歌》，一首《琵琶行》，五七律绝各一首，总共六首。这六首是好的。可是，历来编者都很看重的《新乐府》和《秦中吟》，却一首未选。又如，素以“郊寒岛瘦”著称的孟郊和贾岛，入选的两首五言古乐府和一首五绝，虽然也都是名篇，却既不甚瘦，也不甚寒，很不典型。把这些例子同李贺竟一首没有的例子联想一下，又可以悟出，编选者所重视的大致是“盛世元音”一类；《新乐府》《秦中吟》的忿切，郊、岛的寒瘦，李贺的奇丽，所以都在所不取了。便是杜甫的三十多首中，《北征》《羌村》《同谷七歌》《三吏》《三别》这些惊心动魄之作，也一首都不在内。有人说，《唐诗三百首》是以沈德潜的《唐诗别裁》为底本的。我看，至少可以说，蘅塘退士的诗学见解是属于沈德潜一派的。沈派诗学好处在“稳”，坏处在“庸”，这也是读《三百首》时可以注意一下的。

但是，按照历来将唐代诗歌发展分为初、盛、中、晚四期的说法，则盛唐气象无论如何是唐诗最高的境界，因此，沈派诗学表彰盛唐的功劳，是不可没的。《三百首》的编选，突出盛唐，也应该承认是一个优点。

卷一，五言古诗（附乐府）当中，以诗人论，盛唐占71%强，以诗篇论，占70%弱。卷二、三、四，七言古诗及七言乐府当中，以诗人论，盛唐占58%弱，以诗篇论，占76%强。卷五，五言律诗当中，以诗人论，盛唐占22%强，以诗篇论，占46%强。卷六，七言律诗（附乐府）当中，以诗人论，盛唐占37%强，以诗篇论，占46%强。卷七，五言绝句（附乐府）当中，以诗人论，盛唐占33%强，以诗篇论，占43%强。卷八，七言绝句（附乐府）当中，以诗人论，盛唐占30％强，以诗篇论，占32％弱。

上述盛唐在各卷中所占的百分比，本来是实际情况的反映，并非编选者有意加多一些。值得注意的是，他选录中、晚唐，也特别多选他们有盛唐余风的篇什，如前举温庭筠的例子即是。关于李白与“盛唐气象”的问题，目前正有争论。有些青年同志不知道“盛唐气象”是怎么一回事。我想，空说是说不清的，倒不如找一本《唐诗三百首》来，先从李白、杜甫、王维、孟浩然、王昌龄、岑参、高适、崔颢……这些盛唐诗人的诗篇中，进一步从整个选诗标准中，实际地去领会。

初、中、晚三期诗人和诗篇在各卷中所占的百分比，为了节省篇幅，不列举了。但可以说，所有这些百分比，表明《三百首》的另一个优点，就是对各个时期实事求是地估价，而不是平均地照顾。

例如初唐，是唐代诗歌发展的序幕或前奏，本身的成就本来远逊于以后三期。但四杰和沈宋在五律形式的完成方面，有着不可抹煞的贡献。因此，就只有五律一卷里面，初唐诗人占有14%弱，诗篇占有7%强；而其他各卷当中，有的只有一人一首，有的一人一首也没有。

又如中、晚唐，一般来说，成就是赶不上盛唐，但在绝句方面，却有独到之处。因此，中唐诗人在五绝一卷里面，占到46%弱，诗篇占到43%强。晚唐诗人在七绝一卷里面，占到37%弱，诗篇占到43%强。这些百分比，都比同卷里面盛唐所占的高，这是符合实际情况的。

《唐诗三百首》是供教人作诗之用的，所以体例是分体，而不是编年。既分体，当然最好的办法就是这样，不能机械地、平均地照顾各个时期。所以，把这办法说成优点，是在分体的前提之下来说的。但如果讨论到体例的问题，那么，分体的体例，肯定是不好的，这个办法从而又成了缺点了。好的体例是编年，可以知人论世，可以看出文学本身的历史发展，可以不至于把不同时期同一体裁的文学放在一起来比，结果总会贬低了较前时期的文学的成绩。即如所谓初唐，约自高祖武德至玄宗先天，包括了七世纪初至八世纪初的约一百年。这么长的时期，在《三百首》里面竟只有不到十首诗，显得多么贫乏可怜！其实这是冤枉的。就因为分体编排，人们总不免拿着盛唐的标准来衡量初唐的缘故。倘把梁、陈、隋以至初唐的诗，不分期而分体地编辑起来，初唐的标准又何尝不可以把梁、陈抹煞得一片空白呢？

把以上所举一些重要的优点和缺点放在天平两端，我看，下沉的还是优点一面。我敢向青年同志们推荐，这个选本作为今天学习古典诗歌的读本，还是适当的。当然还希望有更好的出来，代替它。

末了，重提一下蘅塘退士的希望。他希望他的读者真正把这些诗“熟读”，不是略读几遍，更不是不用口读而只用眼看。我想，这是完全对的。

（本文载《中国青年》1956年第24期）

帝里皇都和山川郊野

丹纳《艺术哲学》里论述十七世纪法国艺术的宫廷贵族趣味道："国王的客厅既是全国第一，为社会的精华所在，那末最受钦佩，最有教养，大众作为模范的人，当然是最接近君主的大贵族了。……他们的趣味也的确像他们的人品，第一爱高尚，因为他们不但出身高尚，感情也高尚；第二爱端整，因为他们是在重礼节的社会中教养出来的。十七世纪所有的艺术品都受着这种趣味的熏陶：波桑和勒舒欧的绘画讲究中和，高雅，严肃；芒沙和贝罗的建筑以庄重、华丽、雕琢为主；勒诺德尔的园林以气概雄壮、四平八稳为美。从贝兰尔，勒格兰，里谷，南端伊和许多别的作家的版画中，可以看出当时的服装，家具，室内装饰，车辆，无一不留着那种趣味的痕迹。只要看那一组组端庄的神像，对称的角树，表现神话题材的喷泉，人工开凿的水池，修剪得整整齐齐，专为衬托建筑物而布置的树木，就可以说凡尔赛园林是这一类艺术的杰作：它的宫殿与花坛，样样都是为重身份，讲究传统的人建造的。”

在这种艺术风气里，山川郊野的大自然之美，得不到欣赏和表现，从后代人看来，也许很不正常。但是，这里面其实没有什么正常不正常。波尔先生——丹纳《比利牛斯山游记》中的一个人物——说：“您到凡尔赛去，您会对十七世纪的趣味感到愤慨。……但是暂时不要从您自己的需要和您自己的习惯来判断吧。……我们看到荒野的风景感到欢喜，这没有错。正如他们看见这种风景感到厌烦，也并没有错一样。对于十七世纪的人们，再没有什么比真正的山更不美的了。它在他们心里唤起了许多不愉快的印象。刚刚经历了内战和半野蛮状态的时代的人们，只要一看见这种风景，就想起挨饿，想起在雨中或雪地上骑着马做长途的跋涉，想起在满是臭虫的肮脏的客店里给他们吃的那些掺着一半糠皮的非常不好的黑面包。他们对于野蛮感到厌烦了，正如我们对于文明感到厌烦一样。……这些山……使我们能够摆脱我们的人行道、办公桌、小商店而得休息。我们喜欢荒野的景色，仅仅是由于这个原因。假如没有这个原因，那它对于我们就是讨厌的了，就像它以前对于孟泰侬太太一样。”普列汉诺夫《没有地址的信》里引了这段话，认为这显然是表达了丹纳本人的看法。普列汉诺夫把它归纳为简要的两句话：“荒野的景色由于同我们所厌倦的城市风光相反，而使我们喜欢。城市风光和经过修饰的园林由于同荒野地区相反，所以使十七世纪的人们喜欢。”

中国最早最典型的宫廷文学，是汉赋。汉赋中对帝王都城和园囿的歌颂，极铺张扬厉之能事，但是和法国十七世纪的艺术趣味大有不同。例如班固《两都赋》云：

> 汉之西都，在于雍州，实曰长安。左据函谷、二崤之阻，表以太华、终南之山。右界褒斜、陇首之险，带以洪河、泾、渭之川。众流之隈，汧涌其西。华实之毛，则九州之上腴焉。防御之阻，则天地之隩区焉。是故横被六合，三成帝畿，周以龙兴，秦以虎视。及至大汉受命而都之也，仰寤东井之精，俯协《河图》之灵。奉春建策，留侯演成。天人合应，以发皇明，乃眷西顾，实惟作京。于是睎秦岭，睋北阜，挟酆灞，据龙首。图皇基于亿载，度宏规而大起。

这里，函谷二崤之阻，太华终南之山，褒斜陇首之险，洪河泾渭之川，秦岭，北阜，酆灞，龙首，所有这些近水遥山，不仅不与西都长安相对立，而且都是拱卫着西都，包括在西都形胜的大体系之内的。张衡《西京赋》是同样的写法：

> 汉氏初都，在渭之涘，秦里其朔，实为咸阳。左有崤函重险、桃林之塞，缀以二华，巨灵赑屃，高掌远跖，以流河曲，厥迹犹存。右有陇坻之隘，隔阂华戎，岐梁汧雍，陈宝鸣鸡在焉。于前终南太一，隆崛崔萃，隐辚郁律，连冈乎嶓冢，抱杜含户，欲沣吐镐，爰有蓝田珍玉，是之自出。于后则高陵平原，据渭踞泾，澶漫靡迤，作镇于近。其远则九嵕甘泉，涸阴冱寒，日北至而含冻，此焉清暑。尔乃广衍沃野，厥田上上，实为地之奥区神皋。

对于名山大川和帝里皇都之间的关系，采取这种审美态度，是统一的大帝国的昌隆兴盛的反映。大帝国里的一切，都是皇帝所有的。名山大川，都是天生来装饰和辅翼帝都的。后来流传的楹联："日月光天德，山河壮帝居。"很可以概括大帝国大皇帝的自豪感和占有欲。

汉赋里这种写法，对后代很有影响。例如左思《蜀都赋》云：

> 夫蜀都者，盖兆基于上世，开国于中古。廓灵关以为门，包玉垒而为宇。带二江之双流，抗峨眉之重阻。水陆所凑，兼六合而交会焉；丰蔚所盛，茂八区而庵蔼焉。于前则跨蹑犍牂，枕倚交趾。经途所亘，五千余里。山阜相属，含溪怀谷。岗峦纠纷，触石吐云。郁葢蒕以翠微，崛巍巍以峨峨。干青霄而秀出，舒丹气而为霞。龙池瀑渍其隈，漏江伏流溃其阿。汩若汤谷之扬涛，沛若蒙汜之涌波。……于后则却背华容，北指昆仑。缘以剑阁，阻以石门。流汉汤汤，惊浪雷奔。望之天回，即之云昏。……于东则左绵巴中，百濮所充。外负铜梁于宕渠，内函要害于膏腴。……于西则右挟岷山，涌渎发川。……其封域之内，则有原隰坟衍，通望弥博。演以潜沫，浸以绵雒。

蜀都并不是一统大帝国的都城，赋蜀都形胜而把昆仑、交趾等等千万里外的地方都拉扯进来，较之班固、张衡，可谓变本加厉。

汉赋中还不仅是列数名山大川的名目来作为帝里皇都的形胜，而且还能实写鸟兽草木种种自然景物。如司马相如《子虚赋》云：

云梦者，方九百里……其东则有蕙圃：蘅兰芷若，芎藭昌蒲，茳蓠麋芜，诸柘巴苴。……其高燥则生葴菥苞荔，薛莎青薠。其卑湿则生藏莨蒹葭，东蔷雕胡，莲藕觚卢，菴闾轩于，众物居之，不可胜图。其西则有涌泉清池，激水推移，外发芙蓉菱华，内隐巨石白沙。其中则有神龟蛟鼍，瑇瑁鳖鼋。其北则有阴林：其树楩柟豫章，桂椒木兰，蘗离朱杨，樝梨梬栗，橘柚芬芳；其上则有鹓雏孔鸾，腾远射干；其下则有白虎玄豹，蟃蜒貙犴。于是乃使剸诸之伦，手格此兽。楚王乃驾驯驳之驷，乘雕玉之舆。靡鱼须之桡旃，曳明月之珠旗。建干将之雄戟，左乌号之雕弓，右夏服之劲箭。阳子骖乘，纤阿为御，案节未舒，即陵狡兽。……雷动猋至，星流霆击。弓不虚发，中必决眦，洞胸达腋，绝乎心系。获若雨兽，揜草蔽地。于是楚王乃弭节徘徊，翱翔容与。览乎阴林，观壮士之暴怒，与猛兽之恐惧。徼𠹗受诎，殚睹众物之变态。

原来一切草木鸟兽，都不过是帝王狩猎的场所对象，一切荒野之形，不仅不足以威胁文明生活，而且所有壮士之暴怒，猛兽之恐惧，众物之变态，统统是供帝王从容欣赏的。帝力皇权对自然的征服，“普天之下，莫非王土”，就这样反映在审美趣味上。

汉赋这种传统的写法，陈陈相因，逐渐为人所厌。于此有所革新而成为文学史上的名作的，便有王粲的《登楼赋》和鲍照的《芜城赋》。《登楼赋》云：

> 登兹楼以四望兮，聊暇日以销忧。览斯宇之所处兮，实显敞而寡仇。挟清漳之通浦兮，倚曲沮之长洲。背坟衍之广陆兮，临皋隰之沃流。北弥陶牧，西接昭邱。华实蔽野，黍稷盈畴。虽信美而非吾土兮，曾何足以少留！

北边什么，西边什么，背什么，临什么，挟什么，倚什么……似乎是汉赋习见的一套，可是忽然一句“虽信美而非吾土”翻转过来，原来说了许多，并非夸陈形胜，倒是强调了这一切都非吾土，甚至到了“曾何足以少留”的程度。赋又云：

> 凭轩槛以遥望兮，向北风而开襟。平原远而极目兮，蔽荆山之高岑。路逶迤而修迥兮，川既漾而济深。悲旧乡之壅隔兮，涕横坠而弗禁。

登高极目，所见虽远，但都是所不欲见的，且正足以壅隔所欲见的旧乡，较之“忽临睨夫旧乡”又进一层。篇中始终以是不是“吾土”为衡量，纵使这里形胜怎么好，物产怎么丰，只因其“非吾土”，虽信美亦不足以少留，这又比《招魂》极写四方之地如何险恶，不如回来，翻出新意。而《芜城赋》云：

> 泽葵依井，荒葛罥涂。坛罗虺蜮，阶斗麏鼯。木魅山鬼，野鼠城狐，风嗥雨啸，昏见晨趋。饥鹰厉吻，寒鸱吓雏。伏虣藏虎，乳血飧肤。崩榛塞路，峥嵘古馗。白杨早落，塞草前衰。棱棱霜气，蔌蔌风威。孤蓬自振，惊沙坐飞。灌莽杳而无际，丛薄纷其相依。通池既已夷，峻隅又已颓。直视千里外，惟见起黄埃。凝思寂听，心伤已摧。

这里面的鸟兽草木，不再是《子虚》《上林》等赋中供帝王狩猎娱乐的场所对象，而是陵铄文明毁灭城市的象征了。

大概一个时代人们对山川郊野的感情，除了同他是否厌倦城市风光密切相关而外，还要看当时社会国家的盛衰。在兴盛之时，人们因力量能征服山川郊野而欣赏之，在衰败之世，便因相反的原因而厌倦之，畏惧之。在中国，南朝之宫体，五代之花间，便完全埋头在宫闺之中，正是衰败之世的必然现象。

1984年7月17日

（本文据《舒芜集》）

由动物装饰到植物装饰

艾恩斯特·特罗塞的《艺术的起源》里面说："狩猎的部落从自然取得的装饰艺术的题材完全是动物的和人的形态，因而他们挑选的正是那些对于他们有最大实际趣味的现象。原始的狩猎者把对于他当然也是必要的采集植物的事情，看作是下等的工作交给了妇女们，自己对它一点也不感兴趣。这就说明了在他们的装饰艺术中，我们甚至连植物题材的痕迹也见不到，而在文明民族装饰艺术中，这个题材却有着十分丰富的发展。事实上，从动物装饰到植物装饰的过渡，是文化史上最大的进步——从狩猎生活到农业生活的过渡——的象征。"（转引自普列汉诺夫：《没有地址的信》，曹葆华译，人民文学出版社1962年5月1版1次印刷，36页）这段话给人很多启发。我们马上会联想到《诗经》里描写美人，"手如柔荑，肤如凝脂，领如蝤蛴，齿如瓠犀，螓首蛾眉"（《诗经·卫风·硕人》），比拟的多是动物；后来形容美人，却说是“柳眉”“杏眼”“桃腮”“樱唇”“柳腰”了。人类的审美眼光，先是较多地注重动物，后来才较多地注重植物，中外大抵皆然。

但是，歌咏着“领如蝤蛴，螓首蛾眉”的，乃是周代文化相当发达的卫国诗人，已经不是原始的狩猎者了。大概从动物装饰到植物装饰，虽是从狩猎生活到农业生活的反映，但两个过渡在时间上并非同步的。一个民族进入文明时期以后，还会长久保存并且发展着对动物的审美观察和艺术再现的惯性，又要经过很长时间，植物才会取代动物在装饰中占上风。

这里有一个有趣的例子。《文选》卷十一“宫殿”类，只收了两篇赋，即王逸的《鲁灵光殿赋》和何晏的《景福殿赋》。鲁灵光殿是汉殿。景福殿是魏殿。两赋中都铺写了殿中的雕饰。《鲁灵光殿赋》云：

尔乃悬栋结阿，天窗绮疏。圆渊方井，反植荷蕖。发秀吐荣，菡萏披敷。绿房紫菂，窋咤垂珠，云楶藻棁，龙桷雕镂。飞禽走兽，因木生姿。奔虎攫挐以梁倚，仡奋亹而轩鬐。虬龙腾骧以蜿蟺，颔若动而躨跜。朱鸟舒翼以峙衡，腾蛇蟉虬而绕榱。白鹿孑于欂栌，蟠螭宛转而承楣。狡兔跧伏于柎侧，猿狖攀椽而相追。玄熊冉炎以断断，却负载而蹲跠。齐首目以瞪眄，徒徒而狋狋。（以下几句写图画的胡人，神仙，略。——引用者）图画天地，品类群生。杂物奇怪，山海神灵。写载其状，托之丹青。千变万化，事各缪形。随色象类，曲得其情。

这里面，只有藻井上的荷蕖是植物，此外，奔虎、虬龙、朱鸟、腾蛇、白鹿、蟠螭、狡兔、猿狖、玄熊，全是动物的形象。到了《景福殿赋》，也写了藻井上画的芙蕖，此外殿中图画便只有列女故事，不见一个动物形象了。由鲁灵光殿到景福殿，时间相去约二百年，便显然见出由动物形象装饰过渡到植物形象装饰的痕迹。

这当然也不是绝对的。在中国，龙和凤作为帝后的装饰，还有豸冠、鹤服、翎子、马蹄袖……还延续了好长时间，直到君主制度的结束。

1989年7月3日

（本文据《舒芜集》）

隔篱娇语

麻叶层层苘叶光，谁家煮茧一村香，隔篱娇语络丝娘。垂白杖藜抬醉眼，捋青捣麨软饥肠，问言豆叶几时黄。

——苏轼《浣溪沙》

俞平伯《唐宋词选释》中卷录东坡此词，有注云：

络丝娘，指缫丝的女郎，承上“煮茧”来。项斯《山行》：“煮茗气从茅舍出，缫丝声隔竹篱闻。”又从前江南养蚕的人家禁忌很多，如蚕时不得到别家串门。这里言女娘隔着篱笆说话，殆此风宋时已然。

对俞先生此解，我有点疑义。我非江南人，不知江南养蚕习俗，但看茅盾小说《春蚕》，蚕时不得到别家串门的禁忌，似乎主要是在作茧的阶段，怕的是各家运不齐，家运坏的，将晦气带到人家，“冲”了蚕宝宝，减少了人家的结茧产量；到了煮茧缫丝的阶段，似乎就不禁忌了，大概是此时产量已成定局，不怕互有冲犯了。姑娘们如果一面煮茧缫丝，一面与邻家姑娘隔着篱笆说话，那也是彼此都在忙着煮茧缫丝，走不开之故，不是禁忌互相串门之故。

况且，所谓“隔篱”，说的是谁与谁之间的相隔呢？仔细体味，似非指各家络丝娘之间，非指相邻各家之间；而是指词作者与络丝娘之间，指行人经行道上与道旁缫丝人家之间。此词原是一组《浣溪沙》共五首之第三首，作于宋元丰戊午（1078年），第一首题下有小序云：“徐门石潭谢雨，道上作五首。潭在城东二十里，常与泗水增减，清浊相应。”此时东坡守徐州，因天旱祷求降雨，得雨之后，到求雨之处谢神，道上作此一组词，可见所咏的都是词人道上的见见闻闻。故第二首上阙云：

> 旋抹红妆看使君，三三五五棘篱门，相挨踏破茜罗裙。

是词人道上所见的乡村姑娘们挤到棘篱门外争看下乡来的郡守（即词人自己）的情景。此时词作者在道上，村姑们在篱门外的道旁，没有篱相隔，村姑们在看“使君”，“使君”眼中也清楚看见她们“相挨踏破茜罗裙”的形象。但并不是所有的姑娘都挤在道旁篱门外，还有些姑娘正在家里忙于煮茧缫丝。这就与作词的“使君”隔了一道篱，“使君”看不见煮茧缫丝的人，只能凭嗅觉闻到“谁家煮茧一村香”，凭听觉听到“隔篱娇语络丝娘”了。俞先生注引项斯《山行》诗句“煮茗气从茅舍出，缫丝声隔竹篱闻”，引得很好，那也正是一个山行者隔着道旁竹篱，凭嗅觉和听觉，感知篱内人家的活动，我们虽不必说苏词从项诗脱化而来，也正可以参证互解。

又，这组《浣溪沙》第四首：

> 簌簌衣巾落枣花，村南村北响缲车，牛衣古柳卖黄瓜。酒困路长惟欲睡，日高人渴漫思茶。敲门试问野人家。

上阙第一句衣上落枣花，是自己身受。第二句又是凭听觉，听见家家缲（缫）车之声。第三句是亲眼所见道旁柳下卖黄瓜人的形象。下阙则由自己困与渴的感觉，想找人家歇一歇，喝口茶，此时乃要敲门试问。可知词人始终记牢了自己在道上与道旁人家的一篱之隔，写来一点也不乱。

1998年9月26日

（本文据《舒芜集》）

名句的后来居上

这些名句与前人类似之词语，不管是有意点化，还是无意暗合，不妨都客观地加以比较，看看它们如此类似，都是有助文思的。

前作小文谈东坡《浣溪沙》五首其三的“谁家煮茧一村香，隔篱娇语络丝娘”，指出二句都是词人自已闻香听语，不是相邻诸家的络丝娘之间隔篱相语。唐人项斯《山行》诗已有“煮茗气从茅舍出，缫丝声隔竹篱闻”。同样是从一个经行者的角度，看不见道旁人家内部情形，仅能凭嗅觉与听觉感知其内有什么活动。我说，我们不必说苏词从项诗脱化而来，但可能将二者参证互解。

现在还可以补充，东坡这一组《浣溪沙》之二的上阙云：“旋抹红妆看使君，三三五五棘篱门，相挨踏破茜罗裙。”而杜牧《村行》已云：“篱窥茜裙女。”李郢《自水口入茶山》已云：“蒨蒨红裙好女儿，相偎相倚看人时。使君马上应含笑，横把金鞭为咏诗。”这里没有什么要参证互解的，这里可注意的是苏词在艺术上的后来居上。向来诗词名句，与前人之句极相类似，而都是后来居上者。兹就记忆偶及，略举数例如下：

如王昌龄“洛阳亲友如相问，一片冰心在玉壶”（《芙蓉楼送辛渐》二首其二）是名句，而其前已有骆宾王的“离心何以赠，自有玉壶冰”（《别李峤得胜字》）。

又如李白的“美人如花隔云端，上有青冥之长天，下有渌水之波澜”（《长相思》）是名句，而其前已有枚叔的“美人在云端，天路隔无期”（《古诗》）。

又如杜甫的“白头搔更短，浑欲不胜簪”（《春望》）是名句，而其前已有鲍照的“白头零落不胜簪”（《行路难》）。

又如杜甫的“王侯第宅皆新主，文武衣冠异昔时”（《秋兴八首》其四）是名句，而其前已有杜审言的“冠盖非新里，章华即旧台”（《登襄阳城》）。

又如杜甫的“薄云岩际宿，孤月浪中翻”（《宿江边阁》）是名句，而其前已有宋之问的“宿云鹏际落，残月蚌中开”（《早发始兴江口至虚氏村作》）。

又如李商隐的“濯锦桃花水，湔裙杜若洲”（《拟意》）是名句，而其前已有徐坚的“影入桃花浪，香飘杜若洲”（《棹歌行》）。

又如李商隐的“直遣麻姑与搔背，可能留命待桑田”（《海上》）是名句，而其前已有王绩的“自悲生世促，无暇待桑田”（《游仙四首》其一）。

又如李商隐的“风波不信菱枝弱，月露谁教桂叶香”（《无题二首》其二）是名句，而其前已有王维的“菱蔓弱难定，杨花轻易飞”（《归辋川作》）。

又如苏轼的“梨花淡白柳深青，柳絮飞时花满城。惆怅东栏一株雪，人生看得几清明”（《东栏梨花》）是名篇，而其前已有杜牧的“砌下梨花一堆雪，明年谁此凭栏杆”（《初冬夜饮》）。

又如陆游的“玉骨久成泉下土，墨痕犹锁壁间尘”（《十二月二日夜梦游沈氏园亭》其二）是名句，而其前已有皮日休的“艳骨已成兰麝土，宫墙依旧压层崖”（《馆娃宫怀古》）。

又如吴伟业的“蜡炬迎来在战场”（《圆圆曲》）是名句，而其前已有李昂的“银烛迎来在战场”（《戚夫人楚舞歌》，见《唐诗纪事》卷十七）。

又如厉鹗的“谁料峨眉不复全”（《悼姬人月上》）和“将归预想迎门笑，欲别俄成满镜愁”（《悼姬人月上》）是名句，而其前已有李煜的“谁料花前后，峨眉不复全”（《梅花》）。常理的“小胆空房怯，长眉满镜愁”（《古离别》）。

这些名句与前人类似之词语，不管是有意点化，还是无意暗合，不妨都客观地加以比较，看看它们如此类似，甚至只差几个字，只调动了一点安排，而一则平平，一则脍炙人口，原因何在，都是有助文思的。

（本文据《舒芜集》）

扁舟·轮船·宇宙飞船

但植之《汉雅言札记》九，记他和章太炎的一段谈话。他问："余尝乘轮舶火车，所见景物，入目便逝，虽欲追摹，艰于形状。若扁舟容与，旗亭古刹，到处勾留，则虽不作诗而有诗意。何也？"太炎答："是固然矣。今若使子美乘轮舶溯江，吾知其得句终不能过'潮平两岸阔''月涌大江流'一类耳。"原载《制言》第二十五期《太炎先生纪念专号》。

但植之的回忆是否完全准确，姑且不论；反正有这么一个问题，有这么一种看法就是了。"潮平两岸阔"是王湾的诗句，不知何以扯到杜甫身上来。至于"星垂平野阔，月涌大江流"，则是杜甫的《旅夜书怀》中的一联，太炎说来口气却是这样的轻蔑，也不知什么道理。最有趣的是，这一联上面的一联："细草微风岸，危樯独夜舟。"明明正是"扁舟容与"中得句，并不是什么"乘轮舶溯江"，所以刻画得那么入微，从岸上细草的轻摇看出微风，然而又并不妨碍放开眼界，从星空看到平野，从月影辨认江流，能收能放，能近能远，杜甫所以成为写景的圣手，正在这种地方。如果他真能“乘轮舶溯江”，可以相信他一定还会写出“扁舟容与”所不及见的江山胜概来。

乘火车轮船，其实何尝就不能领略途中景色之美，写出好诗？近人李宣龚写津浦路上傍晚车中所见之景云：“车行追日落，淮泗失回顾。乱峰隐尘埃，野水清可渡。……展转入徐州，严城郁高怒。……语罢自推窗，暝色没雁鹜。”又近人陈士廉有《火车过信阳州》诗云：“乱石留残雪，奔轮殷怒雷。地回千树转，烟涌万山开。”并见陈衍《石遗室诗话》称引，许其“逼肖车行之景”云。

火车和江轮还不过是在前人常行的水陆路上走得更快些，至于远洋巨轮、潜水艇、飞机之类，就给近代诗人以前人根本得不到的机会，看见前人根本看不见的美景。

茫茫大海，古人只能站在海边上看看。“海客谈瀛洲，烟涛微茫信难求。”李白也只好这么怅惘地歌唱。可是，黄遵宪却能在太平洋当中度过中秋佳节，望月思家：

茫茫东海波连天，天边大月光团圆。

送人夜夜照船尾，今夕倍放清光妍。

一舟而外无寸地，上者青天下黑水。
登程见月四回明，归舟已历三千里。

鱼龙悄悄夜三更，波平如镜风无声。
一轮悬空一轮转，徘徊独作巡檐行。

举头只见故乡月，月不同时地各别。
即今吾家隔海遥相望，彼乍东升此西没。

——《八月十五夜太平洋舟中望月作歌》

他还能在太平洋当中欣赏雨景：

极天唯海水，水际忽云横。
云气随风走，风声挟雨行。
鹏垂天欲堕，龙吼海齐鸣。
忽出风围外，沧波万里平。

——《舟中骤雨》

雨景而雄伟至此，变幻至此，不仅号称“千首湿”的许浑一首也写不出，便是最爱写雨的杜甫也未能一饱眼福。

大海之下，古人只能幻想龙宫贝阙之类，究竟如何谁也没有见过。可是，现代的诗人就能亲眼看到：

透明的海水是透明的青天
浮动的水母，飘忽的白云
连绵的暗礁是蜿蜒的山岭
海苔的拂动，风吹绿草如茵

透明的海底长满金树银花
簇簇珊瑚像座座五彩森林

透明的海底一片恬静
水族们是不爱喧闹的居民
只有飞鱼为了观看外边的世界
常常像孩子般好奇地跃出水面

——丁明《猎潜艇上》，
《诗刊》1957年11月号

与此相较，唐人李朝威《柳毅传》，虽极写洞庭君的灵虚殿，所谓“柱以白璧，砌以青玉，床以珊瑚，帘以水精，雕琉璃于翠楣，饰琥珀于虹栋，奇秀深杳，不可殚言”，那不过是人间宫殿的原型上再加以夸张，宫殿外面便不能着一字了。

怎样才能飞上天空看一看，是历代诗人的梦想。李白梦游天姥，想象着“一夜飞渡镜湖月”，想象“湖月照我影，送我至剡溪。谢公宿处今尚在，渌水荡漾清猿啼”，那也不过是贴着水面飞行吧。可是，现代的诗人从图-104飞机上向下看，就看到——

绿色的土地，白色的云朵，
好像绽开的棉花叶上托。

太阳出来放出金棱棱的火，
黄澄澄的山头像一堆堆谷垛。

一排排房子在地皮上留下影，
好像千百台拖拉机一齐开动。

——郭小川《鹏程万里》，《诗刊》编辑部编选《诗选》（1958）416—417页杜甫的“春水船如天上坐”，苏轼的“我欲乘风归去，又恐琼楼玉宇，高处不胜寒”，都是极尽异想奇情的名句。但是，我们读到赵朴初月夜乘飞机吟成的“长天一片空明。月如银。又是一回身在镜中行”的时候，又多么惋惜杜、苏二公竟没有能乘一次飞机啊！

天空是无限的，高了还可以想象更高。白居易的“回头下望人寰处，不见长安见尘雾”，自以为已经很高；到了李贺的“遥望齐州九点烟，一泓海水杯中泻”，这才是从极高的高空回头下望。黄遵宪由日本横滨赴美国的海船中回望日本，得“九点烟微三岛小”之句，大约自以为实现了李贺的想象。今天看来，又差得太远了。载人宇宙飞船已经两次成功地飞去又回来了，让我们听听季托夫怎样向我们描写吧：

> 从宇宙中看来，地球各大洲不仅仅轮廓不同，颜色也不同。非洲的基本色调是黄的，上面镶嵌着一块块热带丛林的深绿色斑点。非洲的表面很像金钱豹斑斓的皮。飞经非洲大陆上空时，我一下子辨认出了撒哈拉沙漠，这是一片金褐色的沙漠大洋，没有任何生命迹象。
>
> 黄色的撒哈拉突然中断了，我看见了闪闪发光的辽

阔的地中海……地中海呈现出深蓝色，像用群青绘出一样，它在舷窗中飘过去，消失在白蒙蒙的烟雾中。

一切都是不平常的，美妙的，激动人的心弦。宇宙，正等待着自己的画家、诗人去描绘……

在围绕地球的飞行中，我亲眼看见，地面上的水域确实比陆地大。太平洋和大西洋的波浪，看上去像是许多长长的带子，后带推向前带，涌向遥远的海岸，蔚为壮观。我通过放大三倍到五倍的光学仪器观看海景。

各个海洋也像各大洲一样，颜色不同，各有特点。像是俄罗斯以画海景著称的画家万·爱瓦佐夫斯基的调色板，从深蓝色的印度洋到加勒比海的嫩绿色，真是丰富多彩。

——格尔曼·季托夫《宇宙中的七十万公里》，

文有仁、齐仲、贾宝廉摘译，

载1961年9月3日《人民日报》

“我通过放大三倍到五倍的光学仪器观看海景。”这是多么豪壮而又多么现实！“一泓海水杯中泻”云云，比起来真是小巫见大巫了。季托夫还告诉我们：“在地球的地平线上围着一条浅蓝色的光环。”“在飞船飞出地球阴影时，观看熹微晨光在地球表面运动是很有趣的。地球的一部分已经被太阳照得亮堂堂的，而另一部分仍是暗黑一片。在明暗两部分之间，能清清楚楚看到一个灰色的晨光地带在迅速移动。在这个地带上空，浮着略带玫瑰色的云朵。”我们不禁想起黄遵宪的诗：

星星世界遍诸天，不计三千与大千。
倘亦乘槎中有客，回头望我地球圆。

——《海行杂感》其七

可以说这就是关于宇宙航行的理想。而杜甫的“造化钟神秀，阴阳割昏晓”，似乎也正是为季托夫所见的“晨光带”作了预言。

季托夫热情地号召：“宇宙，正等待着自己的诗人、画家去描绘。”是的，在这宇宙航行、星际航行的时代，大宇宙的多少“奥区”已被我们打开，还将有更多的继续不断地被打开，李白、杜甫、拜仑、雪莱、普式庚、莱蒙托夫都已不及见了，这个伟大的任务就要由我们时代的诗人承担起来。

以上说的是交通工具的发展，更新了、扩大了诗人们对于道途中自然景色之美的观赏。但是还不止于此，它还改变了人类社会生活中同行旅、别离有关的许多部分。这在近人诗歌中也有所反映。

落后的交通工具所带来的行役之苦，有了现代交通工具之后，许多是可以免除了。重光耄道人《可园诗话》卷七有云："北道旅店，湫隘嚣尘，眠食皆苦。夏伯音侍郎句云：'残灯照壁蝎。矮榻傍阑豚。'朱豫生广文句云：'巷居邻马粪，食味惹羊膻。'荒寒之状如绘。今自火轮车行，不复知此况瘁矣。"古人所谓险要，有了现代交通工具之后，观念也要改变了。近人王乃徽《游嵩山道中杂诗》有云："小国当年称郑周，联冈叠阜卫周遭。古人设险今人笑，半勖飞车遇虎牢。"

送别将离，是抒情诗的古老的题材。杜甫《送远》诗云："别离已昨日，因见古人情。"仇兆鳌注云："因思古别离，有送君如昨日者，知今古有同悲也。"这也只是在交通工具没有什么改变的时候，才能这么说。黄遵宪的著名的《今别离》，就写出了现代交通工具的条件之下的送别之情，与古人的不同。如古人送别，将行未行之际，可以作最后的执手踟蹰。李白有"李白乘舟将欲行，忽闻岸上踏歌声"之句。白居易有"忽闻水上琵琶声，主人忘归客不发"之句。《今别离》则云：

古亦有山川，古亦有东舟。车舟载离别，行止犹自由。今日舟与车，并力生离愁。明知须臾景，不许稍绸缪。钟声一及时，顷刻不少留。

又古人送别，既行之后，还可以怅望一番。李白有“孤帆远影碧空尽，惟见长江天际流”之句。苏轼有“登高回首坡垄隔，但见乌帽出复没”之句。《今别离》则云：

送者未及返，君在天尽头。
望影倏不见，烟波杳悠悠。

黄遵宪最爱写这类的题材，在这一点上，确实是一个对新事物有敏感的诗人。他在《海行杂感》中还写了不少新鲜的经验，如下面三首：

中年岁月苦风飘，强半光阴客里抛。
今日破愁编日记，一年却得两花朝。
——［自注：船迎日东行，见日递速。
于半途中，必加一日方能合历。
此次重日，仍作为二月二日，
故云。］

打窗压屋雨风声，起看沧波一掌平。

我自冒风冲雨过，原来风雨不曾晴。

家书琐屑写从头，身在茫茫一叶舟。

纸尾只填某日发，计程难说到何州。

——[钱萼孙笺云：白居易诗：

“计程今日到梁州。”案此

翻用之。]

在没有远洋航行工具之前，再怎么有奇想的诗人，也不会想到这些。

当季托夫坐在东方二号宇宙飞船中的时候，别离这件事，更是有了历史上从未有过的内容。他说：

我知道，几百双聚精会神的眼睛，通过电视线路，从地面上注视着飞船座舱中发生的一切事情和我的每一个动作。医师们利用最现代化的无线电遥测和电视方法不断地观察着我心脏的生物电活动和机械运动，呼吸的频数和深度，以及体温。

国外报刊成篇累牍地谈到，宇宙空间对人的心理会产生有害影响。许多专家硬说，人在宇宙中会感到寂寞，他会遭到压抑的孤独感的折磨。但是，我一秒钟也没有感到离开了自己的人民，离开了苏维埃大地上的朋友和同志。

对于离人来说，舟车的进步使他们迅速地远远地分开，电信的进步则又使他们迅速地紧紧地联系起来，可以说是一个矛盾的运动过程。黄遵宪的《今别离》已经看出了这一点，故首章言舟车，二章即言电报。但是，他说："每日百须臾，书到时有几？……安得如电光，一闪至君旁。"又分明感到电报的缺陷。这在现在，季托夫之所以身游天外而又一秒钟也没有离开自己的朋友和同志，除了思想的原因而外，就是电视这个新的科学技术发明实现了黄遵宪的理想的缘故。

新的交通工具本身，也就是一种新的美。古代诗人歌咏他们的扁舟，而在我们这个宇宙航行的时代，宇宙飞船之美，虽然还没有普遍地为诗人所歌咏，加加林已经用诗一般的散文写下了他自己的感受：

> 我瞧了瞧飞船，再过一会儿我就要乘这艘飞船去做一次不平常的航行了。这艘飞船非常美，比机车、轮船、飞机、宫殿、大桥加到一起还要美。我心中浮起这样

的想法：这种美是永恒的，将永远留在千秋万代各国人民的心目中。在我面前不只是一个卓越的技术创造品，而且是感人至深的艺术品。

——加加林《地球—宇宙—地球》，

齐生平、文有仁、王珊选译，

载 1961 年 7 月 2 日《人民日报》

他又写道：

我听到了啸声和越来越强的轰鸣，感觉到巨大的飞船的整个船体抖动起来，并且很慢很慢地离开了发射装置。轰鸣声……其中夹杂着许多新的音调和音色，这些音调和音色还不曾被任何一个音乐家写入乐章，看来，任何一种乐器、任何人的歌喉，目前还不能模拟它们。火箭强大的发动机创造出来的音乐，这种音乐真比过去最伟大的作品还要激动人心，还要美妙。

——加加林《地球—宇宙—地球》，

齐生平、文有仁、王珊选译，

载 1961 年 7 月 2 日《人民日报》

我们还没有见过宇宙飞船的人，对这些饱含着真实感受的话，可以完全相信。宇宙飞船本身所体现的，以及宇宙航行当中所展示的大宇宙的全新的美，必将在人类美感发展史上带来一个大革命。

新的交通建设也改变了人和自然的关系。例如桥梁，古人诗词中所歌咏的，是“鸡声茅店月，人迹板桥霜”，是“小桥流水人家”。现在怎样呢？我们有了古人所不能想象的长江大桥。于是诗人看见了这样动人的景象：

一束白须从我眼前掠过，
那是一个八十岁的老船夫，
他一动不动地依着栏杆，
眼泪滴进了幽深的河床。

他在风浪中搏斗了一生，
江水洗白了满头的鬓发，
今天他第一次站在波浪上，
把这古老的河流仔细端详。

——洪洋《江汉桥头》，中国作家协会编《诗选》（1956）104页这座大桥是中国人民征服长江的一个标志，桥上的白发老船夫则是征服了长江的中国人民的象征，尽管他大概并未参加过长江大桥的建筑。那里有高尔基所说的“第二个自然界”，那里才有诗。长江大桥上的白发老船夫，比起把酒临江、横槊赋诗的魏武帝，更是诗的形象，更值得我们的诗人去歌咏。

（本文据《舒芜集》）

李清照的“扮演”

上海《文汇报》昨天《笔会》上雍容女士的《愤怒与妩媚》写得很好。她的文章，篇篇我都爱看。这一篇说女子而偶作豪迈之声，男子也会赞曰：“无脂粉气，无雌声，难得，难得。”其实女子也是在“扮演”男性的角色。这给我很大启发。对于李清照的“至今思项羽，不肯过江东”，正应该如此看。

记得解放初期讨论对李清照的评价，论者否定之曰：“生当国破家亡之际，不管万姓流离，只为自己死了一个丈夫，终日哭哭啼啼，毫无积极意义。”为之辩护者说她并不是只为自己身世哭哭啼啼，一样关心国家社稷大事，所举过硬证据也只是一首“生当作人杰，死亦为鬼雄。至今思项羽，不肯过江东”。言下等于承认了如果她没有这一首诗，就只能算是一个哭哭啼啼的小女人。

可见“左”的“语境”下，谁都难以摆脱“左”的束缚，“左拉”之力，总是强过“右扯”。

其实李清照之所以为李清照，正在于她歌唱出女性的爱与苦的深心；而那一首诗在她的整个文艺成就中，也只是“扮演”一次男性角色而已。

2008年3月11日

（本文据《舒芜晚年随想录》）

何用嫁英雄

龚定庵《世上光阴好》云：

世上光阴好，无如绣阁中。静原生智慧，愁亦破鸿蒙。
万绪含淳待，三生设想工。高情尘不滓，小影泪能红。
玉茁心苗嫩，珠穿耳性聪。芳香笺艺谱，曲盝数窗栊。
远树当山看，行云入抱空。枕停如愿月，扇避不情风。
昼漏长千刻，宵缸梦几通。德容师窈窕，字体记玲珑。
朱户春晖别，蓬门淑晷同。百年辛苦始，何用嫁英雄？

世界上最美好的光阴是青春少女的，美就美在她们对生活的无穷美妙设想中。这些设想能够实现多少呢？从老祖父看来，成功几率太小，失败几率太大，即使成功，嫁个英雄，乃至广义英雄如白马王子之类，很可能跟着受苦冒险一生，还不如嫁个普普通通的丈夫，享受一世平安。

有人把这首排律压缩成五绝云：

万绪含淳待，三生设想工。
百年辛苦始，何用嫁英雄？

更鲜明突出了诗人“嘉孺子而哀妇人”的伟大情怀，只有开启现代诗心的龚定庵才会有。《红楼梦》里还没有。

《红楼梦》已经哀妇人，痛心于女子出嫁后的命运变化，但找不到解决办法，只能无限悲观。龚定庵则替她们设想到“何用嫁英雄”的出路，比《红楼梦》现代，比曹雪芹平民。曹雪芹还是贵族的人道主义者，龚定庵才是平民的人道主义者。

二〇〇八年一月十六日

（本文据《舒芜晚年随想录》）

花下一低头

谈过龚定庵《世上光阴好》诗后，还有点余意。诗的次联云："静原生智慧，愁亦破鸿蒙。"什么愁？什么鸿蒙？愁如何破鸿蒙？破了怎么就好？

青春少女，天真一片，性别意识还没有觉醒，是谓鸿蒙。不知怎么一来，忽然懂得了春愁，情窦顿开，是谓破鸿蒙。

这不知怎么一来，最美妙，也最灵奇，只有伟大的诗心情眼能够体察。

王国维有《虞美人》一阕云：

金鞭珠弹嬉春日，门户初相识。未能羞涩但娇痴，却立风前散发衬凝脂。　近来瞥见都无语，但觉双眉聚。不知何日始工愁，记取那回花下一低头。

〔译文〕我和对门女孩，天天一起挥鞭抛弹，玩得没个够。她一味娇痴，嘻嘻哈哈，风吹乱发，更衬出肤如凝脂。近来少见了，偶然才得一瞥，她总是默然无语，双眉凝聚。哪一天起她有了春愁呢？记得那回花下，她那么一低头，就是那一瞬间那么开始的。

那回花下一低头不易觉察，能够敏锐觉察者，只能是以伟大情眼注视，以伟大诗心关切者。王国维这阕词给龚定庵那句诗做了笺注。

胡适日记上说王国维形貌很丑，看王国维照片的确像个三家村腐儒，可是他内心里是个伟大的情人，继承了龚定庵的诗心情眼。

二〇〇八年二月二日

（本文据《舒芜晚年随想录》）

彻底悲观的《人间词》

《人间词》中这阕《浣溪沙》我总忘不了，又很怕读：

天末同（彤）云黯四垂，失行孤雁逆风飞，江湖寥落尔安归？

陌上挟丸公子笑，座中调醢丽人嬉，今宵欢宴胜平时。

乌云从天末升起，刹那间笼罩满天。一只失群的孤雁，逆着风向拼命飞行。你怎样失群的呢？病了么？伤了么？偶然大意么？你是去找寻你的雁群么？江湖这般寥落，你将归宿何处呢？

陌上一位翩翩公子，跨骏马，控雕弓，弹无虚发。家中安排盛宴，美人们谈着、笑着，纤纤素手调拌的佳肴里有公子亲自猎获的野味，使得今晚的欢宴格外高兴。

那就是你的归宿么？不用问了。反正茫茫人间，苦与乐就是这么不相通。你供奉全部血肉之躯，别人享受一时的口福。你永远结束了一生，别人偶然一场欢宴，吃过也就过去了。这不仅是人禽之间的关系，人与人之间何尝不是如此。

这样彻底悲观的人生观，中国诗词里似乎没有，只有王国维那样深入研读过德国哲学的词人才会有这般境界。

二〇〇八年三月十三日

（本文据《舒芜晚年随想录》）

读诗小记

（一）

杨师道诗，《全唐诗》存二十首，大抵都是应制颂圣之作。夏日午睡醒来，随手翻看，令人昏昏，又欲睡去，此时忽见一联云："芳草无行径，空山正落花。"不禁心目豁然，十字之中，不过野花蔓草，而暮春之景，闲淡之情，悠然不尽，简直可以列诸辋川名句。再细看诗题，乃是《还山宅》，这可真是廊庙无好诗，山林多佳句，偶尔回一趟山间别墅，便得江山之助了。

发现这一联之后，逐渐已经淡忘了。又有一天，闲翻《阅微草堂笔记》，在第二十四卷里发现了这样一条："狐能诗者，见于传记颇多；狐善画则不概见。海阳李丈砚亭言：顺治康熙间，周处士盰薄游楚豫。周以画松名，有士人倩画书室一壁，松根起于西壁之隅，盘拏夭矫，横迳北壁，而纤末犹扫及东壁一二尺，觉浓阴入座，长风欲来，置酒邀社友共赏……请（狐）入座。……次日，书室东壁，忽见设色桃花数枝，衬以青苔碧草，花不甚密，有已开者，有半开者，有已落者，有未落者，有落未至地随风飞舞者，八九片反侧横斜，势如飘动，尤非笔墨所能到。上题二句曰：'芳草无行径，空山正落花。'（按：此二句，初唐杨师道之诗。）不署姓名，知狐以答昨夕之酒也。后周处士见之，叹曰：'都无笔墨之痕！觉吾画犹努力出棱，有心作态。'"原来这位狐画家的赏鉴，竟与鄙见冥契于三百年之前，不禁哑然自笑。

其实，宋长白《柳亭诗话》卷十五已有"句断意不断"条云："诗有句断而意不断，一气连绵，十字如一字者。庾肩吾'楼上徘徊月，楼中愁思人'，发轫于此。太白、子美集中最多。而摩诘手腕灵妙，奄有二家，如'古木无人径，深山何处钟'，'时倚檐前树，远看原上村'之类，未易枚举。"以下历举自初唐至晚唐诸例，第一个例子就是杨师道的"芳草，空山"一联。结云："皆融贯入神，毫无朕迹，禅家所谓着盐水中，饮水方知盐味者，惟在触类旁通焉耳。"原来，推许神韵空灵之境，是清初诗论的一种风气，王渔洋不过是这种风气的代表。纪晓岚所谓狐画题诗，也正在此风气中，故神其说而已。至于曹雪芹的诗虽被别人评为近似李贺，而《红楼梦》中黛玉教香菱学诗则力推王维为正宗，这又是清初那种诗论沿至雍乾之际的余响。

（二）

唐人王绩《在京思故园见乡人问》云："旅泊多年岁，老去不知回。忽逢门前客，道发故乡来。敛眉俱握手，破涕共衔杯。殷勤访朋旧，屈曲问童孩。衰宗多弟侄，若个赏池台。旧园今在否，新树也应栽。柳行疏密布，茅斋宽窄裁。经移何处竹，别种几株梅。渠当无绝水，石计总生苔。院果谁先熟，林花那后开。羁心只欲问，为报不须猜。行当驱下泽，去剪故园菜。"

全诗都是一句接一句的问话，极写"殷勤访""屈曲问"的形象，以见"在京思故园"的深情。试想，诗人难道当真一见乡人，什么话不说，拿起笔便写出这首问题诗，送到乡人面前请他一一回答么？除了哑人，谁也不会这样干。实际上，"敛眉俱握手，破涕共衔杯"之间，必已说了很多话，包括这些问题的问答。写这首诗的时间，最早也当在握手衔杯问答之后，所要问的，其实都已得到答复。而诗中犹作未知而问之语者，所要写的本来就是我的问，而不是他的答也。

诗人思乡怀土之作，写法与此相同的，还有王维的《杂咏》云："君自故乡来，应知故乡事。来日倚窗前，寒梅著花未。"如此郑重相问，所问的只是窗前那一树寒梅，固然是清雅脱俗之意，也更可见问不在问，答不必答，而且答无可答了。王维这短短二十字，比王绩那一百二十字，似乎表现了更多的东西。

王绩所问的乡人，就是朱仲晦。朱有《答王无功问故园》云："我从铜州来，见子上京客。问我故乡事，慰子羁旅色。子问我所知，我对子应识。朋游总强健，童稚各长成。华宗盛文史，连墙富池亭。独子园最古，旧林间新垌。柳行随堤势，茅斋看地形。竹从去年移，梅是今年荣。渠水经夏响，石苔终岁青。院果早晚熟，林花先后明。语罢相叹息，浩然起深情。归哉且五斗，饷子东皋耕。"竟于不求答不必答的问题，逐句死板对答，不仅无味，简直大煞风景了。所以王绩诗虽不及王维诗，终不失为佳制，朱仲晦诗却少有人知道。

（三）

李商隐有《和人题真娘墓》七律一首云："虎丘山下剑池

边，长遣游人叹逝川。罥树断丝悲舞席，出云清梵想歌筵。柳眉空吐效颦叶，榆荚还飞买笑钱。一自香魂招不得，只应江上独婵娟。”这不是李商隐的好诗，通首平板凡庸，五六两句甚至被何焯讥评为“俗丽”。从来各种选本都选不到这一首，知道有这首诗的人就很少。

但是，著名的李商隐诗的研究者张采田，在他的《李义山诗辩正》里面，却把这首诗说得神乎其神，活灵活现。他说：“义山燕台所思之人，自湘川远去后，疑流转吴地而殁，细玩《河内诗·阊门》一篇可悟。故《送李郢至苏州》有‘苏小小坟今在否，紫兰香径与招魂’之句。此篇其假真娘以暗悼所欢耶？晦其意，故曰‘和人’耳。否则诗中并不及和意，岂名手赋诗而疏于法律如是哉？至冯氏疑原唱为女冠，则更凭虚臆测矣。”

张氏所云，虽似新奇可喜，其实却经不起推敲。第一，诗中是否没有说到“和人”的意思？第二句“长遣游人叹逝川”，何焯就评为“领起和人”，我看评得很对。第二，即使没有说到“和人”的意思，是否就该算是名手所不该有的疏忽？第三，名手是否就不会有疏忽的时候？我看都不一定。最后，即使名手决不会疏忽，而这又确实是不应有的大大的疏忽，为什么就只有“假真娘以暗悼所欢”可以解释？难道再没有任何其他可能的解释？譬如说，由此证明这是劣手之作，羼入李商隐诗集中来的，岂不更为顺理成章？

但是，还不必在这样的纯粹推理当中来纠缠，我们只要把眼光稍稍放开一点，看看中晚唐其他诗人的作品，随手就可以抄出下列几首诗——

真娘墓

李　绅

一株繁艳春城尽，双树慈门忍草生。愁态自随风烛灭，爱心难逐雨花轻。黛消波月空蟾影，歌息梁尘有梵声。还似钱塘苏小小，只应回首是卿卿。

题真娘墓

在虎丘西寺内

张　祜

佛地葬罗衣，孤魂此是归。舞为蝴蝶梦，歌谢伯劳飞。翠发朝云在，青蛾夜月微。伤心一花落，无复怨春辉。

虎丘山真娘墓

沈亚之

金钗沦剑壑，兹地似花台。油壁何人值，钱塘度曲哀。
翠馀长染柳，香重欲薰梅。但道行云去，应随魂梦来。

姑苏真娘墓

墓在虎丘西寺内

罗　隐

春草荒坟墓，萋萋向虎丘。死犹嫌寂寞，生肯不风流。皎镜山泉冷，轻裾海雾秋。还应伴西子，香径夜深游。

看了这几首，已经可以恍然大悟：原来题真娘墓，是中晚唐流行的诗题，许多诗人都拿这个题目来练笔。做来做去，已经形成一个套子。大概都要说到佛寺、佛经、梵唱之类，因为名妓与佛寺，是一个尖锐强烈的对照，如——

出云清梵想歌筵。（李商隐）
歌息梁尘有梵声。（李　绅）
佛地葬罗衣。（张　祜）

都要以墓前的风花虫鸟来象征美人的容色和生涯，如——

柳眉空吐效颦叶，榆荚还飞买笑钱。（李商隐）
黛消波月空蟾影。（李　绅）
舞为蝴蝶梦，歌谢伯劳飞。
翠发朝云在，青蛾夜月微。（张　祜）
翠馀长染柳，香重欲薰梅。（沈亚之）
皎镜山泉冷，轻裾海雾秋。（罗　隐）

都要说到“香魂”是孤独或是有什么伴侣同游，如——

一自香魂招不得，只应江上独婵娟。（李商隐）
还似钱塘苏小小，只应回首是卿卿。（李　绅）
但道行云去，应随魂梦来。（沈亚之）
还应伴西子，香径夜深游。（罗　隐）

可见这种诗已经成了陈陈相因的格式，难怪最后来了一位诗人谭铢，看得心烦，也题上一首云：

武丘山下冢累累，松柏萧条尽可悲。
何事世人偏重色，真娘墓上独题诗。

据说这一骂，从此再也没有人敢题了。而这也就完全拆穿了李商隐那首诗的奥秘——或者说它丝毫也没有什么奥秘，不过是从庸俗的“重色”之心出发的从头到尾落套的东西，张采田之说不攻自破。

李商隐是个大诗人，在爱情诗的抒写和七言律诗的形式的完成方面，有重大的贡献。他的诗，大致可分为爱情诗、政治诗、感遇诗三大类，当然也还有《和人题真娘墓》这一类的无甚意义的练笔、应酬、偶成之作。大概由于他的爱情诗写得惝恍迷离，从而招致历代说诗者的种种穿凿附会。有些人总爱把他的爱情诗解释为政治诗，有些人又总爱把他的爱情诗解释成写给令狐绹的感遇诗。张采田讲李商隐诗就是什么都往令狐绹身上扯，而对于《题真娘墓》这样无甚意义的诗却又偏要向爱情方面扯，真是东拉西扯得一塌糊涂。

针对这种穿凿附会，往往应该“合而观之”，就是把一首诗放在它那个时代来考察，找找有没有相同、相似、相近的作品，从中加以比较，这是一个较为科学的方法，可以击退孤立解说时的许多穿凿附会之谈。

（四）

姚鼐《陶山四书义序》云："昔东汉人始作碑志之文，唐人始为赠送之序。其为体皆卑俗也，而韩退之为之，遂卓然为古文之盛。古之为诗者，长短以尽意，非有定也，而唐人为排偶，限以句之多寡。是其体使昔未有而创于今世，岂非可笑甚可嗤笑者哉？而杜子美为之，乃通乎风骚，为诗人冠者，其才高也。"这段话里并没有什么创见，而且他是要抬高制义文的地位，尤其拟于不伦；但是，他设想律体初创，一定会被人嗤笑，却说得有意思。

试看，四言诗的时代早已过去之后，魏晋诗人们似乎仍然是把四言看作诗体的正宗。其中四言诗写得有成就的，也不过曹操、嵇康、陶潜等寥寥数家。而即使这几家，他们在诗歌史上的主要贡献，仍然是五言而不是四言。更不用说其他许多五言大有成就的诗人，所写的四言诗简直差得太远，不值提起。

律体萌芽于齐梁，定型于初唐；而五律之盛，先于七律。

所以李白的五律，冠绝古今，七律便只有寥寥数首。初唐馆阁应制颂圣之作，也多用五律，崔日用、宗楚客才多用七律。《全唐诗》所存唐诸帝诗，其初几代的也多是五律，至宣宗才多作七律，皇帝比诗人当然更保守些。用七律感叹身世，今所见者郭振较早，其《寄刘校书》云："俗吏三年何足论，每将荣辱在朝昏。才微易向风尘老，身贱难酬知己恩。御苑残莺啼落日，黄山细雨湿归轩。回首汉家丞相府，昨来谁得扫重门。"还是简板平衍，无甚深味。到了杜甫，七律一体，才从应制颂圣之中摆脱出来，可以用于身世感怀，友朋赠答，伤今吊古，论道经邦，写景纪行，传人咏物，儿女之情，风云之气，无施而不可。他又充分发挥了七律的特长，或者说，充分克服了七律的限制，创为开阖动荡的章法，一字千钧的句法，神奇变化，掩盖百代。姚鼐笼统地说律体至杜而尊，没有区别五言七言，还是有欠准确。中唐以后诗人，专工近体。以古体名家的只有元、白，他们创造的所谓长庆体，其实就是近体化了的古体诗。有一件事很有趣：晚唐李商隐，以近体擅名，特别是以七律上继杜甫，下开西昆，旁启西江。可是他为他的叔父撰行状云："时重表兄博陵崔公戎，表侄新野庾公敬休，平阳之郡等（舒芜案：句有讹脱）以中外钦风，处在师友，诱从时选，皆坚拒之……益通《五经》，咸著别疏……注撰之暇，联为赋论歌诗，合数百首……未尝一为今体诗。”（《请卢尚书撰故处士姑臧李某志文状》，见《樊南文集补编》）竟以不为今体诗与不应时选，为先人的一项美德懿行，把今体诗看成时文制艺，想想这话竟是李商隐说的，实在有点可笑，也可以从反面证明姚鼐的设想大有根据了。

宋诗以散文化别启途径，欧苏王黄的古体，充分体现了散文化之美，皆足以名家，然而已是强弩之末，难以为继。此后元明清三朝，诗人的成绩，便完全在于近体。但无论哪一部诗集，其中都有大量的古体诗；倘是分体编次的，一定都把五七古放在前面，或者更冠以谁也不要读的郊庙乐歌之类，纯粹为了张皇门面。只有吴梅村（伟业）进一步把长庆体加以近体化而成所谓梅村体，无论那些商标汉魏的人怎样鄙笑为“格调卑近”，但三个朝代六百年间，古体诗能流传于口耳讽诵之间的，终于只有《圆圆曲》等数篇而已。可见一种新体，自有其生命力，自会吸引诗人们来完善它，发展它，而它就会流传下去，不是任何轻蔑嗤笑所能妨碍、所能阻止的。反之，一种过时的旧体，不管诗人们怎样从惯性出发，尊为正宗，大家来做，还是做不出什么前途。

（五）

吴梅村词《临江仙·逢旧》云："落拓江湖常载酒，十年重见云英。依然绰约掌中轻。灯前才一笑，偷解砑罗裙。薄幸萧郎憔悴甚，此生终负卿卿。姑苏城上月黄昏。绿窗人去住，红粉泪纵横。"这首词很有名，特别是最后三句很有名，如陈廷焯《白雨斋词话》所评"哀艳而超脱，直是坡仙化境"是也。

所谓"坡仙化境"，就在于深挚、切迫、缠绵、执着之后，忽然能够放开。东坡词中正是往往有这样的境界。例如，"夜饮东坡醉复醒，归来仿佛三更，家童鼻息已雷鸣，敲门都不应，倚杖听江声。"这是执着切迫之后，忽然放开。又如，"春衫犹是，小蛮针线，曾湿西湖雨"。过去有人评论说，前两句还是人人能道的常语，后一句忽于浓至之后转出清空，则非东坡不能道。这就是缠绵执着之后，忽然放开。至于黄庭坚咏水仙诗云："凌波仙子生尘袜，水上轻盈步微月。是谁招此断肠魂，种作寒花寄愁绝。含香体素欲倾城，山矾是弟梅是兄。坐对真成被花恼，出门一笑大江横。"通首幽艳清丽，结句一下推开，也是同样写法。

然梅村词实有所自来。唐人油蔚《赠别营妓卿卿》云："怜君无那是多情，枕上相看直到明。日照绿窗人去住，鸦啼红粉泪纵横。愁肠只向金闺断，白发应从玉塞生。为报花时少惆怅，此生终不负卿卿。"原来，梅村词结联，即此诗次联，只是每句削去首二字，各余五字，一字不易；梅村词"此生终负卿卿"，亦即此诗结句削去一字，余六字一字不易。然而梅村词脍炙人口，油蔚诗则未有人称道者，其故盖有三：油诗"日照绿窗"，则是晴窗静好；不似梅村词删去"日照"，改为"姑苏城上月黄昏"之凄婉迷离；油诗"鸦啼"尤与"红粉泪纵横"无涉，不如径删，此其一。油诗只是赠别伤离、誓不相负之常情；梅村词则是久别重逢，暂逢仍别，欲不相负而不可得，暗透身世无穷之感，深过数层，此其二。油诗次联汩没在前后六句之间，令人平平看去，未见警策；梅村词则易置词末，曲终奏雅，余韵不尽，此其三。诗词名句，位置往往不可移易。昔人谓杜诗工于发端，如"落日在帘钩"，李商隐亦工于发端，如"高阁客竟去"，皆一起奇绝，倘移在二句以下，便平平无奇了。

而且，诗中寻常之句，移入词中，便成为名句，如"无可奈何花落去，似曾相识燕归来"之类，这样的事往往有之。元人诗句，多可入词。明人杨基犹是元风，他的诗句常常是很好的词句。朱彝尊《静志居诗话》卷三云："吴中四杰，孟载犹未洗元人之习，故铁崖亟称之。王元美《卮言》谓孟载七律'尚短柳如新折后，已残梅似半开时'，如《浣溪沙》词中语。予谓不特此也。如'芳草渐于歌馆密，落花偏向舞筵多。''细柳已黄千万缕，小桃初白两三花。''布谷雨晴宜种药，葡萄水暖欲生芹。''雨颉风颃枝外蝶，柳遮花映树头莺。''花有底忙冲蝶过，鸟能多慧学莺啼。''且自细听莺宛宛，莫教深惜燕匆匆。''春色自来皆梦里，人生何必在尊前。''燕子绿芜三月雨，杏花春水一群鹅。''江柳净无余叶在，渚莲池有一花开。''花里小楼双燕入，柳边深巷一莺啼。''江浦荷花双鹭雨，驿亭杨柳一蝉风。''山顶雪惟朝北在，水边春已自东来。''一路诗从愁里得，二分春向客中过。''春水染衣鹦鹉绿，江花落酒杜鹃红。''高树绿阴千嶂湿，野棠疏雨一篱香。''立近晚风迷蛱蝶，坐临秋水映芙蓉。''罗幕有香莺梦暖，绮窗无月雁声寒。''眉晕浅颦横晓绿，脸消残缬腻春红。''小雨送花青见萼，轻雷催笋碧抽尖。''蚕屋柘烟朝焙茧，鹊炉沉火昼熏茶。'试填入《浣溪沙》，皆绝妙好辞也。"入词可为绝妙好辞，在诗里面，便显得过分纤细婉弱了。

（本文据《书与现实》，其中一、四、五曾以《天问楼读诗记三则》为题发表于《江汉论坛》1981年第2期）

勘诗小记

一

《苕溪渔隐丛话》前集卷三引《蔡宽夫诗话》云："'采菊东篱下，悠然见南山。'此其闲远自得之意，直若超然邈出宇宙之外。俗本多以'见'字为'望'字，便有褰裳濡足之态矣。乃知一字之误，害理有如是者。渊明集世既多本，校之不胜其异，有一字而数十字不同者，不可概举。若'只鸡招近局'，或以'局'为'属'，于理似不通，然恐是当时语。'我土日已广'或以'土'为'志'，于义亦两通，未甚相远。若此等类，纵误，不过一字之失。如'见'与'望'，则并其全篇佳意败之，此校书者不可不谨也。"

舒芜按：陶潜《杂诗》其一云："结庐在人境，而无车马喧。问君何能尔，心远地自偏。采菊东篱下，悠然见南山。山气日夕佳，飞鸟相与还。此中有真意，欲辩已忘言。”全篇主旨，在“心远地自偏”五字。地本不偏，篱外即是人境；使非心远，则东篱采菊之顷，篱外营营扰扰，乱吾意而败吾兴者多矣。今悠然以接吾目者，南山而已。盖篱外人境，本无纤毫以滓吾心，故绝无车马喧阗，冠盖往还之劳，此即所谓“心远地自偏”也。南山之入吾目，“见”之与“望”，毫厘千里。吾无心而物接于吾目为“见”，吾有心而举目以求之为“望”。无心而见者，心无人境，近无所隔而远景自来；有心而望者，心有人境，近有所扰而避之于远。故惟“悠然见南山”，乃与“心远”相应；若云“悠然望南山”，则是“望远”，而非“心远”，此蔡宽夫所以讥为“并其全篇佳意败之”也。

二

《带经堂诗话》卷十八云：“欧阳永叔最爱常建‘曲径通幽处，禅房花木深’之句，固是绝唱具眼。或谓永叔在青州手书此诗于廨后山斋，‘通’字乃作‘遇’，有石本。若然，则是点金成铁，初不解此诗之妙也。”

舒芜按：常建《题破山寺后禅院》云：“清晨入古寺，初日照高林。曲径通幽处，禅房花木深。山光悦鸟性，潭影空人心。万籁此俱寂，惟余钟磬音。”首二句写破山寺，后六句写寺后禅院。着一“通”字，正见其隔，言禅院与寺宇正殿本相隔绝，惟此幽径，曲折可通也。渔洋所谓妙处在此。“遇”则本所未料，偶然而遇，意味远逊，几于不通。

三

《苕溪渔隐丛话》前集卷八引《漫叟诗话》云：“‘桃花细逐杨花落，黄鸟时兼白鸟飞。’李商老云：尝见徐师川说一士大夫家有老杜墨迹，其初云‘桃花欲共杨花语’，自以淡墨改三字。乃知古人字不厌改也，不然何以有‘日锻月炼’之语？”

舒芜按：杜甫《曲江对酒》云：“苑外江头坐不归，水精春殿转霏微。桃花细逐杨花落，黄鸟时兼白鸟飞。纵饮久判人共弃，懒朝真与世相违。吏情更觉沧洲远，老大徒伤未拂衣。”漫叟所谓墨迹初稿文字，实已见旧校，云：“一作欲共梨花语。”惟“梨”与“杨”小异。夫桃花欲与杨花（或梨花）共语，句虽尖新，实无义理。不若桃花逐杨花而落，大方自然，是眼前所见；且花事将阑，飘红坠素，亦与痛饮懒朝、老大徒伤意境相合。

四

《唐诗纪事》卷七十五云："僧齐已有诗名，住襄州，谒郑谷，献诗云：'高名喧省闼，雅颂出吾唐。叠巘供秋望，无云到夕阳。自封修药院，别下著僧床。几梦中朝事，久离鸳鹭行。'谷览之云：'请改一字，方得相见。'经数日再谒，称已改得，诗云：'别扫著僧床。'谷嘉赏，结为诗友。"《诗话总龟》卷十一"苦吟门"引《郡阁雅谈》略同。

舒芜按：原句用"下"字，似用陈蕃下榻事。然床与榻有别，榻可悬而床不可悬，故"下榻"不可作"下床"。且下榻之谊，终是世谛，亦非所以待方外，今改作"扫床"，则字面与陈番事无涉；且扫尘还净，亦与方外身份相称。

五

《四溟诗话》卷二云："许用晦《金陵怀古》，颔联简板对尔，颈联当赠远游者，似有戒慎意。若删其两联，则气象雄浑，不下太白绝句。"

舒芜按：许浑《金陵怀古》云："玉树歌残王气终，景阳兵合戍楼空。松楸远近千官冢，禾黍高低六代宫。石燕拂云晴亦雨，江豚吹浪夜还风。英雄一去豪华尽，惟有青山似洛中。”茂秦所谓似有赠远游戒慎之意者，指“石燕拂云晴亦雨，江豚吹浪夜还风”一联。细案二句善写雨云风浪之景，乃用晦能事。《丁卯》一集，几于首首不离“雨、水、风、云”等字。如《咸阳城东楼》云：“故国东来渭水流。”《晨起白云楼寄龙兴江淮上人兼呈窦秀才》云：“水华千里抱城来。”《朝台送客有怀》云：“江云带日秋偏热，海雨随风夏亦寒。”又云：“蓼花枫叶万重滩。”《村舍》云：“鱼下碧潭当镜跃。”又云：“山径晓云收猎网，水门凉月挂鱼竿。”又云：“竹里棋声暮雨寒。”《南海府罢南康阻浅行侣稍稍登陆主人燕饯至频暮宿东溪》云：“暗滩水落涨虚沙，滩去秦吴万里赊。”《晚至朝台津至韦隐居郊园》云：“秋来凫雁下方塘。”又云：“野门临水稻花香。”又云：“云连海气琴书润，风带潮声枕簟凉。”《送客归兰溪》云：“暮随江鸟宿。”又云：“众水喧严濑。”《游维山新兴寺，宿石屏村谢叟家》云：“人语隔溪闻。”《送客归湘楚》云：“枫树水楼阴。”《谢亭送别》云：“劳歌一曲解行舟，红叶青山水急流。日暮酒醒人已远，满天风雨下西楼。”《题卫将军庙》云：“庙枕长溪挂铁衣。”又云：“苇花枫叶雨霏霏。”《凌歊台》云：“湘潭云尽暮山出，巴蜀雪消春水来。”《京口闲居寄两都亲友》云：“浮沉无计水东流。”又云：“凤城龙阙楚江头。”《送萧处士归缑岭别业》云：“湘水行逢鼓瑟祠。”《将归涂口宿郁林寺道玄上人院》云：“藤花深洞水。”《韶州送窦司直北归》云：“江曲山如画。”又云：“槎带水禽流。”又云：“风雨下西楼。”《早春忆江南》云：“归楚遍江潭。”《寄桐江隐者》云：“潮去潮来洲渚春。”《过湘妃庙》云：“月明南浦起微波。”《听唱山鹧鸪》云：“万里月明湘水秋。”所谓“许浑千首湿”是也。茂秦第就一联，推求微意，未必不失之凿。此鲁迅所以以摘句为戒也。

六

《宋人轶事汇编》卷一引《话腴》云：“艺祖微时，《日》诗云：‘欲出未出光辣达，千山万山如火发。须臾走向天上来，赶却流星赶却月。’国史润色之云：‘未离海峤千山黑，才到天心万国明。’文气卑弱不如元作。”《后山诗话》则以后二句为宋太祖对徐铉所诵。

舒芜按：原作以“光辣达”“如火发”“走向天上

来”“赶却”诸语状写日出时辉光气势，形象丰富；改作二句中状写之语惟有“万国明”三字，形象贫弱。原作以初日与流星残月相对，以大明荡逐微明，盖宋祖以自况翦灭群雄、混一区宇之志；改作则以“万国明”对“千山黑”，似吊民伐罪套语。原作句句是日光，非月光；改作则似咏朗月，非皎日。《后山诗话》遂谓宋祖“微时，自秦中归，道华下，醉卧田间，觉而月出”云云，从而为之辞也。《庚溪诗话》卷上云：“艺祖皇帝尝有《咏月》诗曰：‘未离海底千山暗，才到天中万国明。’大哉言乎！拨乱反正之心，见于此诗矣。又窃闻上微时，客有咏初日诗者，语虽工而意浅陋，上所不喜。其人请上咏之，即应声曰：‘太阳初出光赫赫，千山万山如火发。一轮顷刻上天衢，逐退群星与残月。’盖本朝以火德王天下，及上登极，僭窃之国，以次削平，混一之志，先形于言，规模宏远矣。”则两存而调停之；然又以为一寓“拨乱反正之心”，一寓“削平僭窃之志”，固知其不能相混也。《柳亭诗话》卷十二“天上来”条云：国史润色之句“徒作门面壮语，神气索然。而或指为明太祖诗，岂未见《晞发集》中所引耶？”又自注云：“刘静修续集《南楼风月》第二首结句：‘谁知万古中天月，只办南楼一夜凉。’自注云：‘才到中天国明，宋太祖月诗也。’误以日为月。李戒庵《漫笔》第三句作‘须臾捅出大金盘’，谓后一百八十七年金人入寇之征，太穿凿。”柳亭引《晞发集》为据。今案《晞发集》卷一《宋铙歌鼓吹曲》首章《日离海》题解云：“太祖尝微时，歌日出，其后卒平僭乱，证于日，为《日离海》第一。”既以“日离海”为题，似取自“未离海底”之句，固以国史润色者为据矣。

七

《苕溪渔隐丛话》后集卷二十一引《东皋杂录》云：“介甫《梅花诗》有‘额黄映日明飞燕，肌粉含风冷太真。’后改曰：‘肌冰绰约如姑射，肤雪参差是玉真。’《庄子》：‘藐姑射之山，有神人，肌肤若冰雪，绰约若处子。’《长恨歌》：‘中有一人字太真，雪肤花貌参差是。’全用古字，只易一‘若’为‘如’耳。”

舒芜按：此诗为《次韵徐仲元咏梅二首》其一，全诗云：“溪杏山桃欲占新，高梅放蕊尚娇春。额黄映日明飞燕，肌粉含风冷太真。玉笛凄凉吹易散，冰纨生涩画难亲。争妍喜有君诗在，老我翛然敢效颦。”次联实未尝改。细按三联既有“玉笛”“冰纨”，次联亦不得改作“玉真”“冰肌”以相犯。又，所改一联之中，“肌冰”与“肤雪”亦嫌合掌。且以庄生寓言之藐姑神人，对白傅歌行之玉真仙子，艺文种类，人物身份，悉不相当，非荆公诗律所许；原作则以小说对传奇，以汉后对唐妃，铢两悉称。东皋所录，盖后人欲改荆公，妄托荆公自改，不自知其点金成铁耳。

八

《四溟诗话》卷一云：“陈无已《寄外舅郭大夫》诗曰：‘巴蜀通归使，妻孥且旧居。深知报消息，不忍问何如。身健何妨远，情亲未肯疏。功名欺老病，泪尽数行书。’赵章泉谓此作绝似子美。然两联为韵所牵，虚字太多而无余味。若此前后为绝句，气骨不减盛唐。”

《后山诗注补笺》卷一引《瀛奎律髓》云：“后山学老杜，此其逼真者。枯淡瘦劲，情味幽深。晚唐人非风花雪月、禽鸟、虫鱼、竹树，则一字不能作。九僧者流，为人所禁。诗不能成，曷不观此作乎。”又引纪昀批云：“情真格老，一气浑成。冯氏疾后山如仇，亦不能不敛手此诗。公道固有不泯时。”又引《诗人玉屑》引赵章泉云：“学诗者莫不以杜为师，然能知其师者鲜矣。句或有似之，而篇之似者绝难。陈后山《寄外舅郭大夫》诗，乃全篇之似杜者也。后戴式之亦有《思家》用陈韵，又全篇之似陈者也。”

舒芜按：章泉所谓“全篇似杜”，即虚谷所谓“枯淡瘦劲，曲折幽深”，亦即晓岚所谓“情真格老，一气浑成”，正赖中二联屏绝声色，多用虚字，承递盘折，以见情致。苟如茂秦之说，删去中二联，则精华尽失，非复此诗。盖杜律原有饱满、瘦劲二种，后山专学瘦劲一路，四溟则专以饱满雄浑为盛唐，宜其不相入也。虚谷所言九僧事，见《六一诗话》云：“国朝浮图以诗名于世者九人，故时有集号《九僧诗》，今不复传矣。余少时闻人多称。其一曰惠崇，余八人者忘其名字也。余亦略记其诗，有云：‘马放降来地，雕盘战后云。’又云：‘春生桂岭外，人在海门西。’其佳句多类此。其集已亡，今人多不知有所谓九僧者矣，是可叹也。当时，有进士许洞者，善为辞章，俊逸之士也。因会诸诗僧分题，出一纸约曰：‘不得犯此一字。’其字乃‘山、水、风、云、竹、石、花、草、雪、霜、星、月、禽、鸟’之类，于是诸僧皆阁笔。”

九

《武林旧事》云："光尧一日御舟经断桥，桥旁有小酒肆，颇雅洁，设素屏风，书《风入松》一词，上驻目久之，宣问何人所作，乃太学生俞国宝醉笔也，其词云：'一春长费买花钱，日日醉湖边。玉骢惯识西湖路，骄嘶过沽醉楼前。红杏香中歌舞，绿杨影里秋千。暖风十里丽人天，花压鬓云偏。画船载取春归去，余情付湖水湖烟。明日重携残酒，来寻陌上花钿。'上笑曰：'此词甚好，但末句未免儒酸。'因为改云：'明日重扶残醉。'即日命释褐。"《逸老堂诗话》记载略同。

舒芜按：此事甚著闻，谈者佥以所改为善，今所见各书录此词并从改本。孝宗讥原本为"儒酸"，盖以为明日自买明日之酒，使非"儒酸"，何须携今日之残酒？然以此例之，则明日亦自买明日之醉，使非"儒酸"，又何须扶今日之残醉。岂措大平日难得一醉，偶承贵人赐饮，饕饮逾量，明日不可复得，惟余昨宵残醉，聊以自慰乎？恐"儒酸"之讥，或在此而不在彼也。全词上阕专言饮酒，而以"红杏香中歌舞，绿杨影里秋千"二句，过渡下阕；下阕乃专言寻芳。盖今日楼头饮罢，湖畔寻芳，而画船已去，徒恨来迟；明日更宜及早，勿待楼头尽醉，当携残酒，且行且饮，急循陌上，重觅花钿也。以酒作结，回映上阕，针线至密。改本乃谓明日扶醉而来，不及登楼饮酒，径从陌上寻芳，无乃急色太甚！孝宗虽“驻目久之”，而帝王之性，岂耐深思潜玩，但见“残酒”字面非富贵气象，不审文理，贸然嗤点；作者懔于王命，钦此钦遵，固无足异，况复有“即日释褐”之赏乎！

一〇

《滹南诗话》卷下云：“萧闲《乐善堂赏荷花》词云：‘胭脂肤瘦熏沉水，翡翠盘高走夜光。’世多称之。此句诚佳，然莲体实肥，不宜言瘦。予友彭子升尝易‘腻’字，此似差胜。若乃走珠之状，惟雨露中然后见之，据词意当时不应有雨也。”

舒芜按：蔡松年《鹧鸪天（赏荷）》全首云：“秀樾横塘十里香，水花晚色静年芳。燕支肤瘦熏沉水，翡翠盘高走夜光。　山黛远，月波长。暮云秋影照潇湘。醉魂应逐凌波梦，分付西风此夜凉。”滹南从彭说，欲以“腻”字易“瘦”字，而不知蔡句实有所出。唐人郭震《莲花》绝句云：“脸腻香薰似有情，世间何物比轻盈。湘妃雨后来池看，碧玉盘中弄水晶。”蔡词“翡翠盘高走夜光”，显袭郭诗“碧玉盘中弄水晶”；而郭诗正写雨后之景，蔡词乃袭用于“水花晚色静年芳”之时，彭子升讥之，是也。蔡词“燕支肤瘦熏沉水”，亦袭自郭诗“脸腻香薰”，特易“腻”为“瘦”，或由体物未精，或以掩其模袭之迹；而彭子升所改，恰是“腻”字，竟复郭诗之旧，亦异矣。

一一

《静志居诗话》卷六云：“刘绩，字孟熙，绍兴山阴人，隐居不仕，人称西江先生，有《嵩阳集》。‘残雪未消双凤阙，新春先入五侯家。’晚唐张蠙诗也。孟熙易‘残’以‘霁’，易‘新春’以‘春风’，攘为己作，遂以此得名。人或少之。然‘竹影横斜水清浅，桂香浮动月黄昏’，非江为诗乎？林君复易‘疏、暗’二字，竟成千古名句。所云一字之师，与活剥生吞者有别也。张作全诗不称，不若刘之首尾相当。”

舒芜按：张蠙《长安春望》云：“明时不敢卧烟霞，又见秦城换物华。残雪未销双凤阙，新春已发五侯（一作陵）家。

甘贫只拟长缄（一作盐）酒，忍病犹期强采花。故国别来桑柘尽，十年兵践海西槎。”刘绩《早春寄京师白虚室先生》云：“帝城佳气接烟霞，草色芊芊紫陌斜。霁雪未销双凤阙，春风先入五侯家。歌钟暗度新丰树，游骑晴骄上苑花。独有扬雄才思逸，应传丽句满京华。”细观二诗，用意不同，各擅其胜，竹坨抑扬之论未公。张诗身在长安，以贫病之身，苟延性命，所谓“残雪未销双凤阙”也；望五侯之贵，迥异寒温，所谓“新春已发五侯家”也。二句一己一人，一开一阖，即“冠盖满京华，斯人独憔悴”之意，正全篇主旨，何“全诗不称”之有？刘诗则遥望京华，极写帝城春色，改“残雪”为“霁雪”，改“春光”为“春风”，遂使二句与前后共六句同写伟丽之景；末联微透“金家香巷千轮鸣，扬雄秋室无俗声”之意，而仍以“丽句满京华”清丽之语出之，极微婉之致，又不徒“首尾相当”已也。

一二

《夷白斋诗话》云：“南濠都先生穆，少尝学诗沈石田先生之门。石田问：‘近有何得意作？’南濠以《节妇诗》首联为对。诗云：‘白发贞心在，青灯泪眼枯。’石田曰：‘诗则佳矣，有一字未稳。’南濠茫然，避席请教。石田曰：‘尔不读《礼经》云：“寡妇不夜哭？”何不以“灯”字为“春”字？’南濠不觉悦服。”

舒芜按：石田改诗之说，迂谬可笑，然所改自佳。原作“白发”与“青灯”，同是老年贞妇生涯而已。改作“白发”与“青春”，则由今之白发，逆溯昔之青春，则今日之白发贞心，无非昔年青春血泪枯尽之余，二句慨叹无穷。玉溪“此日六军同驻马，当时七夕笑牵牛”，飞卿“回日楼台非甲帐，去时冠剑是丁年”，皆善用逆挽倒叙之法，无一慨叹字，而慨叹无穷，与石田所改同一机杼。

一三

《随园诗话》补遗卷二云：“钱唐陈文水孝廉（淍）设帐于香亭家，性爱苦吟，诗境高洁。……‘我持一笻逸，山为六朝忙。’皆佳句也。或云：‘为’字改‘笑’字，更有味。”

舒芜按：人事有代谢，江山阅古今，青山何曾为六朝而忙？原句似奇而无理，改本为胜。然“我持一笻逸”，是“我诗一笻而我逸”，非一笻之逸；而“山笑六朝忙”，指的是六朝之忙。二句字面对而句式不同，铢两未称。且六朝代谢，山灵有知乎？无知乎？笑之乎？哀之乎？无所容心乎？必居一于此乎？均未可知。坐定“笑”字，未免拘滞。龚芝麓《上巳将过金陵》绝句云：“倚槛春愁玉树飘，空江铁锁野烟消。兴怀何限兰亭感，流水青山送六朝。”素推此题绝唱。末句用一“送”字，空灵绵渺，使改为“流水青山笑六朝”，全诗减色矣。然此“送”字，又不可移于陈洫一联。盖“送”字兼含有意无意二义，龚诗未说煞，着笔仍轻；若改陈诗为“我持一筇逸，山送六朝忙”，“送”字与“持”字对仗，非作山灵有意相送不可，仍落滞重。今谓姑勿深求句式同异，改为“我持一筇逸，山看六朝忙”，或庶几乎。

一四

《石遗室诗话续编》卷一云：“拔可近寄示《兆丰公园晚坐》诗，妙于语言，急登之。诗云：‘辛夷已吐玉千盘，细草如茵渐耐看。无限伤心当日暮，最难携手是春寒。销魂南浦才终尽。对泣新亭泪易干。只有眼前真实意，不随物我作悲欢。’闻遐庵欲易‘易’字作‘不’字。一则一副急泪，一则倾河注海之泪，请大家择于斯二者。”

舒芜按：原诗前四句极言“日晚春寒”之感。后四句作转语，大意谓南浦销魂之才，仙才也，终归于尽；新亭对泣之泪，痛泪也，亦复易干。可知人间哀乐至情，俱非永久。不如眼前真实此意，不以物我之感而作悲欢，翻胜一筹。透过一层，旷而弥挚。遐庵欲易为“不干”则与下二句不相贯。石遗释“泪易干”为“一副急泪”尤误。

1979年9月5日

（本文据《舒芜集》）

勘诗续记

一

胡仔《苕溪渔隐丛话》前集卷二引《漫叟诗话》云："曹子建《七步诗》，世传'煮豆燃豆萁，豆在釜中泣'。一本云：'萁向釜下燃，豆在釜中泣。'其工拙浅深，必有以辨之者。"

舒芜按：漫叟以为孰工孰拙，语意未明。然《七步诗》实有六句四句二本，漫叟所举"燃萁"句之不同，特二本不同之一端。六句云："煮豆持作羹，漉豉以为汁。萁在釜下燃，豆在釜中泣。本是同根生，相煎何太急。"四句云："煮豆燃豆萁，豆在釜中泣。本是同根生，相煎何太急。"（两本出处，暨各句中异文，详见钦立《先秦汉魏晋南北朝诗》魏诗卷七。）疑六句在前，传者以为起二句"作羹""漉豉"皆不必说，删而去之，然“煮豆”二字仍须交代明白，故改“萁在釜下燃”为“煮豆燃豆萁”，遂成四句之本，浑括简净胜于六句，且更符七步之间仓猝成诗情理，乃得流传也。两本优劣，自宜通全首观之，不宜单论一句。

二

胡仔《苕溪渔隐丛话》前集卷四引《诗眼》云：“《贫士诗》云：‘九十行带索，饥寒况当年。’近一名士作诗云：‘九十行带索，荣公老无依。’余谓之曰：‘陶诗本非警策，因有君诗，乃见陶之工。’或讥余贵耳贱目。使错举两联，人多不能辨其孰为陶，孰为今诗也。则为解曰：荣启期事，近出《列子》，不言‘荣公’可知，九十则‘老’可知，行带索则‘无依’可知，五字皆赘也。若渊明意谓至于九十，犹不免行而带索，则自少壮至于长老，其饥寒艰苦宜如此，穷士之所以可深悲也。此所谓‘君子于其言，无所苟而已矣’。古人文章，必不虚设耳。”

舒芜按：陶诗“九十行带索，饥寒况当年”二句，不在《咏贫士七首》中，实在《饮酒诗二十首》第三首中，全诗云：“积善云有报，夷叔在西山。善恶苟不应，何事空立言。九十行带索，饥寒况当年。不赖固穷节，百世当谁传？”然《咏贫士诗七首》中亦尝用荣启期事，第三首起句云：“荣叟老带索，欣然方弹琴。”《诗眼》或涉此而误记。此既明标“荣叟”之名，则《饮酒诗》不举姓名，各有所宜，未必遽为定则，未必明标“荣叟”即浅陋不知《列子》为常见之书。《诗眼》之论，未免稍苛。且所谓“行带索则‘无依’可知”，亦未尽然，贫老而有子孙，事亦恒有也。

三

杨万里《诚斋诗话》云：“句有偶似古人者，亦有述之者。……杜云：‘薄云岩际宿，孤月浪中翻。’此庾信‘白云岩际出，清月波中上’也。‘出’‘上’二字胜矣。”王士祯《带经堂诗话》卷二云：“何逊诗：‘薄云岩际出，初月波中上。’杜甫偷其语，止改四字，云：‘薄云岩际宿，孤月浪中翻。’便有伧气。论者乃谓青出于蓝，瞽人道黑白，聋者辨宫徵，可笑也。”

舒芜按：原二句是何逊诗，王说是；杨以为庾信，误记也。何逊《入西塞示南府同僚》云：“露清晚风冷，天曙江晃爽。薄云岩际出，初月波中上。黯黯连嶂阴，骚骚急沫响。回楂急碍浪，群飞争戏广。伊余本羁客，重暌复心赏。望乡虽一路，怀归成二想。在昔爱名山，自知欢独往。情游乃落魄，得性随怡养。年事以蹉跎，生平任浩荡。方还让夷路，谁知羡鱼网。”杜甫《宿江边阁》云：“暝色延山径，高斋次水门。薄云岩际宿，孤月浪中翻。鹳鹤追飞静，豺狼得食喧。不眠忧战伐，无力正乾坤。”杜此诗作于夔州，所写皆夔州实景，诗中借袭古人之句，不能不有点窜，以切实景。薄云岩际宿者，言其恒宿岩际，非偶然一出也。孤月浪中翻者，言中天孤月，非娟娟初出，浪中翻腾，非平波静照也。夔州峡束云封，急浪惊涛，宜有此联。且浪翻狼喧，骚动峻厉，正与末联不眠忧战伐心境相映，与何逊诗赏心怡性者殊。杜诗未必青出于蓝，言各有当而已。诚斋诗自然平易，渔洋诗蕴藉含蓄，皆不喜杜之狠重刻处，故所论如此。

四

王士祯《带经堂诗话》卷十五云：“杜诗《从人觅小胡孙许寄》一首，第三句云：‘举家闻若骇，’下云：‘为寄小如拳。’结云：‘许求聪慧者，童稚捧应癫。’殊不贯。宋刘昌诗《芦蒲笔记》云：‘合移童稚句作第四，移为寄小如拳作结，则一篇意义浑全，亦成对偶。’甚有理。而钱牧翁不采其说，想未见此书耶？然此诗殊不成语。”

舒芜按：杜甫《从人觅小胡孙许寄》云：“人说南州路，山猿树树悬。举家闻若骇，为寄小如拳。预哂愁胡面，初调见马鞭。许求聪慧者，童稚捧应癫。”此非杜诗上乘，然诗意甚贯。首联：人说南州路上，山猿甚多。次联：举家闻若骇者，为有人许寄小山猿也，二句倒装相连；苟移“童稚捧应癫”为第四句，则似举家之骇，童稚之喜，皆以南州路上山猿甚多之故，亦何骇何喜之有？三联：刻画胡孙形貌。末联进一层作结：言承见许求小山猿中之聪慧者，想见寄到之日，童稚尤当捧弄欢喜欲癫也；苟移第四句于第八句，则成“许求聪慧者，为寄小如拳”，似胡孙之聪慧者皆小如拳，或小如拳者皆聪慧，皆不成语。渔洋不喜杜未诗，故见人嗤点，率以为是。其讥牧斋笺杜未从刘说，甚不可解，就令原诗拙劣不贯，岂注家可以妄改乎？

五

袁枚《随园诗话》补遗卷一云：“同一乐器，瑟曰鼓，琴曰操。同一著述，文曰作，诗曰吟。可知音节之不可不讲。然音节一事，难以言传。少陵‘群山万壑赴荆门’，使改‘群’为‘千’，便不入调。王昌龄‘不斩楼兰更不还’，使改‘更’字为‘终’字，又不入调。字义一也，而差之毫厘，失以千里，其他可以类推。”（李重华《贞一斋诗话》有相似之论，略。）

舒芜按：杜甫《咏怀古迹五首》其三云：“群山万壑赴荆门，生长明妃尚有村。一去紫台连朔漠，独留青冢向黄昏。画图省识春风面，环佩空归月夜魂。千载琵琶作胡语，分明怨恨曲中论。”使第七句无“千载”字，首句未必不作“千山万壑”。“千山”两字皆阴平，自不如“群山”两字一阳一阴之有抑扬。然使向来即是“千山万壑”，亦未必有人即以为不入调。王昌龄《从军行七首》其四云：“青海长云暗雪山，孤城遥望玉门关。黄沙百战穿金甲，不破楼兰更不还。”末句第五字或作“更”，或作“终”，原有二本。此字本应作仄，“更”去声，原自合律，且“更不还”为仄仄平，连用两仄声，有决断之致；而“终不还”为平仄平，较平缓无力。此皆无所谓难以言传，不必求之过深也。

六

胡仔《苕溪渔隐丛话》前集卷十八引《漫叟诗话》云："诗中有一字，人以私意窜易，遂失一篇之意，若'相公亲破蔡州来'，今'亲'字改作'新'字是也。"胡仔曰："《酬王二十舍人雪中见寄》云：'三日柴门拥不开，阶平庭满白皑皑。今朝踏作琼瑶迹，为有诗从凤沼来。'今'从'字改作'仙'字，则失诗题'见寄'之意也。"

舒芜按：二首皆韩诗；杨慎《升庵诗话》卷五亦有论"诗从"不当改为"诗仙"一条，以此为李郢之作，误也。据秀野堂本《昌黎先生诗集注》，《次潼关先寄张十二阁老使君》云："荆山已去华山来，日出潼关四扇开。刺史莫辞迎候远，相公亲破蔡州回。"末句"亲"字下，校记出异文云："一作新。"《酬王二十舍人雪中见寄》云："三日柴门拥不开，阶平庭满白皑皑。今朝踏作琼瑶迹，为有诗从凤沼来。"末句"从"字下，校记出异文云："一作仙。"可知侠君定字，以"亲"以"从"为正，与漫叟、渔隐、升庵之论相符。盖相公之破蔡州，亲往而非命将，其事非常，其功隆异，故于其还朝，刺史远道迎候，不同常礼；若改为"新破”，则失此非常隆异之意。至于王二十舍人雪中见寄者，见寄以诗，寄诗使者踏雪成琼瑶之迹；若改为“诗仙”，则是王二十舍人自来，题中“见寄”字无着落矣。

七

阮阅《诗话总龟》卷十一“苦吟门”引《唐宋遗史》云：“贾岛初赴举，在京师，一日于驴上得句云：‘鸟宿池边树，僧敲月下门。’又欲‘推’字，炼之未定，于驴上吟哦，引手作推敲之势，观者讶之。时韩退之权京兆尹，车骑方出，岛不觉行至第三节，尚为手势未已。俄为左右拥至尹前。岛具对所得诗句，‘推’字与‘敲’字未定，神游象外，不知回避。退之立马久之，谓岛曰：‘“敲”字佳。’并辔而归，共论诗道，留连累日，因与岛为布衣之交。”（胡仔《苕溪渔隐丛话》前集卷十七引《缃素杂记》引《刘公嘉话》略同。）

舒芜按：贾岛《题李凝幽居》云：“闲居少邻并，草径入荒园。鸟宿池边树，僧敲月下门。过桥分野色，移石动云根。暂去还来此，幽期不负言。”敲门之从容，自胜于推门之径直，故千古以韩说为然。然亦有不以为然者。如王夫之《姜斋诗话》卷二云："'僧敲月下门'，只是妄想揣摩，如说他人梦，纵令形容酷似，何尝毫发关心？知然者，以其沉吟'推敲'二字，就他作想也。若即景会心，则或推或敲，必居其一，因景因情，自然灵妙，何劳拟议哉？'长河落日圆'，初无定景，'隔水问樵夫'，初非想得，则禅家所谓现量也。"钱振锽《谪星说诗》云："诗当求真。阆仙推敲一事，须问其当时光景，是推便推，是敲便敲，奈何舍其真境而空摹一字，堕入做试帖行径！一句如此，其他诗不真可知，此贾诗所以不入上乘也。退之不能以理告之，而谓敲字佳，误矣。"王言"现量"，钱言"求真"，陈义均是，而论诗不无隔阂。知堂以为谪星"评贾岛一则虽意思甚佳，实际上恐不免有窒碍"，"因为诗人有时单凭意境，未必真有这么一回事，所以要讲真假很不容易，我怕贾上人在驴背上的也就是一种境界罢"。（《苦茶随笔·厂甸之三》）可谓明通之论。贾岛诗为题李凝幽居而作，起云"闲居少邻并"，言其幽僻少邻；次句"草径入荒园"，见其宾客之少；三句"鸟宿池边树"，言惟有宿鸟归飞；四句"僧敲月下门"，言惟有邻僧夜访，皆益见其幽。僧寺多在清幽之境，李凝幽居既近僧寺，是其地之幽；夜谈惟有方外之友，是其人之幽。而王闿运《湘绮楼说诗》卷四云："寄蝉僧问：'僧敲月下门'

胜‘推’字易知，何必推敲？余云：实是‘推门’，以声调不美，改用‘敲’耳。敲则内有人；又寺门高大，不可敲；月下而敲门，是入民家矣。‘敲’字必不可用，韩未思也。因请张正阳改一字。张改‘关’字。余改‘留’字。”湘绮不知僧所敲者李凝幽居之门，以为必是寺门，盖未细审诗题及上下句文义。僧人夜访李凝幽居，有何不可？何谓“夜入民家”？岂天下惟有裴如海夜访潘巧云乎？

八

李东阳《怀麓堂诗话》云：“《唐音遗响》所载任翻《题台州寺壁》诗曰：‘前峰月照一江水，僧在翠微开竹房。’既去，有观者取笔改‘一’字为‘半’字。翻行数十里，乃得‘半’字，亟回欲易之，则见所改字，因叹曰：‘台州有人！’予闻之王古直云。”

舒芜按：月照半江，半明半暗，其境幽，与僧在翠微开竹房方外幽人幽事相称；至于月照一江水，亦未必不佳，然乃是春江花月夜境界，用于此稍嫌过于朗亮也。《全唐诗》卷七十七载任翻《宿巾子山禅寺》云：“绝顶新秋生夜凉，鹤翻松露滴衣裳。前峰月映半江水，僧在翠微开竹房。”《再游巾子山寺》云："灵江江上帻峰寺，三十年来两度登。野鹤尚巢松树遍，竹房不见旧时僧。"《三游巾子山寺感述》云："清秋绝顶竹房开，松鹤何年去不回。惟有前峰明月在，夜深犹过半江来。"可知数十年间，三度登临，三度题诗，皆以绝顶、竹房、山僧、松鹤等今昔存亡为咏，而于前峰月映半江水尤殷殷两致意焉，盖其得意之句也。一字之师，先获我心，容或有之，而说者故神其事。《诗话类编》误记此诗作者为高适，"半"字之改则出于骆宾王云，尤诞妄不经，见斥于王士祯《带经堂诗话》卷十八，宜也。

九

王士祯《带经堂诗话》卷十云："右丞诗：'万壑树参天，千山响杜鹃。山中一夜雨，树杪百重泉。'兴来神来，天然入妙，不可凑泊。而《诗林振秀》改为'山中一丈雨'，《潼川志》作'春声响杜鹃'，《方舆胜览》作'乡音响杜鹃'。此何异点金成铁。故古人诗一字不可妄改，如谢茂秦改宣城'澄江静如练'作'秋江'，亦其类也。近余姚谭宗撰《唐律阳秋》，诸名家诗无不妄加点窜，古人何不幸，横遭黥劓如此！"

舒芜按：王维《送梓州李使君》云：“万壑树参天，千山响杜鹃。山中一夜雨，树杪百重泉。汉女输橦布，巴人讼芋田。文翁翻教授，不敢倚先贤。”前四句的是巴山春雨，不可移易。渔洋以为“兴来神来，天然入妙，不可凑泊”，是已；然文心之细，亦略可寻。盖首联树与山对举，次联山与树对举，环之中，又有参错，一也。三句“山中”顶二句“千山”，蝉联而下，四句又流水对，益增行云流水之致，二也。首联万壑千山，重在空间，次联昨夜今朝，参以时间，时空交会，三也。树之参天，人在树下观之也，泉在树杪，人在林外观之也。合而言之，又似参天之上，更有参天，极高峻之感，四也。若于次句改去“千山”，则环、参错、蝉联之美尽失，至“一丈雨”尤不成语，更无论矣。渔洋以为“古人诗一字不可妄改”，其说固是；然似以为改则必失古人之妙，则犹未尽。盖著述之体凡编录古人之作，当存原作之真，原作拙者亦不可改，就令改而胜于古人，仍不足为训也。

一〇

谢榛《四溟诗话》卷三云：“予初秋游都下韦园，暮归值雨，遂留殷太史正夫书斋，秉烛独酌。正夫曰：‘闻子能针唐诗之病，勿秘其法。’予因检宋之问《宴山亭》诗‘攀岩践苔易，迷路出花难’，不及骆宾王《秋雁》‘带月凌空易，迷烟逗浦难’用韵妥帖。复检刘长卿《雨中过灵光寺》诗‘向人寒烛静，带月夜钟深’，不及皇甫曾《晚至华阴》‘云霞仙掌出，松柏古祠深’，韵亦妥帖。正夫曰：‘前二韵欠稳，子试定之。’曰：‘攀岩践苔滑，迷路出花迟。’‘向人寒烛静，隔寸夜钟微。’”

舒芜按：宋之问《春日宴宋主簿山亭得寒字》云：“公子正邀欢，林亭春未兰。攀岩践苔易，迷路出花难。窗覆垂杨暖，阶侵瀑水寒。帝城归路直，留兴接鹓鸾。”骆宾王《秋晨同淄川毛司马秋九咏·秋雁》云：“联翩辞海曲，遥曳指江干。阵去金河冷，书归玉塞寒。带月凌空易，迷烟逗浦难。何当同顾影，刷羽泛清澜。”刘长卿《秋夜雨中，诸公过灵光寺所居》云：“晤语青莲舍，重门闭夕阴。向人寒烛静，带雨夜钟深（《全唐诗》云：一作沉）。流水从他事，孤云任此心。不能捐斗粟，终日愧瑶琴。”皇甫曾《晚至华阴》云：“腊尽促归心，行人及华阴。云霞仙掌出，松柏古祠深。野渡冰生岸，寒川烧隔林。温泉看渐近，宫树晚沉沉。”兹先论“难”字韵。之问诗题已明标“得寒字”，自限于“寒”韵中字，“迟”何得阑入，且“迷路出花难”极言花从迷路当时所感，未必不佳，与骆宾王诗中“难”字韵难以优劣；若改作“迷路出花迟”，则是既出之后言之，转无意味。次论“深”字韵。长卿句“带雨夜钟深”原极佳。同一夜钟，晴朗之际听之，其声清扬；微雨之中听之，其声深沉；着一“深”字，正诗人体物之妙；而“松柏古祠深”，寻常之语，何得相比？至于改作“隔寸夜钟微”，尤无其理：秋夜雨中诸公既能见过，想非滂沱，钟声何微之有？茂秦好疵点古人诗句，所改有得有失，使能平心商酌，未必无功诗学，惜以矜气出之，如此条自命“能针唐诗之病”，自诩秘法，所以见讥于渔洋也。

一一

欧阳修《六一诗话》云：“陈舍人从易当时文方盛之际，独以醇儒古学见称，其诗多类白乐天。盖自杨、刘唱和，《西昆集》行，后进学者争效之，风雅一变，谓‘西昆体’，由是唐贤诸诗集几废而不行。陈公时偶得杜集旧本，文多脱误，至《送蔡都尉诗》云‘身轻一鸟□’，其下脱一字。陈公因与数客各用一字补之，或云‘疾’，或云‘落’，或云‘起’，或云‘下’，莫能定。其后得一善本，乃是‘身轻一鸟过’，陈公叹服，以为虽一字，诸君亦不能到也。”

舒芜按：杜甫《送蔡希曾都尉还陇右因寄高三十五书记》云：“蔡子勇成癖，弯弓西射胡。健儿宁斗死，壮士耻为儒。官是先锋得，材缘挑战须。身轻一鸟过，枪急万人呼。云幕随开府，春城赴上都。马头金狎帢，驼背锦模糊。咫尺云山路，归飞青海隅。上公犹宠锡，突将且前驱。汉使黄河远，凉州白麦枯。因君问消息，好在阮元瑜。”鸟之飞行，甚疾之时，一起之际，皆较着力，落下之时，略近坠陨，并非甚轻之态；惟闲闲一“过”字，最见鸟身之轻。

一二

汪师韩《诗学纂闻·刘随州别严士元诗》云：“友人有曾游于何义门先生之门者，尝言刘随州诗：‘细雨湿衣看不见，闲花落地听无声。’先生家有宋椠本，乃是‘闲花满地落无声’。盖花已落地，更何可听？古人不沾沾以‘听’对‘看’也。余始闻而信之。继思古人写景之词，必无虚设。此诗题是《别严士元》。（《唐诗鼓吹》作李嘉祐诗，毛西河《唐七律选》从之，以为误入刘集，不知何故。）考长卿尝为转运使判官，以知淮西转运留后、鄂岳观察使吴仲孺诬奏，贬潘州南巴尉，会有为辩之者，除睦州司马。是诗应是赴睦州时，道经阊阖城，因有别严之作。其言‘细雨湿衣看不见’者，以比浸润之谮；‘闲花落地听无声’者，闲官之挫折，无足重轻，不足耸人听闻。此于六义为比。第六句‘草绿湖南万里情’，乃追忆湖南时事。末句‘青袍今已误儒生’，其为迁谪后诗无疑矣。如云花落不可云听，则如‘大火声西流’，流火又有声耶？一人迁谪，正何必以‘满地’为喻哉？”

舒芜按：刘长卿《别严士元》云：“春风倚棹阖闾城，水国春寒阴复晴。细雨湿衣看不见，闲花落地听无声。日斜江上孤帆影，草绿湖南万里情。东道若逢相识问，青袍今已误儒生。”第四句谓闲花之落地，听之无声，“落”，作现在进行式用，有何不可？乃必解作过去完成式“已落”之意，而指责“听”字不可通，泥矣。然汪师韩所云“古人写景之词，必无虚设”，所谓“于六义为比”，将写景妙句一一解作笨谜，亦自可笑。其释“细雨”句为谗言之浸润，“闲花”句为闲官之挫折，极尽穿凿，前人已有此解，故沈德潜《唐诗别裁集》卷十四录长卿此诗，评云：“三四只分写阴晴之景。注释家谓比谗言之渐渍，朝廷之弃贤，初无此意。”沈说是也。长卿诗中“青袍今已误儒生”，似未第之词，非谪宦之词；“草绿湖南万里情”亦可作预想行程解，未必定是追忆，则此诗是否作于迁谪之后，正亦难言。

一三

周必大《二老堂诗话·木芙蓉诗》云：“唐人裒《刘禹锡嘉话》云：进士陈标诗咏黄菊葵云：‘能共牡丹争几许，得人憎处只缘多。’余尝语客：花多固取轻于人，何憎嫌之有。因论木芙蓉全似芍药，但患无两平字易‘牡丹’字，欲改此字作‘得人轻处只缘多’。众以为善，且谓移‘芍药’二字在句首则可矣。余以失全句为疑。或云：《本草》：芍药一名馀容。因缀一绝云：‘花如人面映秋波，拒傲秋霜色更和。能共馀容争几许，得人轻处只缘多。’白乐天和钱学士白牡丹诗云：‘唐昌玉蕊花，攀玩众所争。折来比颜色，一树如瑶琼。彼因稀见贵，此以多为轻。’因知‘轻’字为胜。”

计有功《唐诗纪事》卷六十六云：“标蜀葵诗云：‘能共牡丹争几许，得人嫌处是花多。’韦绚曰：鹤与鸬鹚皆胎化，而人以鹤为仙禽，盖鹤难见，鸬鹚易见，贵耳而贱目也，遂诵标蜀葵花诗以况之。”

阮阅《诗话总龟》卷二“咏物门上”引《古今诗话》云：“陈标《咏葵花》诗云：‘能共牡丹争几许，得人嫌处只缘多。’”

舒芜按：《全唐诗》卷五百八陈标《蜀葵》云：“眼前无奈蜀葵何，浅紫深红数百窠。能共牡丹争几许，得人嫌（一作轻）处只缘多。”定字亦不取“憎”字。盖“轻”字轻，“嫌”字略重，“憎”字过量也。然细味全诗，首句大书“无奈何”，次句极言“数百窠”，烘托衬染，无非加重其意，则末句重点“憎”字，或有意如此，未为不可。疑当时别有所讽，非仅咏蜀葵而已。

一四

尤袤《全唐诗话》卷三云：“［章］孝标及第，除正字，东归，题杭州樟亭驿云：‘樟亭驿上题诗客，一半寻为山下尘。世事日随流水去，红花还似白头人。’初成，落句云‘红花真笑白头人’，改为‘还似’，且曰：‘我将老成名，似花芳艳，讵能久乎？’及还乡而逝。”（计有功《唐诗纪事》卷四十一同。）

舒芜按：红花笑白头，常理常情也。红花虽芳艳，然其不能久，还似白头，似非常理，而益惊心，情之尤警切者也。“还似”胜。

一五

胡仔《苕溪渔隐丛话》前集卷三引《郡阁雅言》云：“王贞白，唐末大播诗名，《御沟水》为卷首，云：‘一带御沟水，绿槐相荫清。此波涵帝泽，无处濯尘缨。鸟道来虽险，龙池到自平。朝宗本心切，愿向急流倾。’自为冠绝无瑕，呈僧贯休。休公曰：‘此甚好，只是剩一字。’贞白扬袂而去。休公曰：‘此公思敏’。取笔书‘中’字掌中。逡巡贞白回，忻然曰：‘已得一字，云“此中涵帝泽”。’休公将掌中字示之。”（计有功《唐诗纪事》、阮阅《诗话总龟》、孙涛《全唐诗话续编》引《青琐后集》略同。《唐子西文录》则以为某诗僧与皎然事，传之误也。）

舒芜按：《全唐诗》卷七百一王贞白《御沟水》云：“一带御沟水，绿槐相荫清。此中（一作泉）涵帝泽，无处濯尘缨。鸟道来虽险，龙池到自平。朝宗本心切，愿向急流倾。”第三句“波”字所以未稳，似有三说：就本句言，“波”与“泽”近复，一也。就一联言，“波”对“处”欠工，“中”对“处”为工对，二也。就题意言，御沟之水，终是清浅，难言波涛等字，三也。“中”字胜。

一六

谢榛《四溟诗话》卷四云：“凡作诗要知变俗为雅，易浅为深，则不失正宗矣。因观于濆《沙场夜》诗：‘士卒浣戎衣，交河水为血。’施肩吾《及第后过扬子江》诗：‘江神也世情，为我风色好。’二作如此，胡不云‘战士浣征衣，忽变交河色’，‘尚忆布衣归，江神亦风浪’，庶得稳帖。”

舒芜按：《全唐诗》卷五百九十九于《沙场夜》云：“城上更声发，城下杵声歇。征人烧断蓬，对泣沙中月。耕牛朝挽甲，战马夜衔铁。士卒浣戎衣，交河水为血。轻裘两都客，洞房愁宿别。何况远辞家，生死犹未决。”士卒浣其衣而河水为血，惊心动魄；若如茂秦之说改为河水变色，则衣上尘垢亦能污水，未定是血，语意转晦。《全唐诗》卷四百九十四施肩吾《及第后过扬子江》云：“忆昔将贡年，抱愁此江边。鱼龙互闪烁，黑浪高于天。今日步春草，复来经此道。江神也世情，为我风色好。”前已言昔日黑浪滔天，后乃言今日江平风好，今昔对照。若如茂秦所改，则前已言昔日“黑浪高于天”，后复言昔日“江神亦风浪”，重复不成文理。茂秦摘句立论，不问全篇，甚非说诗之道也。

一七

胡仔《苕溪渔隐丛话》前集卷二十六引《西清诗话》云：“二宋俱为晏元献殊门下士，兄弟虽甚贵显，为文必手抄寄公，恳求雕润。尝见景文《寄公书》曰：‘莒公兄赴镇圃田，同游西池，作诗云：长杨猎罢寒熊吼，太一波闲瑞鹄飞。语意惊绝。因作一联云：白雪久残梁复道，黄头闲守汉楼船。’仍注‘空’字于‘闲’字之傍，批云：‘二字未定，更望指示。’晏公书其尾曰：‘空优于闲，且见虽有船不御之意，又字好语健。’盖前辈务求博约，情实纯至，盖如此也。”

舒芜按：“空”有“空闲”义，又有“空枉”义，故可以代“闲”字，而兼有“有船不御”之意也。“空”阴平，“闲”阳平，阴平声扬，故健。

一八

阮阅《诗话总龟》卷十三“警句门中”引《古今诗话》云：“[魏野《闲居》]又云：‘烧叶炉中无宿火，读书窗下有残灯。’有嫌‘烧叶’贫寒太甚，改‘叶’为‘药’，不惟坏此一句，并下句亦减气味，所谓求益反损也。”

舒芜按：“烧叶”，有清寒绝俗之意，且映带下句。若改为“烧药”，则贫富清浊俱可，下句书与灯亦未必幽人隐者所专有，故减气味也。

一九

阮阅《诗话总龟》卷八“评论门四”引《青琐集》云：“范文正有《采茶歌》，天下共传。蔡君谟谓希文：‘公歌脍炙人口，有少未完。盖公才气豪杰，失于少思。’希文曰：‘何以言之？’君谟曰：‘昔茶句云：黄金碾畔绿尘飞，碧玉瓯中翠涛起。今茶之绝品，其色贵白，翠绿乃茶之下者耳。’希文曰：‘君善鉴茶者也，此中吾语之病也。公意如何？’君谟曰：‘欲革公诗二字，非敢加焉。’公曰：‘革何字？’君谟曰：‘翠、绿二字。可云：黄金碾畔玉尘飞，碧玉瓯中素涛起。’希文曰：‘善。’又见君谟之精茶，希文之伏于义。”

舒芜按：君谟所改未必佳。茶之白者，绿极淡而已，终究是绿，而非白玉素丝之白，难言“玉尘”“素涛”。且“玉尘”“碧玉”重一“玉”字。

二〇

王士祯《带经堂诗话》卷十二云：“林诗‘疏影、暗香’一联，乃南唐江为诗，止易‘竹’字为‘疏’，‘桂’字为‘暗’耳，虽胜原句，毕竟不免‘偷江东’之诮。”

舒芜按：林逋《山园小梅》云：“众芳摇落独暄妍，占尽风情向小园。疏影横斜水清浅，暗香浮动月黄昏。霜禽欲下先偷眼，粉蝶如知合断魂。幸有微吟可相狎，不须檀板共金樽。”江为“竹影横斜水清浅，桂香浮动月黄昏”，只此一联，全诗不传。此联分咏竹、桂，二者品格迥异，合之无所取义；且竹影劲直，而曰横斜，桂香浓烈，而曰浮动，体物均不甚精切。林改为“疏影、暗香”，遂成千古咏梅绝唱，盖体物既精，风神尤胜，水边月下，梅影梅香，惟此二句写得出，二句亦惟以咏梅，移咏他花木不得也。点化之妙，有再创作之功。渔洋所讥，未为通论。惜君复此诗，前后俱凡近，三联气格尤卑，有负次联之绝唱耳。

二一

魏庆之《诗人玉屑》卷八引韩子苍《室中语》云："余尝赋送宜黄丞周表卿诗云：'昔年束带侍明光，曾见挥毫对御床。将为骅骝已腾踏，不知雕鹗尚摧藏。官居四合峰峦绿，驿路千林橘柚黄。莫恋乡关留不去，汉廷今重甲科郎。'表卿既行，久之，乃改'对'字作'照'字。盖子瞻送孙勉诗云：'君为淮南秀，文采照金殿。'注云'君尝考中进士第一人也。'改'峰峦绿'为'峰峦雨'，'橘柚黄'为'橘柚霜'；改'莫恋乡关留不去'作'莫为艰难归故里'，益见其工。又题辛仲及斗牛图诗云：'好事谁如公子贤，断缣求买不论钱。'后改云：'千金买画亦欣然。'亦于卷中断取旧诗别题。"

舒芜按：宜黄丞周表卿，盖曾掇高科，而仕途蹭蹬，沉沦下僚，其行也有归隐故园之意，故子苍赠诗，慰而广其意。"挥毫对御床"，言其曾与殿试，"对"字见其亲近，兼有面对御床无所怯畏之意；然不若“照”字，更见文采照耀，且暗用东坡送孙勉诗，周或亦进士第一人乎。官居峰峦四合之中，驿行橘柚千林之下，见其地僻事繁；则峰峦绿、橘柚黄只写景色，自不如峰峦雨、橘柚霜有萧寂艰辛之致。七句原作“莫恋乡关留不去”，宛而晦；改作“莫为艰难归故里”，点明题意，结束全诗，改本胜。至于买画二句，原作“断缣求买不论钱”，似于酸儒节衣食买古画亦可用之，不如“千金买画亦欣然”气概豪骏，正是好事贤公子之象也。

二二

魏庆之《诗人玉屑》卷八引韩子苍《室中语》云：“诗不可不改。余在龙安道中，尝作五言诗，其初云：‘雨时万木翳，雨后群山开。’后改为‘未雨万木翳，既雨群山开’，与其初大段不同。”

舒芜按：万象昏翳，原以密云不雨之际为最。若已沛然作雨，则昏翳已破，故“雨时万木翳”之句，体物非工，改本为胜。

二三

吴可《藏海诗话》云："参寥《细雨》云：'细怜池上见，清爱竹间闻。'荆公改'怜'作'宜'。"

舒芜按：原本"怜"对"爱"，"怜"亦"爱"也，二字合掌。今改"怜"字作"宜"，偏就客观物性所宜言之，下句"爱"字，偏就主观言之，主客相对，改本胜。

二四

吴可《藏海诗话》云："吴申李诗云：'潮头高卷岸，雨脚半吞山。'然头不能卷，脚不能吞，当改'卷'作'出'字，'吞'作'倚'字，便觉意脉联属。"

舒芜按：单论"头"字，固不能"卷"，然"潮头"之来，势实是"卷"；单论"脚"字，固不能"吞"，然"雨脚"所翳，势近于"吞"，原句写景得神。若改前句为"潮头高出岸"，简板似水情报告，改后句为"雨脚半倚山"，尤不成语，改本逊。

二五

赵与《娱书堂诗话》卷下云："僧岛云过盱江麻姑山，题绝句云：'万叠峰峦入太清，麻姑曾此会方平。一从燕罢归何处，宝殿瑶台空月明。'先作'自从'，后于同辈举似，同辈云：'诗固清矣，"自"字未稳，当作"一"字。'云服其言。暨再入山，已为人改作'一从'矣。亦可谓一字师。"

舒芜按："自从"语意泛；"一从"犹言"只从""仅从"，语气重，作"一从"为胜。且"自"去声，"一"入声。此处应以入声顿促作拗转，若用去声，则嫌悠缓无突折之致。

二六

韦居安《梅涧诗话》卷中云："留耕王伯大幼学守临江日，石屏戴复往古访之，留耕赠一绝云：'诗老相过鬓已星，吟魂未减昔年清。挥毫不著人间语，尽把梅花巧琢成。'或谓梅花亦'人间'物，二字似未稳，留耕以为然，遂改作'尘埃'云。"

舒芜按：梅花固亦人间之花，则梅花琢成之语不可谓为非人间之语，原句信有未稳。然所当改者“梅花”二字，非“人间”二字。盖不着人间语，言其已入仙境；今改作不着尘埃语，则人间修洁之士亦足当之，境界为低矣。

二七

曾季狸《艇斋诗话》云：“东湖见予诵吕东莱诗云：‘传闻胡虏三年旱，势合河山一战收。’云：‘何不道不战收？’东湖又见东莱‘满堂举酒话畴昔，疑是中原无是时’，云：‘不合道破话畴昔’，若改此三字，方觉下句好。”

舒芜按：胡虏纵有三年之旱，中朝安能不战而复河山？终当有一战，乃符事理。“不战收”三字，夸而无实。改本逊。至“话畴昔”三字，中有今昔之感，未知如何改，亦未知何以不当道破。

二八

吴师道《吴礼部诗话》云：“吴琳禹玉号存吾，履斋之子，书法奇逸，诗亦高胜。早年倅婺，题诗鹿田西寺壁云：‘为从吏隐招提宿，相望城中隔几尘。云暗雨来疑是晚，山深寒在不知春。锄松得石添幽径，接竹通泉隔近邻。此去又寻三洞约，初平应怪我来频。’‘在’字元作‘重’，既去之，明日，遣小吏持片纸覆其上。”

舒芜按：山虽深而春已到，究与严冬不同，只可云余寒尚在，不可谓寒威犹重，“重”字改为“在”字，较切物情。且“来”与“在”皆动定方位之词，是为工对，原本“来”对“重”逊。

二九

周紫芝《竹坡诗话》云：“今日校《谯国集》，适此两卷皆公在宣城时诗。某为儿时，先人以公真稿指示，某是时已能成诵。今日读之，如见数十年前故人，终是面熟。但句中时有与昔时所见不同者，必是痛遭俗人改易耳。如《病起》一诗云：‘病来久不上层台，谓宣城叠嶂双溪也。窗有蜘蛛径有苔。多少山茶梅子树，未开齐待主人来。’此篇最为奇绝。今乃改云：‘为报园花莫惆怅，故教太守及春来。’非特意脉不伦，然亦是何等语！又如‘樱桃欲破红’改作‘绽红’，‘梅粉初坠素’改作‘梅葩’，殊不知‘绽’‘葩’二字是世间第一等恶字，岂可令入诗来？又《喜雨晴诗》云：‘丰穰未可期，疲瘵何日起。’乃易‘疲瘵’为‘瘦饥’。当时果有‘瘦饥’二字，此老则大段窘也。”

周必大《二老堂诗话·绽葩二字》云：“余谓紫芝论俗子改易张文潜诗，是也。至引‘樱桃欲绽红’，谓不应改‘破’作‘绽’，‘梅粉’不应作‘梅葩’，云是恶字，岂可入诗。然则，‘红绽雨肥梅’不应见杜子美诗，‘诗正而葩’不应见韩退之《进学解》，‘天葩无根常见日’不应见欧阳永叔长篇，况古今诗人亦多有之，岂可如此论诗耶？”

舒芜按：《病起》诗原写久病新起，登临所见，蛛网苔痕，皆久无人到之象，而山茶梅子尚未着花，似专待主人之来也。俗本改作“为报园花莫惆怅”，则园花已放，失相待之意；平添“惆怅”字，无因而起；而“太守及春来”云云，真所谓“风流太守看梅花”“小的梅花接老爷”，故紫芝讥为“亦是何等语”也。至于“绽”“葩”字，非不可用，必大纠紫芝，是。末谓“当时果有‘瘦饥’二字，此老则大段窘也”云云，不甚可解，疑有讹脱。

三〇

魏庆之《诗人玉屑》卷二引《树萱录》云："宇文元质，西蜀文人。一日开樽，有官妓歌《于飞乐》，末句云：'休休，得也，只消戴一朵荼蘼。'宇文为改一字云：'休休，得也，只消更一朵荼蘼。''更'字便自工妙不俗。文章一字之难。"

舒芜按：原本"只消戴一朵荼蘼"，似其人装饰，只以戴一朵荼蘼取胜。改本"只消更一朵荼蘼"，则装饰已佳，更加一朵荼蘼，而精神全出。改本风韵胜。

三一

魏庆之《诗人玉屑》卷十九引《鹤林玉露》云："赵天乐《冷泉夜坐》诗云：'楼钟晴更响，池水夜如深。'后改'更'为'听'，改'如'为'观'。《病起》诗云：'朝客偶知承送药，野僧相保为持经。'后改'承'作'亲'，改'为'作'密'。二联改此四字，精神顿异，真如光弼入子仪军矣。"

舒芜按：楼钟当晴而更响，池水入夜而如深，重在客观景物；听钟于晴，闻其更响，观池于夜，见其如深，重在主观感受。各有所宜，当论全篇，不当就一联论优劣。至于朝客送药，加“亲”字，见其郑重；野僧持经，加“密”字，见其至诚。原本“承送药”“为持经”则泛常之语，改本自胜。

三二

胡仔《苕溪渔隐丛话》后集卷三十一引《东皋杂录》云：“鲁直《嘲小德》有‘学语春莺啭，书窗秋雁斜’，后改曰：‘学语啭春莺，涂窗行暮鸦。’以是知诗文不厌改也。”

舒芜按：黄庭坚《嘲小德》云：“中年举儿子，漫种老生涯。学语啭春鸟，涂窗行暮鸦。欲嗔主母惜，稍慧女兄夸。解著潜夫论，不妨无外家。”原句学语如春莺之鸣啭，涂窗如秋雁之横斜，皆比况之辞。改句仍比况之意，而灭比况之迹。学语直是啭出春鸟之音，涂窗直是行作暮鸦之阵，劲挺有力。改本自胜。

三三

阮阅《诗话总龟》卷九“评论门五”引《直方诗话》云：“山谷与余诗云：‘百叶湘桃苦恼人。’又云：‘欲作短歌凭阿素，丁宁夸与落花风。’其后改‘苦恼’作‘触拨’，改‘歌’作‘章’，改‘丁宁’作‘缓歌’。余以为诗不厌多改。”

舒芜按：“苦恼”意有尽，“触拨”则苦恼、怅惘、爱恋、流连……均无不可，其意无尽。“短歌”安可“丁宁”？只可“缓歌”。下句既改“缓歌”，上句避复，乃改为“短章”也，俱改本胜。

三四

阮阅《诗话总龟》卷九“评论门五”引《直方诗话》云：“洪龟父有诗云：‘琅严佛界，薜荔上僧垣。’山谷改云‘琅鸣佛屋’，以谓‘薜荔’是一声，须要一声对，‘琅’即一声也。余以为然。”

舒芜按：“薜荔”二字俱“霁”韵，“琅”二字俱“阳”

韵，是一声；“琅”二字，一“阳”韵，一“寒”韵，故非一声。山谷诗律，严至于此，似稍过。且“琅”，竹也，与下句薜荔合成清幽之境；“琅”盖谓铁马，非佛屋所独有，合下句薜荔不成境界，改本未必胜。

三五

阮阅《诗话总龟》卷八“评论门四”引《古今诗话》云：“洪龟父有诗云：‘胡生画山水，烟雨山更好。鸿雁书远汀，马牛风雨草。’潘邠老爱其第二句，余爱其第三句，山谷爱其第四句，徐师川爱其第三、第四句。‘远汀’后又改为‘远空’。”

舒芜按：诸人所爱第三句，似是未改之本。至于“远汀”“远空”长短，诗话之意未明。今按其实，固当是远空；然野旷无低，远空雁书又似在远汀；原句画意甚浓，改本未必胜。

三六

周紫芝《竹坡诗话》云：“诗人造语用字，有着意道处，往往颇露风骨。如滕元发《月波楼》诗‘野色更无山隔断，天光直与水相连’是也。只一‘直’字，便是着力道处，不惟语稍峥嵘，兼亦近俗。何不云‘野色更无山隔断，天光自与水相连’，为微有蕴藉。然非知之者，不足以语此。”

何文焕《历代诗话考索》云：“少隐论滕元发诗‘野色更无山隔断，天光直与水相连’，一‘直’字着力，便觉近俗，拟改作‘自’字，不知校原本更弱矣。何不云‘野色旷无山隔断，天光远与水相连’邪？”

舒芜按：“直”与“自”，着力不着力之分也。少隐原意，本不以“直”字为弱而改之。至文焕以为弱，则诗家饱满一派，视承转虚字一概皆弱，故“更”“直”“自”字俱所不取，必改为“旷”“远”实字而后可。此则诗派之分，未必遽有优劣。

三七

施闰章《蠖斋诗话·周紫芝》条云：“紫芝字少隐，读书陵阳山，姿骨殊异。父觉目之曰：‘是子骨相当贵，然肩耸而好吟，其终穷乎！’后官果不达。有《竹坡诗话》行世。秦桧尝爱其诗云：‘秋声归草木，寒色上衣裘。’今郡志作‘到衣裘’，止更一字，风韵迥别。”

舒芜按：秋声之归草木，宏观也；寒色之上衣裘，微观也；一开一合作对，故佳。改作“到衣裘”，似弥天寒色，来到衣裘，事理不合，且两句皆开，故不佳。

三八

胡仔《苕溪渔隐丛话》前集卷三十引《直方诗话》云：“荆公云：凡人作诗，不可泥于对属。如欧阳公作《泥滑滑》云：‘画帘阴阴隔宫烛，禁漏杳杳深千门。’‘千’字不可以对‘宫’字。若当时作‘朱门’，虽可以对，而句力便弱耳。”

舒芜按：言“千门”，极见其“深”也。若言“朱门”，则乏极深之致，故弱。

三九

胡仔《苕溪渔隐丛话》前集卷二十引《洪驹夫诗话》云：“山谷至庐山一寺，与群僧围炉，因举《生公讲堂》诗，末云：‘一方明月可中庭。’一僧率尔云：‘何不曰一方明月满中庭？’山谷笑去。”

陈师道《后山诗话》云：“黄词……云：‘杯行到手莫留残，不道月明人散。’谓思相离之忧，则不得不尽。而俗士改为‘留连’，遂使两句相失。正如论诗云‘一方明月可中庭’，‘可’不如‘满’也。”

杨慎《升庵诗话》卷六云：“刘禹锡《生公讲堂》诗：‘高座寂寥尘漠漠，一方明月可中庭（一作亭）。’山谷、须溪皆称其‘可’字之妙。按《佛祖统记》载：宋文帝大会沙门，亲御地筵，食至良久，众疑日过中，僧律不当食。帝曰：‘始可中耳。’生公乃曰：‘白日丽天，天言可中，何得非中？’遂举箸而食。禹锡用‘可中’字本此，盖即以生公事咏生公堂，非杜撰也。彼言‘白日可中’，变言‘明月可中’，尤见其妙。”

舒芜按：月光本无方圆，今以中庭一方之地，月光满照，而言“一方明月”，已见形容之妙。明月既言“一方”，其小大周边，恰与中庭一方之地相当，似有人剪裁月光，来置此地，居然吻合无间，故谓之“可中庭”。“可”者，恰可相容也，此一字最见想象之奇；若改为“满”，失此奇矣。“可中庭”三字之中，“可”字为一词，“中庭”为一词；“中庭”二字相连，不可断隔。而升庵漫引宋文帝、生公故事为说，彼言“白日可中”，谓日非过午，恰可当中，“可中”二字连文，别是一义，与“可中庭”无涉。升庵盖未细读耳。

四〇

胡仔《苕溪渔隐丛话》前集卷二十五引《潘子真诗话》云：“晋公自朱崖内徙，浮光、清逸尚幼，侍曾祖母寿安县君归宁，陶商翁其族侄也，亦自义郴来。晋公一日循江湄散步，见船行，戏为语曰：‘舟移水面凹。’令诸甥对之。陶应声云：‘雾过山眉展。’丁以谓水实有面，眉以况山，虚实不等，当作‘云过山腰细’。规模虽出一时，不甚超卓，然前辈属词之切，教导后生，亦自有方。”

舒芜按：以“山腰细”对“水面凹”，教童子属对则可，论诗则拙滞已甚，渔隐以为“不甚超卓”，是也。大家属对，原不甚拘。今举习见杜诗《秋兴八首》为例：“听猿实下三声泪，奉使虚随八月槎。”所听者猿声，实也；所奉者使职，虚也。不嫌虚实不侔。“织女机丝虚夜月，石鲸鳞甲动秋风。”织女乃从事纺织之女，而石鲸非从事凿石之鲸；机丝乃机上之丝，而鳞甲非鳞上之甲。“信宿渔人还泛泛，清秋燕子故飞飞。”渔人乃业渔之人，而燕子非捕燕之子。“直北关山金鼓震，征西车马羽书驰。”羽书乃插羽之书，而金鼓非嵌金之鼓。俱不以为嫌。盖杜律严而宽，不似后人持论苛细。

四一

胡仔《苕溪渔隐丛话》前集二十五引《陈辅之诗话》云：“萧楚才知溧阳县，张乖崖作牧。一日召食，见公几案有一绝云：‘独恨太平无一事，江南闲杀老尚书。’萧改‘恨’作‘幸’字。公出视稿曰：‘谁改吾诗？’左右以实对。萧曰：‘与公全身。公功高位重，奸人侧目之秋。且天下一统，公独恨太平，何也？’公曰：‘萧弟，一字师也。’”

阮阅《诗话总龟》卷三十一“诗谶门上”引《青箱杂记》云：“张乖崖公守陈日，尝游赵氏西园，诗曰：‘方信承平无事久，淮南闲杀老尚书。’后一年捐馆，亦诗之谶。”

舒芜按：乖崖原句“恨”实是“幸”，故反其言以颂太平，即所谓“其词若有憾焉，其实乃深喜之也”。若径作“幸”，平直寡味矣。且“恨”字方可直贯“闲杀”，亦若憾实喜之词；若“独幸闲杀”云云，直不成语。然此但就诗论诗，若论时事忌讳，则楚材忧深思远，其说不可易，乖崖所以许为一字师也。《青箱杂记》传闻异词，其上句不云“恨”，亦不云“幸”，但云“方信”，较为浑括。明常熟李杰官礼部尚书，以忤刘瑾致政归，暇游昆、尚二湖，赋诗云：“虞山山下是吾庐，三载栖迟得自如。却怪四方多事日，江南闲杀老尚书。”（见朱彝尊《静志居诗话》卷八）此则翻用乖崖，真致憾于“闲杀”矣。

四二

胡仔《苕溪渔隐丛话》后集卷三十四云：“汪彦章自吴兴移守临川，曾吉甫以诗迓之曰：‘白玉堂中曾草诏，水精宫里近题诗。’先以示子苍。子苍为改两字，‘白玉堂深曾草诏，水精宫冷近题诗。’迥然与前不侔，盖句中有眼也。”

吴可《藏海诗话》云：“曾吉父诗云：‘金马门深曾草制，水精宫冷近题诗。’‘深、冷’二字不闲道；若言‘金马门中’‘水精宫里’，则闲了‘中、里’二字也。”

舒芜按：“中、里”二字，但言方位所在，诗中往往可省，故为可有可无之闲字。而“深、冷”二字皆形容词，益增诗句之形象化，故非可有可无之闲字。宋人“句眼”之说，取义非一，此则谓点染形容之字也。

四三

阮阅《诗话总龟》卷六“评论门中”引《郡阁雅言》云：“张迥少年苦吟，未有所得，梦五色云自天而下，取一团吞之，遂精雅道。有《寄远》诗曰：‘锦字凭谁达，闲庭草又枯。夜长灯影灭，天远雁声孤，蝉鬓凋将尽，虬髯白也无？几回愁不语，因看朔方图。’携卷谒齐己，点头吟讽无斁，为改‘虬髯黑在无’。迥遂拜作一字师。”

舒芜按：“虬髯白也无？”方白也。“虬髯黑在无？”全白也。张迥作诗之年未详，然呈诗齐己，一字拜师，或非皤然一翁之事，“黑在无”云云，未免稍夸。而张迥欣然据改者，叹老嗟卑，文人结习也。

四四

王士祯《带经堂诗话》卷三云：“虞伯生《送袁伯长扈驾上都》诗中联云：‘山连阁道晨留辇，野散周庐夜属櫜。’以示赵承旨。子昂曰：‘美则美矣，若改山为天，野为星，则尤美。’虞深服之。盖炼字、炼句之法，与篇法并重，学者不可不知，于此可悟三昧。”

舒芜按：“天连阁道”，自天上至地下；“星散周庐”，亦自天上至地下。并皆俯仰上下，有立体之感，气象宏阔，称颂圣之体。而原句“山连阁道”“野散周庐”，俱地下之景，虽有旷远之致，而无立体之感，所以不及改本也。

四五

俞弁《逸老堂诗话》卷上云：“元萨天锡尝有诗《送䜣笑隐住龙翔寺》，其诗云：‘东南隐者人不识，一日才名动九重。地湿厌闻天竺雨，月明来听景阳钟。衲衣香暖留春麝，石钵云寒卧夜龙。何日相从陪杖屦？秋风江上采芙蓉。’虞学士见之，谓曰：‘诗固好，但“闻、听”字意重耳。’萨当时自负能诗，意虞以先辈故少之去尔。后至南台见马伯庸论诗，因诵前作，马亦如虞公所言，欲改之，二人构思数日，竟不获。未几，萨以事至临川，谒虞公，席间道及前事。虞公曰：‘岁久，不复能记忆，请再诵之。’萨诵所作。公曰：‘此易事。唐人诗有云：“林下老僧来看雨”，宜改作“地湿厌看天竺雨”，音调更差胜。’萨大悦服，今《诗律钩玄》讹刻为倪云林诗，非也。”

舒芜按：“闻、听”二字合掌，作诗时容未及察，一经疵点，其病至明，何至负固不服，必待再有人指出乃服？“听雨”改作“看雨”，改本固胜，然亦非甚出意外，又何至二人构思数日不获？此皆故神其说，反失事理。宋长白《柳亭诗话》、顾嗣立《寒亭诗话》记此事，但言道园见诗而以“看”字易“闻”字云云，文简理顺。施闰章《蠖斋诗话·诗改一字》条则谓萨句脍炙于时，山东一叟鄙之，萨往问故，教以“看”字易“闻”字，萨疑“看”字所出，叟复告以唐人诗句，萨乃俯首云云。传闻异辞，亦未免抑扬夸饰。

四六

顾嗣立《寒厅诗话》云：“古人有一字之师，昔人谓如光弼临军，旗帜不易，一号令之，而百倍精采。张橘轩诗：‘半篙秋水夜来雨，一树早梅何处春。’元遗山曰：‘佳则佳矣，而有未安。既曰一树，乌得为何处？不如改一树为几点，便觉飞动。’（以下举赵松雪改虞道园‘山连阁道’一联事，虞道园改萨天锡‘地湿厌闻’一联事，略。——舒芜）古人论诗，一字不苟如此。”

舒芜按：梅花数点，亦在树头，纵使飘落，仍当去树不远，此以事理言，亦不得为“何处”。然以画面言，只见梅花数点，不见枝干，正有“何处春”之意，故觉飞动也。

四七

朱彝尊《静志居诗话》卷三云：“钱宰，字子予，一字伯均。会稽人。元进士。明初以明经征修礼乐书，授国子助教，乞归。召校书翰林，加博士。致仕。有《临安集》。博士，吴武肃王十四世孙。孝陵命撰帝王庙乐章，称旨。每进见，辄赐坐侍食。尝赋《早朝》绝句云：‘四鼓冬冬起着衣，午门朝见尚嫌迟。何时得遂归田乐，睡到人间饭熟时。’明日，文华宴华，帝谕曰：‘昨日好诗！朕曷尝嫌汝？何不改作忧字？’又曰：‘朕今放汝去，好放心熟睡矣。’乃遣还。”

宋长白《柳亭诗话》卷十二“田园乐”条记此事，作钱唐之事，题下自注云：“事详《宪章录》。或误作钱宰。按：宰以耆儒，曾纂《孟子节文》，不知即此人否。”

舒芜按：此与孟浩然以“不才明主弃”忤唐玄宗事相似，而明祖雄才过于唐玄宗，钱仅被放还，幸矣。然人嫌迟者在外，已忧迟者在内，内重于外，已所忧者，正在人嫌，举内包外。明祖所改自佳。

四八

李东阳《怀麓堂诗话》云："兆先尝见予《祀陵》诗'野行愁夜虎，林卧起秋蝇'之句，问曰：'是为秋蝇所苦，不能卧而起耶？'予曰：'然。'曰：'然则愁字恐对不过。'予曰：'初亦不计。妨字外亦无可易者。'曰：'似亦未称。请用回字如何？盖谓为夜虎所遏而回也。'予曰：'然。'遂用之。"

舒芜按：原句"野行之时愁遇夜虎"，不可以对"林卧之时因秋蝇而起"，语法结构不侔；改句"野行之时因夜虎而回"，则与下句语法相侔。以对仗论，改本固工，然"回夜虎"作"因夜虎而回"解，究嫌稍晦。

四九

李东阳《怀麓堂诗话》云："予尝作《渐台水》诗，末句曰：'君不还，妾当死，台高高，水弥弥。'张亨甫欲易为'君当还'，乃见楚王出游，不忍绝望之意。予则以为此意则前已有之，末用两‘不’字，愈见高高弥弥，无可奈何，有余不尽之意。间质之方石，玩味久之，曰：‘二字各有意。’竟亦不能决也。”

舒芜按：潘德舆《养一斋诗话》卷四述此条，而论之曰：“予谓字法固当著功，要之先争命意。意之上者，无问字法；意之下者，虽炼字施百分力，终无入处；惟意之次者，须字法转斡，使遒健耳。此诗末四句意本平平，无论‘不’字‘当’字，味皆不足，则舍旃可矣，何必用精神于不必用者也，西涯尝自述其题扇诗云：‘扬风帆，出江树，家遥遥，在何处。’意到矣，机自流，神自远，何曾校算字法而后出群哉？其观棋三言曰：‘胜与负，相为端，我因君，得大观。’此等率笔，虽百般改字又何益？”四农此论，能见其大，诗以锻炼一字而工者，究落第二义，学者不可不知，特表而出之。

五〇

谢榛《四溟诗话》卷二云：“何仲默诗曰：‘元日王正月，传呼晚殿班。千官齐鹄立，万国候龙颜。辨色旌旗入，冲星剑佩还。圣躬无乃倦，几欲问当关。’李献吉改为‘不敢问当关’。曹仲礼曰：‘吾舅所改，未若仲默元句。’”

舒芜按：“几欲问”，终未问也，已包不敢之意，而又重在“欲问”，具见所谓“爱君之忱”。而“不敢问”则重在“不敢”，只见君威显赫之下，震慑嗫嚅之态而已。改本信逊原本。

五一

谢榛《四溟诗话》卷四云：“凡造句已就，而复改削求工，及示诸朋好，各有去取，或兼爱不能自定，可两弃之，再加沉思，必有警句。譬泅者入海，舍蚌珠而获骊珠，自不失重轻也。予《元日有感》诗后联：‘神会徐陈侣，心从屈宋师。’复改：‘神会应徐在，心通屈宋知。’因众论不同，难为优劣，遂别造一联，所谓割爱之法也。附诗云：‘七十尚耽诗，闲来命酒卮。隔宵增一岁，耐老慰群儿。糟粕求新味，云霄入苦思。嗟哉世无补，花鸟日相期。’”

舒芜按：原本“神会心从”，或“神会心通”，俱寻常之语，并觉抽象，所以不佳。改本求新味于糟粕之中，入苦思于云霄之上，形象鲜明，构思新异，所以为佳。所谓“再加沉思”，所谓“割爱之法”，阅历之谈也。

五二

朱彝尊《静志居诗话》卷二十一云："周立勋，字勒卣，松江华亭县学生。松江旧有十八子社，唐文恪、董文敏及吾乡冯祭酒与焉。崇祯中，勒卣偕陈、夏诸公倡几社，首事仅六人，以诗古文辞相砥，今所传《壬申文选》是已。陈、夏皆以名节著，惟勒卣早夭。闻其遇社中人，意态殊落落，而人自有欲亲之诚。时谷城方阁老四长守松江，数与几社诸子周旋，而尤敬爱勒卣。人或问之。答曰：'勒卣一往有隽气，不屑作酒肉贵人。第其诗文恒以慨叹出之，虑其人不寿耳。'岁己卯，就试金陵，质素清羸，寓伎馆，伎闻贡院擂鼓，促之起，勒卣尚坚卧也。未几遂客死。卧子哭以诗云：'松柏西陵树，菖蒲北里花。春风夜台路，玉勒向谁家。'宋辕文亦有诗云：'翠羽明珠拥莫愁，君家顾曲旧风流。一时肠断人何处，风雨萧条燕子楼。''山阳玉笛异时情，天问灵均意不平。纵使未堪轩冕贵，何妨白发老书生。'数日后，忽梦勒卣至曰：'君诗固佳，何不曰纵使未堪丘壑老，何妨白发困书生？'辕文觉而异之，为位佛祠祭焉。"

舒芜按：勒卣既"不屑作酒肉贵人"，辕文悼诗乃惜其“未堪轩冕贵”，未免昧于故人志事，宜见纠于死友。其实盖亦自悟未安，推敲斟酌，梦中得之，故神其说而已。然原句谓纵使未堪富贵，亦何必并靳其年寿，不使之穷老而终，其意贯。改句则谓纵使未堪丘壑终老，亦何妨使之困于白发书生，意不甚贯；若以“丘壑老”为山林高隐，“困书生”为名场蹭蹬，语晦而意亦未圆。改本未必可易原本。

五三

毛奇龄《西河诗话》卷二云：“闽中曹能始在明末以诗人称，有得家信诗：‘骤惊函半损，幸露语平安。’时在平远台饮次道此，各以为佳。独一客谓‘露’字不如‘剩’字之当；大抵‘平安’注函外，损余曰‘剩’，若内露，不必巧值此字矣。乃予归寓，寓客五六人夜坐饮，为述其语，众复称一佳。中一客又曰：‘不然。两语不必接，露不属损。“剩”便拙凿。’说诗之各有意见如此。”

袁枚《随园诗话》卷三云：“《西河诗话》载：曹能始先生《得家信》诗：‘骤惊函半损，幸露语平安。’以为佳句。一客谓‘露’字不如‘剩’字之当，大抵‘平安’注函外，损余曰剩，若内露，不必巧值此字矣。人以为敏。余独谓不然。‘剩’字与‘半’字不相叫应，函不过‘半损’，则剩者正多，不止‘平安’二字。‘幸露语平安’，正是偶然触露，所以羁旅之情，为之惊喜耳。若曰‘不必巧值’，则又何以知其必不巧值邪？”

舒芜按：随园之论是也。见函已半损而惊，见半损处所露函内家书，恰有平安之语，又为之欣幸，此盖当时实事，足见远道家书抵万金之情，故佳。论者但从字面凿空吹求，所以无当。至于原诗两句相接，外损处正内露处，而西河所述寓中一客乃谓“两语不必接，露不属损”，甚不可解。

五四

施闰章《蠖斋诗话·龚芝麓》条云：“龚宗伯《读〈榅林集〉，有〈悼顾夫人善持君〉四绝句，感而遥和》，亦自风流可爱：‘九年骑省断肠人，一曲清商倍损神。珍重红闺两行泪，西风吹上旧罗巾。’‘尘生锦瑟倚空床，玉笛当风别恨长。凭仗敬亭云一片，返魂香欲驻斜阳。’‘青溪曾拟接芳邻，春水临妆拜洛神。回忆幽兰风絮散，慧难兼福是前因。’‘感旧怜才似此无，玉琴纨扇女相如。何缘更倩簪花笔，重染零香断粉书。’愚欲改第二首煞句‘凭仗敬亭同调在，销魂诗作返魂香’。（林氏为吾宣王友姬人也，能诗，能作兰竹，有林下风致，所著有《蕴林集》。）”

舒芜按：林氏，宣城人。宣城有敬亭山。李白《独坐敬亭山》云：“众鸟高飞尽，孤云独去闲。相看两不厌，只有敬亭山。”故芝麓原句，愚山改句，皆用太白诗事。原句“敬亭云一片”。以孤云比林氏；“同调”即“相看两不厌”，谓林氏与顾横波为同调也。原本风韵胜，改本照应周；然以山比美人，究不如以云比美人。至于“销魂诗作返魂香”，大是俗调，逊原本“返魂香欲驻斜阳”甚明。且原是次韵，“阳”字不可改“香”字。

五五

毛奇龄《西河诗话》卷二云：“李阁学夫子宅，每翻韵牌作诗。值雪霁集饮，信手拈一版，偏值‘雪’字。已作‘翠嶂云俱合，平桥雪未干’句。会丹壑诗早成，坐客惊视，皆阁笔，独强予成之，且谓予‘雪’字当禁，请改‘路’字。则‘路’字居然转胜多矣。予凡集牌诗多不存，此诗尚存，感其事也。”

舒芜按：单论“路未干”三字，则雨霁亦可用，不必定是雪霁，当视全诗照应何如。

五六

袁枚《随园诗话》卷六云："余引泉过水西亭，作五律，起句云：'水是悠悠者，招之入户流。'隔数年，改为'水澹真吾友，招之入户流'。孔南溪方伯见曰：'求工反拙，以实易虚，大不如原本矣。'余憬然自悔，仍用前句。因忆四十年来，将诗改好者固多，改坏者定复不少。"

舒芜按："悠悠"可以总包水状水性水德，故虚；"澹"只水之一态，故实。悠悠之水，何以招之入户，未明言其故，不妨多所意会，故虚；以水性之澹，真为吾友，乃招之入户，仅此而已，故实。虚起则留有余地，实起则板重难举，故改本翻逊原本。大凡律绝近体，少则二十字，多不过五十六字，不可有一闲字，而又不可处处填实，乏虚实掩映之致也。

五七

袁枚《随园诗话》卷三云："诗不可不改，不可多改。不改则心浮，多改则机窒。要如初拓《黄庭》，刚到恰好处。孔子曰：‘中庸不可能也。’此境最难。予最爱方扶南《滕王阁》诗云：‘阁外青山阁下江，阁中无主自开窗。春风欲拓滕王帖，蝴蝶入帘飞一双。’叹为绝调。后见其子某云：‘翁晚年嫌为少作，删去矣。’予大惊，卒不解其故。桐城吴某告予云：扶南三改《周瑜墓》诗，而愈改愈谬。其少作云：‘大帝君臣同骨肉，小乔夫婿是英雄。’可称工矣。中年改云：‘大帝誓师江水绿，小乔卸甲晚妆红。’已觉牵强。晚年又改云：‘小乔妆罢胭脂湿，大帝谋成翡翠通。’真乃不成文理。岂非朱子所谓‘三则私意起而反惑’哉！扶南与方敏恪公为族兄。敏恪寄信，苦劝其勿改少作，而扶南不从。方知存几句好诗，亦须福分。”

舒芜按：扶南《周瑜墓》诗，原本典切自然，落落大方；改本“江水绿”无着落，凑对“晚妆红”而已；再改本小乔之妆，大帝之谋，皆与周瑜无关涉，而“谋成翡翠通”云云，尤迂曲难通。随园以为愈改愈谬，是也。随园诗学主“性灵”，“性灵”不废锻炼，而忌过炼，故以为少作天机流露，自有绝唱，多改则窒其机，至有存几句好诗亦须福分之语，痛切言之，不嫌谑近于虐也。

五八

袁枚《随园诗话》卷三云："己酉夏间，鳌静夫（图）明府与张荷塘过访随园，蒙见赠云：'太史藏书地，因山得一十年荒旧学，诗律待深论。'……余笑曰：'此诗通首清老，一气卷舒，不求工于字句间，古大家往往有之，颇可存也。……'鳌第三句是'西风吹倦客'。荷塘道，'倦'字对不过'蓬'字，为改作'西风蜡山屐'。余道，'蜡'字又与'风'字不相联贯，不如改'西风吹蜡屐'益觉清老也。"

舒芜按：五律次联，原不拘对。原句"西风吹倦客，凉雨叩蓬门"，似对非对，有流水对之意，正所谓一气卷舒，不求工于字句间；改作"西风蜡山屐"或"西风吹蜡屐"，简板对耳，未必遽胜原本也。

五九

袁枚《随园诗话》卷六云："霞裳从余游琴溪归，……后三日，路遇雨，霞裳曰：'偶得雨过湿云忙五字。'余极称其得雨后云走之神，代作出句云：'风停干鹊噪。'家春圃观察曰：‘噪’字对不过‘忙’字，为改‘喜’字。”

舒芜按：未闻鹊因风起而忧，则风停亦何喜之有！春圃论对仗过拘，所改亦纤巧无理，未胜原本。

六〇

袁枚《随园诗话》补遗卷五云：“同年徐芷亭方伯《荆州怀古》云：‘英雄争战几时休，巨镇天开楚上游。月夜与谁游赤壁？江山从古重荆州。帆樯影带巫阳雨，草树声含鄂渚愁。凭吊兴亡已陈迹，严城画角动人愁。’此诗通首雄伟，而选《越风》者改第四句为‘伯图何处问孙刘’，是点金成铁矣。余尝谓一切诗文，总须字立纸上，不可字卧纸上。人活则立，人死则卧，用笔亦然。徐之原句是立，改句是卧，识者辨之。”

舒芜按：“江山从古重荆州”七字之中，兼有时间空间：江山形势，空间也；从古所重，时间也。对眼前荆州之江山，念往日争战之形胜，一纵一横，气象宏阔，有立体之感，故为佳句。改句“伯图何处问孙刘”，则吊古熟套，摇笔即来，了无新意，信所谓卧在纸上也。然一首之中，“楚”也，“赤壁”也，“荆州”也，“巫阳”也，“鄂渚”也，未免地名充塞，选《越风》者改去“荆州”二字，或以稍减地名之故，然毕竟不佳。

六一

袁枚《随园诗话》卷一云：“诗人陈制锦，字组云，居南门外，与报恩寺塔相近。樊明征秀才赠诗云：‘南郊风物是谁真，不在山巅与水滨。仰首陆离低首诵，长干一塔一诗人。’陈嫌不佳。余曰：渠用意极妙，惜未醒耳。若改‘仰首欲攀低首拜’，则精神全出，仅易三字耳。陈为雀跃。”

舒芜按：陆离，长貌，又参差貌。樊诗原句盖取高长之义。此语稍僻，故随园讥其未醒。随园改句以“欲攀”形其高，“欲攀”与“低首拜”又见景慕之意，故胜原本。

六二

袁枚《随园诗话》卷十四云：“人言黄鹤楼无佳对，惟鲁亮侪观察一联云：‘到来径欲凌风去，吟罢还思借笛吹。’差胜。鲁星村云：‘“凌风”二字改“乘云”二字，更佳。’”

舒芜按：星村之意，盖以“凌风”二字，与黄鹤楼无涉。而崔颢黄鹤楼诗云："昔人已乘黄鹤去。"又云："白云千载空悠悠。""乘云"二字俱本地风光。"到来径欲乘云去"者，昔人已乘黄鹤而去，千载空余白云，后之来者，惟有乘白云而去也，字字贴切，故胜原句。

六三

陈衍《石遗室诗话续编》卷二云："镶蘅旧岁结夏匡庐，亲炙散原老人数月，用诗为散原作者，倍觉亲切有味。……《甲戌元日寄怀散原翁北平》云：'去年泛雪石门湖，扁舟载客归及晡，此景堪画谁为图。今年充隐邻菰芦，淹留将勿嘲贾胡，江山如此诗可无？兹邦荡荡万井庐，孰者柴丈茶村徒，流风渐沫须人扶。我从两载辞故都，低徊北梦成模糊。西山晴雪浮轩除，中有诗老清而姝。别来破例贻我书，悬知高会锄霜蔬，欲往从之奈修途。慈仁双松今未枯，冷摊访古思王朱，春风披拂荑柳舒，应怜贱子犹泥涂。''泥涂'二字，用'江湖''菰芦'更好。然已押在前。"

舒芜按：蘅，仕宦中人，（20世纪30年代曾任安徽省政府委员兼民政厅长，）故全诗以高隐推散原，（第四句"菰芦"正指散原）而以"充隐"自嘲，以"泥涂"自谦。岂有自居“江湖”“菰芦”之理？岂以散原为廊庙冠冕之辈乎？石遗盖未细读耳。

六四

邓之诚《骨董琐记》卷三“庆乐园联语”条云：“大栅栏庆乐园有‘大千秋色在眉头，看遍翠暖珠香，重游瞻部；十万春花如梦里，记得丁歌甲舞，曾睡昆仑’一联，脍炙人口。相传出吴梅村笔，又谓龚芝麓，恐皆非。彼辱身二姓，岂不忸怩思讳，安肯自道身世如此！盖遗老余澹心一流人所为也。传者每讹‘睡’为‘醉’，‘醉’字终隔一层。”

舒芜按：庆乐园乃剧园，非酒肆，故“醉”字无着落，终隔一层。且上文“如梦里”，“睡”字正相应，“醉”字不相应也。

（本文据《舒芜集》）

国家新闻出版广电总局
首届向全国推荐中华优秀传统文化普及图书

大家小书书目

国学救亡讲演录	章太炎 著 蒙 木 编
门外文谈	鲁 迅 著
经典常谈	朱自清 著
语言与文化	罗常培 著
习坎庸言校正	罗 庸 著 杜志勇 校注
鸭池十讲（增订本）	罗 庸 著 杜志勇 编订
古代汉语常识	王 力 著
国学概论新编	谭正璧 编著
文言尺牍入门	谭正璧 著
日用交谊尺牍	谭正璧 著
敦煌学概论	姜亮夫 著
训诂简论	陆宗达 著
金石丛话	施蛰存 著
常识	周有光 著 叶 芳 编
文言津逮	张中行 著
经学常谈	屈守元 著
国学讲演录	程应镠 著
英语学习	李赋宁 著
中国字典史略	刘叶秋 著
语文修养	刘叶秋 著
笔祸史谈丛	黄 裳 著
古典目录学浅说	来新夏 著
闲谈写对联	白化文 著
汉字知识	郭锡良 著
怎样使用标点符号（增订本）	苏培成 著
汉字构型学讲座	王 宁 著

诗境浅说	俞陛云　著
唐五代词境浅说	俞陛云　著
北宋词境浅说	俞陛云　著
南宋词境浅说	俞陛云　著
人间词话新注	王国维　著　滕咸惠　校注
苏辛词说	顾　随　著　陈　均　校
诗论	朱光潜　著
唐五代两宋词史稿	郑振铎　著
唐诗杂论	闻一多　著
诗词格律概要	王　力　著
唐宋词欣赏	夏承焘　著
槐屋古诗说	俞平伯　著
词学十讲	龙榆生　著
词曲概论	龙榆生　著
唐宋词格律	龙榆生　著
楚辞讲录	姜亮夫　著
读词偶记	詹安泰　著
中国古典诗歌讲稿	浦江清　著 浦汉明　彭书麟　整理
唐人绝句启蒙	李霁野　著
唐宋词启蒙	李霁野　著
唐诗研究	胡云翼　著
风诗心赏	萧涤非　著　萧光乾　萧海川　编
人民诗人杜甫	萧涤非　著　萧光乾　萧海川　编
唐宋词概说	吴世昌　著
宋词赏析	沈祖棻　著
唐人七绝诗浅释	沈祖棻　著
道教徒的诗人李白及其痛苦	李长之　著
英美现代诗谈	王佐良　著　董伯韬　编
闲坐说诗经	金性尧　著
陶渊明批评	萧望卿　著

古典诗文述略	吴小如　著
诗的魅力 ——郑敏谈外国诗歌	郑　敏　著
新诗与传统	郑　敏　著
一诗一世界	邵燕祥　著
舒芜说诗	舒　芜　著
名篇词例选说	叶嘉莹　著
汉魏六朝诗简说	王运熙　著　董伯韬　编
唐诗纵横谈	周勋初　著
楚辞讲座	汤炳正　著 汤序波　汤文瑞　整理
好诗不厌百回读	袁行霈　著
山水有清音 ——古代山水田园诗鉴要	葛晓音　著
红楼梦考证	胡　适　著
《水浒传》考证	胡　适　著
《水浒传》与中国社会	萨孟武　著
《西游记》与中国古代政治	萨孟武　著
《红楼梦》与中国旧家庭	萨孟武　著
《金瓶梅》人物	孟　超　著　张光宇　绘
水泊梁山英雄谱	孟　超　著　张光宇　绘
水浒五论	聂绀弩　著
《三国演义》试论	董每戡　著
《红楼梦》的艺术生命	吴组缃　著　刘勇强　编
《红楼梦》探源	吴世昌　著
《西游记》漫话	林　庚　著
史诗《红楼梦》	何其芳　著 王叔晖　图　蒙　木　编
细说红楼	周绍良　著
红楼小讲	周汝昌　著　周伦玲　整理

曹雪芹的故事	周汝昌　著　周伦玲　整理
古典小说漫稿	吴小如　著
三生石上旧精魂 ——中国古代小说与宗教	白化文　著
《金瓶梅》十二讲	宁宗一　著
中国古典小说十五讲	宁宗一　著
古体小说论要	程毅中　著
近体小说论要	程毅中　著
《聊斋志异》面面观	马振方　著
《儒林外史》简说	何满子　著
我的杂学	周作人　著　张丽华　编
写作常谈	叶圣陶　著
中国骈文概论	瞿兑之　著
谈修养	朱光潜　著
给青年的十二封信	朱光潜　著
论雅俗共赏	朱自清　著
文学概论讲义	老　舍　著
中国文学史导论	罗　庸　著　杜志勇　辑校
给少男少女	李霁野　著
古典文学略述	王季思　著　王兆凯　编
古典戏曲略说	王季思　著　王兆凯　编
鲁迅批判	李长之　著
唐代进士行卷与文学	程千帆　著
说八股	启　功　张中行　金克木　著
译余偶拾	杨宪益　著
文学漫识	杨宪益　著
三国谈心录	金性尧　著
夜阑话韩柳	金性尧　著
漫谈西方文学	李赋宁　著
历代笔记概述	刘叶秋　著

周作人概观　　舒　芜　著
古代文学入门　　王运熙　著　董伯韬　编
有琴一张　　资中筠　著
中国文化与世界文化　　乐黛云　著
新文学小讲　　严家炎　著
回归，还是出发　　高尔泰　著
文学的阅读　　洪子诚　著
中国文学1949—1989　　洪子诚　著
鲁迅作品细读　　钱理群　著
中国戏曲　　么书仪　著
元曲十题　　么书仪　著
唐宋八大家
——古代散文的典范　　葛晓音　选译

辛亥革命亲历记　　吴玉章　著
中国历史讲话　　熊十力　著
中国史学入门　　顾颉刚　著　何启君　整理
秦汉的方士与儒生　　顾颉刚　著
三国史话　　吕思勉　著
史学要论　　李大钊　著
中国近代史　　蒋廷黻　著
民族与古代中国史　　傅斯年　著
五谷史话　　万国鼎　著　徐定懿　编
民族文话　　郑振铎　著
史料与史学　　翦伯赞　著
秦汉史九讲　　翦伯赞　著
唐代社会概略　　黄现璠　著
清史简述　　郑天挺　著
两汉社会生活概述　　谢国桢　著
中国文化与中国的兵　　雷海宗　著
元史讲座　　韩儒林　著

魏晋南北朝史稿　贺昌群　著
汉唐精神　贺昌群　著
海上丝路与文化交流　常任侠　著
中国史纲　张荫麟　著
两宋史纲　张荫麟　著
北宋政治改革家王安石　邓广铭　著
从紫禁城到故宫
——营建、艺术、史事　单士元　著
春秋史　童书业　著
明史简述　吴　晗　著
朱元璋传　吴　晗　著
明朝开国史　吴　晗　著
旧史新谈　吴　晗　著　习　之　编
史学遗产六讲　白寿彝　著
先秦思想讲话　杨向奎　著
司马迁之人格与风格　李长之　著
历史人物　郭沫若　著
屈原研究（增订本）　郭沫若　著
考古寻根记　苏秉琦　著
舆地勾稽六十年　谭其骧　著
魏晋南北朝隋唐史　唐长孺　著
秦汉史略　何兹全　著
魏晋南北朝史略　何兹全　著
司马迁　季镇淮　著
唐王朝的崛起与兴盛　汪　篯　著
南北朝史话　程应镠　著
二千年间　胡　绳　著
论三国人物　方诗铭　著
辽代史话　陈　述　著
考古发现与中西文化交流　宿　白　著
清史三百年　戴　逸　著

清史寻踪	戴　逸　著
走出中国近代史	章开沅　著
中国古代政治文明讲略	张传玺　著
艺术、神话与祭祀	张光直　著 刘　静　乌鲁木加甫　译
中国古代衣食住行	许嘉璐　著
辽夏金元小史	邱树森　著
中国古代史学十讲	瞿林东　著
历代官制概述	瞿宣颖　著
宾虹论画	黄宾虹　著
中国绘画史	陈师曾　著
和青年朋友谈书法	沈尹默　著
中国画法研究	吕凤子　著
桥梁史话	茅以升　著
中国戏剧史讲座	周贻白　著
中国戏剧简史	董每戡　著
西洋戏剧简史	董每戡　著
俞平伯说昆曲	俞平伯　著　陈　均　编
新建筑与流派	童　寯　著
论园	童　寯　著
拙匠随笔	梁思成　著　林　洙　编
中国建筑艺术	梁思成　著　林　洙　编
沈从文讲文物	沈从文　著　王　风　编
中国画的艺术	徐悲鸿　著　马小起　编
中国绘画史纲	傅抱石　著
龙坡谈艺	台静农　著
中国舞蹈史话	常任侠　著
中国美术史谈	常任侠　著
说书与戏曲	金受申　著
世界美术名作二十讲	傅　雷　著

中国画论体系及其批评	李长之　著
金石书画漫谈	启　功　著　赵仁珪　编
吞山怀谷 ——中国山水园林艺术	汪菊渊　著
故宫探微	朱家溍　著
中国古代音乐与舞蹈	阴法鲁　著　刘玉才　编
梓翁说园	陈从周　著
旧戏新谈	黄　裳　著
民间年画十讲	王树村　著　姜彦文　编
民间美术与民俗	王树村　著　姜彦文　编
长城史话	罗哲文　著
天工人巧 ——中国古园林六讲	罗哲文　著
现代建筑奠基人	罗小未　著
世界桥梁趣谈	唐寰澄　著
如何欣赏一座桥	唐寰澄　著
桥梁的故事	唐寰澄　著
园林的意境	周维权　著
万方安和 ——皇家园林的故事	周维权　著
乡土漫谈	陈志华　著
现代建筑的故事	吴焕加　著
中国古代建筑概说	傅熹年　著
简易哲学纲要	蔡元培　著
大学教育	蔡元培　著 北大元培学院　编
老子、孔子、墨子及其学派	梁启超　著
春秋战国思想史话	嵇文甫　著
晚明思想史论	嵇文甫　著
新人生论	冯友兰　著

中国哲学与未来世界哲学	冯友兰　著
谈美	朱光潜　著
谈美书简	朱光潜　著
中国古代心理学思想	潘　菽　著
新人生观	罗家伦　著
佛教基本知识	周叔迦　著
儒学述要	罗　庸　著　杜志勇　辑校
老子其人其书及其学派	詹剑峰　著
周易简要	李镜池　著　李铭建　编
希腊漫话	罗念生　著
佛教常识答问	赵朴初　著
维也纳学派哲学	洪　谦　著
大一统与儒家思想	杨向奎　著
孔子的故事	李长之　著
西洋哲学史	李长之　著
哲学讲话	艾思奇　著
中国文化六讲	何兹全　著
墨子与墨家	任继愈　著
中华慧命续千年	萧萐父　著
儒学十讲	汤一介　著
汉化佛教与佛寺	白化文　著
传统文化六讲	金开诚　著　金舒年　徐令缘　编
美是自由的象征	高尔泰　著
艺术的觉醒	高尔泰　著
中华文化片论	冯天瑜　著
儒者的智慧	郭齐勇　著
中国政治思想史	吕思勉　著
市政制度	张慰慈　著
政治学大纲	张慰慈　著
民俗与迷信	江绍原　著　陈泳超　整理

政治的学问	钱端升　著　钱元强　编
从古典经济学派到马克思	陈岱孙　著
乡土中国	费孝通　著
社会调查自白	费孝通　著
怎样做好律师	张思之　著　孙国栋　编
中西之交	陈乐民　著
律师与法治	江　平　著　孙国栋　编
中华法文化史镜鉴	张晋藩　著
新闻艺术（增订本）	徐铸成　著
经济学常识	吴敬琏　著　马国川　编
中国化学史稿	张子高　编著
中国机械工程发明史	刘仙洲　著
天道与人文	竺可桢　著　施爱东　编
中国医学史略	范行准　著
优选法与统筹法平话	华罗庚　著
数学知识竞赛五讲	华罗庚　著
中国历史上的科学发明（插图本）	钱伟长　著

出版说明

“大家小书”多是一代大家的经典著作，在还属于手抄的著述年代里，每个字都是经过作者精琢细磨之后所拣选的。为尊重作者写作习惯和遣词风格、尊重语言文字自身发展流变的规律，为读者提供一个可靠的版本，“大家小书”对于已经经典化的作品不进行现代汉语的规范化处理。

提请读者特别注意。

北京出版社